L'AMANT JAPONAIS

Née en 1942, fille de diplomate, nièce de Salvador Allende, Isabel Allende exerce d'abord comme journaliste pour la télévision et la presse féminine. En 1975, elle fuit la dictature du général Pinochet et s'exile au Venezuela, où elle reprend ses activités de journaliste, écrit des chroniques pour le quotidien *El Nacional*, mais aussi des contes pour enfants. C'est en 1982, avec la publication de *La Maison aux esprits*, qui connaît un succès immédiat, qu'elle se lance dans le roman. Elle vit aujourd'hui en Californie. Ses livres sont tous traduits dans une trentaine de langues et vendus à des millions d'exemplaires.

Paru au Livre de Poche :

LE CAHIER DE MAYA

LA CITÉ DES DIEUX SAUVAGES

LES CONTES D'EVA LUNA

D'AMOUR ET D'OMBRE

EVA LUNA

FILLE DU DESTIN

LA FORÊT DES PYGMÉES

L'ÎLE SOUS LA MER

INÈS DE MON ÂME

LE JEU DE RIPPER

LA MAISON AUX ESPRITS

MON PAYS RÉINVENTÉ

PAULA

LE PLAN INFINI

PORTRAIT SÉPIA

LE ROYAUME DU DRAGON D'OR

LA SOMME DES JOURS

ZORRO

ISABEL ALLENDE

L'Amant japonais

ROMAN TRADUIT DE L'ESPAGNOL (CHILI)
PAR JEAN-CLAUDE MASSON

GRASSET

Titre original :

EL AMANTE JAPONÉS
Publié par Penguin Random House Grupo Editorial.

*À mes parents
Panchita et Ramón :
de sages anciens…*

Arrête, ombre de mon amour insaisissable,
image du sortilège que tant je chéris,
belle illusion pour qui je meurs joyeuse,
douce fiction pour qui en peine vis.

SOR Juana Inés de la CRUZ

Lark House

Irina Bazili fut embauchée à Lark House, près de Berkeley, en 2010, avec ses vingt-trois ans accomplis et bien peu d'illusions, car elle passait cahin-caha de petit job en petit boulot, d'une ville à l'autre, depuis l'âge de quinze ans. Elle n'aurait jamais imaginé qu'elle aurait sa niche écologique sur mesure dans cette résidence du troisième âge, ni qu'elle retrouverait, trois années durant, le bonheur de son enfance, avant que le destin ne se mette à dérailler. Fondée vers 1950 pour accueillir dignement des personnes âgées aux revenus modestes, Lark House avait attiré depuis le début, pour des raisons non élucidées, des intellectuels de gauche, des ésotéristes convaincus et des artistes peu cotés. Avec le temps, la résidence avait changé sous divers angles, mais elle continuait à proposer des tarifs adaptés aux possibilités de chacun, afin de promouvoir, en principe, une certaine diversité économique et raciale. En pratique, tous les pensionnaires étaient des Blancs issus de la classe moyenne, et la diversité consistait en subtiles variations entre libres-penseurs, chercheurs de voies spirituelles, militants sociaux et écologistes, ou des nihilistes mêlés à une poignée de hippies qui survivaient autour de la baie de San Francisco.

Au cours du premier entretien d'embauche, le directeur, Hans Voigt, avait fait comprendre à Irina qu'elle était trop jeune pour un poste d'une telle responsabilité, mais que, dans l'urgence, elle pourrait faire office de suppléante dans les services d'assistance et d'administration, en attendant la personne adéquate. Irina pensa que l'on pouvait en dire autant du directeur : il avait l'air d'un grand gamin joufflu, atteint d'une calvitie précoce, pour qui la gestion de cet établissement n'allait sûrement pas de soi. Avec le temps, elle aurait tout loisir de constater que les apparences sont parfois trompeuses, à une certaine distance et sous un mauvais éclairage : en réalité, Voigt, âgé de cinquante-quatre ans, avait montré ses qualités d'excellent administrateur. De son côté, Irina lui assura que l'expérience des personnes âgées qu'elle avait acquise en Moldavie, son pays natal, compensait son manque d'études.

Le timide sourire de la candidate attendrit le directeur, qui oublia de lui demander ses lettres de recommandation et lui énuméra aussitôt les devoirs de sa charge, qui se résumaient en quelques mots : faciliter la vie des occupants du deuxième et du troisième niveau. Ceux du premier niveau ne lui incombaient pas – ils vivaient de façon indépendante, comme les locataires d'un immeuble de rapport –, non plus que ceux du quatrième, appelé justement « Paradis », car ils y attendaient leur passage au ciel, somnolaient la plupart du temps et n'avaient pas besoin des services qu'elle pouvait offrir. Irina devait accompagner les résidents quand ils rendaient visite aux médecins, aux avocats ou aux comptables, les aider à remplir des formulaires d'impôts ou de santé, les emmener faire leurs courses et autres tâches de ce genre. Sa relation avec ceux du Paradis se limitait à l'organisation des funérailles, mais elle recevrait des instructions détaillées dans chaque cas précis, lui déclara Hans Voigt, car les derniers souhaits des mourants ne coïncidaient pas toujours avec ceux de leurs familiers. La clientèle de Lark House professait diverses croyances et les obsèques prenaient l'allure de cérémonies œcuméniques un peu compliquées.

Il lui expliqua encore que seul le personnel domestique et les équipes de soins devaient porter l'uniforme, mais qu'il existait un code vestimentaire tacite pour le reste des employés ; les critères en cette matière étaient le respect et le bon goût. Par exemple, le tee-shirt estampillé Malcolm X que portait Irina n'était pas adapté à l'institution, lui dit-il catégoriquement. En fait, il ne s'agissait pas de Malcolm X mais de Che Guevara. Toutefois, elle n'en dit rien car elle supposa que Hans Voigt n'avait pas entendu parler du guérillero qui, un demi-siècle après son épopée, restait un objet de vénération à Cuba et pour une poignée de jeunes radicaux de Berkeley, où elle vivait. Le tee-shirt lui avait coûté deux dollars dans une friperie d'occasion et il était presque neuf.

— Ici, il est interdit de fumer, prévint le directeur.

— Je ne fume et ne bois pas, monsieur.

— Avez-vous une bonne santé ? C'est très important quand on travaille avec des personnes âgées.

— Oui.

— Quelque chose en particulier que je devrais savoir ?

— Je suis accro aux jeux vidéo et aux romans fantastiques. Vous savez : Tolkien, Neil Gaiman, Philip Pullman.

— Ce que vous faites de votre temps libre vous regarde, mademoiselle, mais à votre poste, oubliez vos distractions.

— Bien sûr. Mais, si vous m'en donnez l'occasion, monsieur, vous verrez que je sais m'y prendre avec les seniors. Vous ne le regretterez pas, déclara la jeune fille avec une assurance feinte.

L'entretien terminé, le directeur fit visiter les installations, qui accueillaient deux cent cinquante personnes, de quatre-vingt-cinq ans en moyenne. Lark House était jadis la magnifique propriété d'un magnat du chocolat, qui l'avait léguée à la ville avec une généreuse dotation. Outre le manoir – un petit palais prétentieux, qui abritait les bureaux –, elle comprenait les parties communes (bibliothèque, restaurant, ateliers) et une série d'agréables constructions en lattes de bois, qui s'harmonisaient avec le parc de cinq hectares, apparemment sauvage, mais très bien entretenu par une flottille de jardiniers. Les édifices des appartements indépendants et ceux qui accueillaient le deuxième et le troisième niveau communiquaient entre eux par de larges corridors couverts, afin que les fauteuils roulants puissent y circuler à l'abri des rigueurs du climat, et vitrés de part et d'autre pour apprécier la vue de la nature, le meilleur baume aux chagrins de tous âges. Le Paradis – une construction isolée en ciment – aurait détonné sur l'ensemble s'il n'avait été entièrement couvert de lierre. La bibliothèque et la salle de jeux étaient ouvertes à toute heure ; le salon de beauté avait un horaire flexible et les ateliers offraient toute une gamme d'activités, depuis la peinture jusqu'à l'astrologie, pour ceux qui attendaient encore des surprises du futur. À la Boutique des Objets Oubliés – comme le spécifiait l'écriteau sur la porte –, tenue par des dames qui s'étaient portées volontaires, on vendait des vêtements, des meubles, des bijoux et d'autres trésors abandonnés par les résidents ou laissés derrière eux par les défunts.

— Nous avons un excellent ciné-club. Trois fois par semaine, nous projetons des films à la bibliothèque, dit Hans Voigt.

— Quel genre de films ? demanda Irina, dans l'espoir qu'il s'agissait de vampires et de science-fiction.

— Ils sont sélectionnés par un comité, qui privilégie les histoires de crimes, en particulier les films de Tarantino. On note ici une certaine fascination pour la violence, mais ne vous inquiétez pas, tout le monde sait qu'il s'agit de fictions et les acteurs réapparaissent dans d'autres intrigues, sains et saufs. Disons que c'est une soupape de sécurité. Plusieurs de nos hôtes fantasment, ils rêvent d'assassiner quelqu'un, en général un membre de leur famille.

— Moi aussi, répliqua Irina sans hésitation.

Hans Voigt crut que la jeune fille plaisantait et se mit à rire de bon cœur ; il appréciait le sens de l'humour, presque autant que la patience chez ses employés.

Dans le parc aux arbres centenaires, bon nombre d'écureuils et de cerfs circulaient en toute confiance. Hans Voigt expliqua que les femelles parvenaient à élever leurs petits jusqu'à ce qu'ils se débrouillent par eux-mêmes, et que la propriété servait aussi de sanctuaire aux oiseaux, surtout les hirondelles, d'où le nom donné au lieu : Lark House, maison des hirondelles. Diverses caméras étaient disposées stratégiquement pour épier les animaux dans la nature et, au passage, les seniors qui auraient pu se perdre ou se blesser, mais Lark House ne comptait pas trop sur les mesures de sécurité. Les portes étaient toujours ouvertes, avec juste deux gardiens non armés, qui faisaient la ronde. Des policiers en retraite, âgés respectivement de soixante-dix et de soixante-quatorze ans. Il n'en fallait pas davantage, car aucun criminel n'allait perdre son temps en agressant des petits vieux sans argent. Hans et Irina croisèrent deux femmes en fauteuils, avec un groupe muni de chevalets et de boîtes de peinture pour une classe à l'air libre, ainsi que quelques hôtes qui se promenaient avec des chiens aussi estropiés qu'eux. La propriété donnait sur la baie et, à marée montante, on pouvait sortir en kayak, comme le faisaient certains résidents qui n'avaient pas encore été terrassés par une attaque. C'est ainsi que j'aimerais vivre, soupira Irina en aspirant par bouffées le doux parfum de pins et de lauriers, et en comparant ces aimables installations avec les tanières insalubres où elle errait depuis ses quinze ans.

— En dernier lieu, mademoiselle Bazili, je dois

mentionner les deux fantômes, car c'est sans doute la première information dont vous fera part le personnel haïtien.

— Je ne crois pas aux fantômes, monsieur Voigt.

— Je vous félicite. Moi non plus. Ceux de Lark House sont une jeune femme vêtue de voiles roses et un enfant d'environ trois ans. La femme s'appelle Emily, la fille du magnat du chocolat. Pauvre Emily, elle est morte de chagrin, quand son fils s'est noyé dans la piscine, à la fin des années quarante. Après quoi notre bienfaiteur a quitté la maison et fondé Lark House.

— L'enfant s'est noyé dans cette piscine que vous m'avez montrée ?

— Oui. Mais personne d'autre n'y est mort, que je sache.

Irina devait bientôt revoir son opinion sur les fantômes, car elle allait découvrir que beaucoup de seniors vivaient en présence permanente de leurs morts ; Emily et son fils n'étaient pas les seuls esprits de la résidence.

Le lendemain, dès la première heure, Irina se présenta au bureau avec son plus beau jean et un tee-shirt discret. Elle put constater que l'ambiance, à Lark House, était décontractée sans aller jusqu'au négligé ; on aurait dit un collège universitaire, plutôt qu'un asile de vieillards. La nourriture valait celle de n'importe quel restaurant respectable de Californie : du bio, autant que faire se pouvait. Le service était efficace ; le personnel de soins et de l'infirmerie était on ne peut plus aimable dans un tel cadre. Quelques jours lui suffirent pour apprendre les noms et les manies de ses collègues et des résidents dont elle avait la charge. Les phrases en espagnol et en français qu'elle parvint à retenir lui gagnèrent la sympathie du personnel, presque toujours originaire du Mexique, du Guatemala et de Haïti. La paie qu'ils recevaient n'était pas lourde pour la rude tâche qu'ils effectuaient, mais ils faisaient rarement grise mine. « Les petites vieilles, il faut les dorloter, mais sans leur manquer de respect ; c'est pareil avec les petits vieux, mais il ne faut pas trop s'y fier, car ils ont de mauvaises manières », lui conseilla Lupita Farías, une petite Mexicaine au visage de statue olmèque, chef du service de nettoyage. Comme elle avait passé trente-deux ans à Lark House et qu'elle pouvait entrer dans les chambres, elle connaissait intimement les résidents et en savait long sur la vie de tous, devinait leurs malaises et les accompagnait dans leurs peines.

— Gare à la dépression, Irina. Ici, c'est très fréquent. Si tu vois quelqu'un à l'écart, qui a l'air fort triste, qui reste au lit sans raison ou qui ne mange plus, tu viens me prévenir en courant, d'accord ?

— Et que fais-tu dans ce cas-là ?

— Ça dépend. D'abord, je les caresse, et ils en sont toujours reconnaissants, car les vieux n'ont plus personne pour les toucher ; puis je les embringue dans un feuilleton télévisé ; personne ne veut mourir avant d'avoir vu la fin. Quelques-uns trouvent un soulagement dans la prière, mais ici les athées sont nombreux, et ils ne prient pas. L'essentiel est de ne pas les laisser seuls. Si je ne suis pas dans les parages, va chercher Cathy, elle sait ce qu'il faut faire.

La doctoresse Catherine Hope, résidente du deuxième niveau, avait été la première à souhaiter la bienvenue à Irina, au nom de la communauté. À soixante-huit ans, elle était la plus jeune. Depuis qu'elle circulait en fauteuil roulant, elle avait choisi l'assistance et la compagnie offertes par Lark House. Deux ans plus tard, elle était devenue l'âme de l'institution.

— Les gens âgés sont les plus amusants du monde. Ils ont vu beaucoup de choses, ils disent ce qui leur plaît et se fichent pas mal de ce que l'on en pensera. Tu ne t'ennuieras jamais ici, dit-elle à Irina. Nos résidents sont des personnes bien élevées et, tant qu'elles sont en bonne santé, elles continuent d'apprendre et d'enrichir leur expérience. Cette communauté est stimulante et l'on peut éviter le pire fléau de la vieillesse : la solitude.

Irina n'ignorait pas cette mentalité « moderne » des gens de Lark House car, plus d'une fois, elle avait été commentée dans la presse. La liste d'attente pour intégrer l'établissement était de plusieurs années, et elle aurait été beaucoup plus longue si de nombreux postulants n'étaient pas décédés avant d'y être admis. Les seniors étaient la preuve tangible que l'âge, malgré ses limites, n'empêche pas de s'amuser ni de participer à la rumeur publique. Plusieurs d'entre eux étaient des membres actifs du mouvement « Les Anciens pour la Paix » ; ils consacraient leur vendredi matin à manifester dans les rues contre les aberrations et les injustices du monde entier, à commencer par l'empire nord-américain, dont ils se sentaient responsables. Ces militants, parmi lesquels figurait une dame de cent un ans, se retrouvaient sur un coin de la place, face au quartier général de la police, avec leurs cannes, leurs déambulateurs et leurs fauteuils roulants, arborant des pancartes contre la guerre ou le réchauffement climatique, tandis que les automobilistes les soutenaient à coups de klaxon et que les passants signaient les pétitions rédigées par ces bisaïeux furibonds. Plus d'une fois, les rebelles étaient apparus à la télévision, devant la police qui se couvrait de ridicule en menaçant de les disperser à coups de gaz lacrymogène. Encore ému, Hans Voigt avait montré à Irina une plaque apposée dans le parc en l'honneur d'un musicien de quatre-vingt-dix-sept ans, mort droit dans ses bottes et en plein soleil, en 2006, à la suite d'une attaque cérébrale foudroyante alors qu'il protestait contre la guerre en Irak.

Irina avait grandi dans un village de Moldavie peuplé de vieux et d'enfants. Il leur manquait des dents à tous, les uns parce qu'ils les avaient perdues à l'usage, les autres parce que c'étaient leurs dents de lait. Elle pensa à ses grands-parents et, comme tant de fois ces dernières années, elle se reprocha de les avoir abandonnés. Lark House lui offrait l'occasion de donner à d'autres ce qu'elle n'avait pu faire pour eux. Ainsi répondait-elle aux besoins de ceux qui lui étaient confiés, et elle s'attira bientôt la sympathie de tous, y compris de plusieurs hôtes du premier niveau, les indépendants.

Dès le début, Alma Belasco attira son attention. Elle se distinguait des autres femmes par son port aristocratique et par le champ magnétique qui l'isolait du reste des mortels. Lupita Farías affirmait que la Belasco n'était pas à sa place et que, d'un jour à l'autre, le chauffeur d'une Mercedes Benz qui l'avait amenée viendrait la rechercher. Mais les mois passaient et rien ne changeait. Irina se bornait à observer Alma Belasco de loin, car Hans Voigt lui avait ordonné de se concentrer sur les pensionnaires des deuxième et troisième niveaux, sans se laisser distraire par les indépendants. Elle était suffisamment occupée par ses propres clients – on ne les appelait pas des patients – et par l'apprentissage de tous les détails de son nouvel emploi. Dans son programme de formation, elle devait étudier les vidéos des plus récentes cérémonies funèbres : celles d'une juive bouddhiste et d'un agnostique repenti. De son côté, Alma Belasco n'aurait jamais remarqué Irina si les circonstances n'avaient brièvement placé la jeune fille au centre des commentaires de toute la communauté.

Le Français

À Lark House, il y avait une déprimante majorité de femmes, et Jacques Devine était considéré comme la star, le seul et unique galant homme parmi les vingt-huit messieurs de l'établissement. On l'appelait le Français, non qu'il fût né en France, mais pour sa politesse exquise – il s'effaçait toujours devant les dames, poussait leurs fauteuils et ne se promenait jamais la braguette ouverte – et parce qu'il pouvait encore danser, en dépit d'une épaule paralysée. À quatre-vingt-dix ans, il marchait droit comme un I, grâce à des tiges, des vis et des boulons fixés dans sa colonne. Il avait gardé un peu de ses cheveux bouclés, et il savait jouer aux cartes, en trichant avec désinvolture. Il était sain de corps, abstraction faite de l'arthrite commune, de la pression artérielle et de la surdité inéluctable en période hivernale, et relativement lucide, mais pas au point de se rappeler s'il avait déjeuné. C'est pourquoi il occupait le deuxième niveau, où il disposait de l'assistance nécessaire. Il était arrivé à Lark House avec sa troisième épouse, morte trois semaines plus tard, renversée par un cycliste distrait dans la rue. Les journées du Français commençaient tôt : il se douchait, s'habillait et se rasait avec l'aide de Jean Daniel, un soigneur haïtien, puis il traversait le parking appuyé sur sa canne, les yeux rivés sur les cyclistes, et se rendait au Starbucks du coin pour prendre la première de ses cinq tasses quotidiennes de café. Il avait divorcé une fois, connu le veuvage à deux reprises, et il n'avait jamais manqué de soupirantes, qu'il séduisait par ses mirages d'illusionniste. Dernièrement, il avait calculé qu'il était tombé amoureux soixante-sept fois, et il l'avait noté dans son carnet afin de ne pas oublier le nombre, car les visages et les noms des heureuses élues s'effaçaient peu à peu. Il avait plusieurs enfants reconnus, outre le fruit d'une aventure clandestine avec quelqu'un dont il ne savait plus le nom, et une kyrielle de neveux, tous plus ingrats les uns que les autres : ils comptaient les jours qui les séparaient de l'héritage. Des bruits circulaient sur une petite fortune amassée avec beaucoup d'audace et peu de scrupules. Lui-même avouait, sans l'ombre d'un remords, qu'il avait passé quelque temps en prison, où il avait gagné ses tatouages de flibustier sur les bras, dessins que la flaccidité, les taches et les rides avaient effacés, et qu'il avait empoché des sommes considérables en spéculant sur l'épargne des gardiens.

Malgré les attentions prodiguées par diverses dames de Lark House, qui ne lui laissaient guère le champ libre pour d'autres manœuvres galantes, Jacques Devine s'éprit d'Irina Bazili dès qu'il la vit circulant avec ses feuilles de notes et son postérieur arrondi. La jeune fille n'avait pas une goutte de sang caribe, ce derrière de mulâtresse était donc un prodige de la nature, affirmait le Français après son premier Martini, étonné du fait que personne d'autre ne l'ait remarqué. Il avait passé ses plus belles années dans des voyages d'affaires entre Porto Rico et le Venezuela, où il avait pris goût aux fesses des femmes. Ces auberges épiques s'étaient fixées pour toujours dans sa rétine, il en rêvait la nuit et les voyait partout, même dans un endroit aussi peu propice que Lark House et chez une jeune femme aussi maigre qu'Irina. Sa vie de vieillard, sans projets ni ambitions, s'était soudain remplie de cet amour tardif et totalitaire, qui altérait la tranquillité de sa routine. Il la connaissait à peine quand il lui manifesta son admiration en lui offrant un scarabée de topaze et de brillants, un des rares bijoux de ses défuntes épouses à avoir échappé aux rapines de leurs descendants. Irina ne put l'accepter, mais son refus fit grimper en flèche la pression artérielle de l'amoureux transi, et elle dut rester auprès de lui toute la nuit au service des urgences. Avec une poche de sérum dans la veine, Jacques Devine, entre soupirs et gestes de reproche, lui déclara son sentiment désintéressé, purement platonique. Il ne désirait que sa compagnie, se délecter de sa jeunesse et de sa beauté, écouter sa voix diaphane, se plaire à croire qu'elle l'aimait, elle aussi, fût-ce d'un amour filial. D'ailleurs, elle pouvait aussi l'aimer comme un grand-oncle.

Le lendemain soir, de retour à Lark House, tandis que Jacques Devine dégustait son Martini rituel, Irina, les yeux rougis et les paupières bleutées par sa nuit blanche, confiait l'affaire à Lupita Farías.

— Ce n'est pas nouveau, ma petite. Tous les jours,

nous surprenons des résidents dans le lit de quelqu'un d'autre, non seulement les petits vieux, mais les dames. À défaut d'hommes, les pauvres doivent se satisfaire de ce qu'elles trouvent. Tout le monde a besoin de compagnie.

— Dans le cas de monsieur Devine, il s'agit d'amour platonique, Lupita.

— Je ne vois pas bien ce que cela veut dire, mais si c'est comme je l'imagine, ne le crois surtout pas. Le Français a un implant dans le zizi, une petite saucisse de plastique qu'il gonfle avec une pompe dissimulée dans ses roubignoles.

— Qu'est-ce que tu racontes, Lupita ! répondit Irina en riant.

— Tu as bien entendu. Je te le jure. Moi, je ne l'ai pas vu, mais le Français a fait une démonstration devant Jean Daniel. Impressionnant.

Elle ajouta, pour la gouverne d'Irina, que ses longues années d'expérience à Lark House lui avaient appris que l'âge, à lui seul, ne rendait ni meilleur ni plus sage, mais qu'il accentuait ce que chacun a toujours été.

— Celui qui est misérable ne devient pas généreux avec les années, Irina, mais plus misérable encore. Sans doute que Devine a toujours été un noceur, et maintenant c'est un vieux cochon, conclut-elle.

Comme elle ne pouvait restituer le scarabée monté en broche à son prétendant, Irina le porta au bureau de Hans Voigt, qui lui fit part de l'interdiction absolue d'accepter cadeaux et pourboires. La règle ne s'appliquait pas aux biens laissés par les mourants à l'institution, ni aux dessous-de-table pour placer un familier en tête de liste des aspirants résidents, mais il ne fut pas question de cela. Le directeur reçut l'horrible bestiole de topaze pour la rendre à son légitime propriétaire, comme il dit ; en attendant, il le rangea dans un tiroir de son bureau.

Une semaine plus tard, Jacques Devine remit à Irina cent soixante dollars en billets de vingt, et cette fois elle se rendit aussitôt chez Lupita Farías, qui était partisane des solutions simples : elle les replaça dans la boîte de cigares où le vieux beau gardait son argent en espèces, certaine qu'il ne se souviendrait plus de l'en avoir retiré ni du montant qu'il possédait. Irina put ainsi régler le problème des pourboires, mais non celui des lettres enflammées de Jacques Devine, ni de ses invitations à dîner dans des restaurants luxueux, ou de sa litanie de prétextes pour l'appeler dans sa chambre et lui conter par le menu les succès sans limite qu'il n'avait jamais connus et, finalement, de sa demande en mariage. Le Français avait poussé l'habileté dans le vice de la séduction jusqu'à remonter à l'adolescence, avec sa douloureuse charge de timidité, et, au lieu de se déclarer en personne, il envoya une lettre d'une facture parfaite, car il l'avait écrite avec son ordinateur. L'enveloppe contenait deux pages infestées de tournures alambiquées, de métaphores et de répétitions obsédantes, qui pouvaient se résumer à quelques points : Irina avait ressuscité son énergie et son désir de vivre, il pouvait lui apporter un grand bien-être, en Floride par exemple, où le soleil chauffait toujours, et où son veuvage serait économiquement assuré. Elle pouvait considérer sa proposition sous tous les angles, elle serait toujours gagnante, écrivait-il, puisque la différence d'âge jouait en sa faveur. La signature était un gribouillis de pattes de mouche. La jeune fille n'informa pas le directeur, craignant d'être mise à la porte, et laissa la lettre sans réponse, espérant qu'elle sortirait de l'esprit du pépé tombeur, mais, pour une fois, la mémoire à court terme de Jacques Devine se remit à fonctionner. Rajeuni par la passion, il continua de lui adresser des missives de plus en plus pressantes, alors qu'elle s'efforçait de l'éviter, en priant sainte Parascève de Moldavie de détourner l'attention du vieillard vers la douzaine de dames octogénaires qui le poursuivaient de leurs assiduités.

L'affaire monta encore d'un ton et menaçait d'éclater au grand jour quand un événement inattendu mit fin au destin de Jacques Devine et, accessoirement, au dilemme d'Irina. Cette semaine-là, le Français était sorti deux fois en taxi, sans donner d'explications, chose inhabituelle dans son cas, car il se trompait dans les noms de rues. En principe, Irina était tenue de l'accompagner, mais il était parti en douce, sans faire part de ses intentions. Le second voyage avait dû mettre sa résistance à rude épreuve, car il était revenu à Lark House tellement perdu et fragilisé que le chauffeur l'avait pratiquement pris dans ses bras pour le sortir du taxi et le remettre comme un colis à la réceptionniste.

— Que vous est-il arrivé, monsieur Devine ? demanda la femme.

— Je n'en sais rien, je n'étais pas là, répondit-il.

Après l'avoir examiné et vérifié sa tension, le médecin de garde estima qu'il n'était pas nécessaire de l'hospitaliser à nouveau. Il lui ordonna de garder la chambre quelques jours, mais dans son dos il informa Hans Voigt que Jacques Devine n'avait plus les conditions mentales pour rester au deuxième niveau ; l'heure était venue de le transférer au troisième, où il disposerait d'une assistance permanente. Le lendemain, le directeur se prépara à expliquer le changement au vieil homme, une mission qui lui incombait et qui laissait toujours un mauvais arrière-goût car nul n'ignorait que le troisième niveau était l'antichambre du Paradis, le point de non-retour, mais il fut interrompu par Jean Daniel, l'employé haïtien. Il était sous le choc : il venait de découvrir Jacques Devine raide et glacé alors qu'il devait l'aider à s'habiller. Le médecin suggéra une autopsie, car en l'examinant la veille il n'avait rien remarqué qui pût justifier cette désagréable nouvelle, mais Hans Voigt s'y opposa : à quoi bon semer des soupçons sur une chose aussi prévisible que le décès d'une personne de quatre-vingt-dix ans ? Une autopsie pouvait entacher l'impeccable respectabilité de Lark House. En apprenant la nouvelle, Irina pleura un bon moment car, à son corps défendant, elle s'était prise d'affection pour ce pathétique Roméo, mais elle ne put se défendre d'un léger soulagement de se voir libérée de ses avances, ni de la honte de se sentir soulagée.

Le décès du Français cimenta le club de ses admiratrices en long chorus de veuves, et pourtant elles n'eurent pas la consolation d'organiser une cérémonie en sa mémoire. En effet, la famille choisit la solution expéditive d'incinérer la dépouille en vitesse.

Et l'homme aurait bientôt été oublié, y compris de ses soupirantes, si ses proches n'avaient déchaîné une tornade. Les cendres venaient à peine d'être répandues sans cérémonie quand les héritiers présumés apprirent que tous les biens du vieillard avaient été légués à une certaine Irina Bazili. D'après la brève note jointe au testament, Irina lui avait apporté beaucoup de tendresse dans la dernière phase de sa longue vie ; elle méritait donc l'héritage. L'avocat de Jacques Devine expliqua que son client lui avait communiqué, par téléphone, les changements destinés au codicille et que, par deux fois, le Français s'était présenté à son bureau pour réviser les papiers et les signer devant notaire ; il s'était montré ferme dans ses volontés. Les descendants du défunt accusèrent l'administration de Lark House de négligence devant l'état mental du vieil homme, et Irina Bazili de l'avoir dépouillé par traîtrise. Ils annoncèrent leur décision de contester les dispositions testamentaires, de poursuivre l'avocat pour incompétence, le notaire pour complicité et Lark House pour les dommages et intérêts. Hans Voigt reçut le troupeau de parents frustrés avec le calme et la courtoisie acquis au cours de sa longue expérience de directeur, mais au fond de lui il bouillonnait de rage. Il ne s'attendait vraiment pas à se faire truander par Irina, qu'il croyait incapable de tuer une mouche, mais enfin la vie est toujours pleine d'enseignements, on ne peut se fier à personne. Dans un aparté avec l'avocat, il s'enquit de la nature de l'héritage : il s'agissait de quelques terres arides au Nouveau-Mexique et d'actions dans un certain nombre de compagnies, dont la valeur restait à établir. La somme en espèces, quant à elle, était insignifiante.

Le directeur demanda vingt-quatre heures pour négocier une sortie moins onéreuse qu'une longue procédure et convoqua Irina d'un ton péremptoire. Il voulait reprendre la main avec des gants de velours, il ne fallait pas se mettre à dos cette petite garce, mais devant elle il perdit son sang-froid.

— J'aimerais savoir comment tu t'y es prise pour emberlificoter le vieux ! lui lança-t-il.

— Mais de qui parlez-vous, monsieur Voigt ?

— De qui d'autre que le Français ?! Comment cela a-t-il pu se passer sous mon nez ?

— Pardonnez-moi, je n'ai rien dit pour ne pas vous déranger, j'ai pensé que le problème se résoudrait de lui-même.

— Oh oui, il s'est bien résolu ! Et quelle explication vais-je donner à la famille ?

— Inutile de les mettre au courant, monsieur Voigt. Les vieux tombent amoureux, vous le savez, mais les gens de l'extérieur sont choqués.

— Tu as couché avec Devine ?

— Non ! Quelle idée !

— Alors, je ne comprends rien. Pourquoi t'a-t-il nommée comme unique héritière ?

— Qu'est-ce que vous dites ?

Hans Voigt était abasourdi. Il constatait que l'employée ne soupçonnait même pas les intentions du résident et qu'elle était la première surprise par le testament. Il allait la mettre en garde, la prévenir que cela lui coûterait cher de toucher quoi que ce soit, que les héritiers réclameraient jusqu'au dernier centime, mais elle lui confia du bout des lèvres qu'elle ne voulait rien du tout, que c'était de l'argent mal acquis et que cela portait malheur. Jacques Devine était dingue, déclara-t-elle, comme tout le monde à Lark House pouvait en témoigner ; il valait beaucoup mieux ne pas faire de vagues, il suffisait d'un diagnostic de démence sénile établi par le médecin. Irina dut répéter sa phrase, tant le directeur était déconcerté.

Les précautions prises pour étouffer l'affaire ne furent pas très efficaces : tout le monde l'apprit, du jour au lendemain Irina devint la personne la plus controversée de la communauté, admirée par les résidents, critiquée par les Latinos et les Haïtiens du service, pour qui refuser de l'argent était un péché. « Ne crache pas vers le haut, ou gare à ta peau », lui dit Lupita, sentencieuse, et Irina ne trouva pas de traduction roumaine à ce proverbe crypté. Impressionné par le désintéressement de cette modeste immigrante d'un pays difficile à situer sur les cartes, le directeur lui signa un contrat de quarante heures par semaine, avec un salaire supérieur à celui des employées précédentes, et il réussit à convaincre les descendants de Jacques Devine d'offrir à Irina deux mille dollars en guise de compensation. Elle ne devait jamais recevoir cet argent, mais comme elle était incapable d'imaginer ce que cette somme représentait, elle eut tôt fait de l'oublier.

Alma Belasco

L'héritage fantastique de Jacques Devine eut pour conséquence d'attirer l'attention d'Alma Belasco sur la personne d'Irina et, une fois retombée la tempête de rumeurs, elle la fit appeler. Elle la reçut dans son logement spartiate, engoncée avec une dignité impériale dans un petit fauteuil de couleur abricot, avec Neko, son chat tigré, installé sur sa jupe.

— J'ai besoin d'une secrétaire. Je veux que tu travailles pour moi, lui dit-elle.

Ce n'était pas une proposition, mais un ordre. Comme Alma lui rendait rarement son salut quand elles se croisaient dans un couloir, Irina fut prise au dépourvu. De surcroît, la moitié des résidents vivaient modestement d'une retraite, que complétaient parfois leurs proches. Beaucoup de pensionnaires devaient se contenter du service minimal, car un simple extra pouvait menacer leur budget très serré. Aucun d'entre eux ne pouvait se payer le luxe d'un secrétariat personnel. Le spectre de la pauvreté, comme celui de la solitude, rôdait toujours autour des seniors. Irina expliqua qu'elle n'avait pas beaucoup de temps libre car, en plus de ses horaires à Lark House, elle travaillait dans une cafétéria et lavait des chiens à domicile.

— Comment fonctionne cette affaire de chiens ? lui demanda Alma.

— J'ai un associé, qui s'appelle Tim. Il travaille dans la même cafétéria, et c'est mon voisin à Berkeley. Tim a une petite fourgonnette d'un refuge pour animaux, avec deux bacs à laver et un long tuyau. Nous allons chez les chiens, je veux dire chez leurs maîtres, nous branchons le tuyau et nous lavons les clients, les chiens donc, dans la cour ou dans la rue. Nous leur nettoyons aussi les oreilles, et leur coupons les ongles.

— Aux chiens ?

— Oui.

— Combien gagnes-tu ?

— Vingt-cinq dollars par chien, mais que je partage avec Tim, donc ça me laisse douze dollars cinquante.

— Je te prendrai à l'essai, à treize dollars de l'heure, pendant trois mois. Si je suis satisfaite, tu passeras à quinze. Tu travailleras avec moi en fin d'après-midi, quand tu as fini à Lark House, deux heures par jour pour commencer. Les horaires peuvent être flexibles, selon mes besoins et tes disponibilités. D'accord ?

— Je pourrais quitter la cafétéria, madame Belasco, mais je ne peux pas laisser les chiens : ils me connaissent et m'attendent.

C'est ainsi que commença une collaboration qui, en peu de temps, devait se transformer en amitié.

Au cours des premières semaines, Irina marcha

sur la pointe des pieds. Elle était un peu perdue, car Alma Belasco était d'un abord autoritaire, et se montrait aussi exigeante dans les détails que vague dans ses instructions, mais bientôt Irina oublia sa peur et se rendit indispensable, comme elle l'avait fait à Lark House. Elle observait sa patronne avec la fascination d'un zoologiste, comme une salamandre immortelle. Elle n'avait jamais connu personne comme cette femme, qui ne ressemblait en rien aux seniors des deuxième et troisième niveaux. Elle était jalouse de son indépendance, exempte de tout sentimentalisme et du moindre attachement aux choses matérielles. Elle semblait d'un naturel détaché dans ses affections, à l'exception de son petit-fils Seth, et tellement sûre d'elle qu'elle ne cherchait ni le soutien de Dieu ni la béatitude sucrée de certains résidents de Lark House, qui se proclamaient « spirituels » et prêchaient des méthodes pour atteindre un état supérieur de conscience. Alma gardait fermement les pieds sur terre. Irina supposa que son orgueil était une manière de se défendre contre la curiosité des autres, et sa simplicité une forme d'élégance, que peu de femmes pouvaient imiter sans se voir délaissées. Elle avait le cheveu blanc et raide, coupé en mèches inégales, qu'elle peignait avec les doigts et, pour toute concession à la vanité, elle utilisait un rouge à lèvres et un parfum masculin, une essence de bergamote et d'orange. Sur son passage, cet arôme frais dissipait la vague odeur de désinfectant, de vieillesse et, à l'occasion, de marijuana qui planait sur Lark House. Elle avait le nez fort, la bouche fière, de longs os et des mains usées d'ouvrier ; l'œil châtain, d'épais sourcils noirs et des paupières violacées, avec un air de veiller fort tard que ne dissimulaient pas ses lunettes aux montures foncées. Son aura énigmatique imposait une distance ; aucun employé n'usait avec elle de ce ton paternaliste si fréquent avec les autres résidents, et nul ne pouvait se targuer de la connaître, jusqu'à ce que la jeune Irina pénètre dans la forteresse de son intimité.

Alma vivait avec son chat dans l'un des appartements indépendants, avec un minimum de meubles et d'objets personnels. Elle se déplaçait dans la plus petite voiture disponible sur le marché, sans le moindre égard pour les règles de circulation, qu'elle tenait pour facultatives. À Irina incombait la tâche de payer les amendes au fur et à mesure qu'elles arrivaient au courrier. Alma se montrait courtoise par habitude des bonnes manières, mais les seules amitiés qu'elle avait nouées à Lark House étaient Víctor, le jardinier avec lequel elle passait de longs moments à soigner les bacs suspendus où il plantait des fleurs et d'autres végétaux, et la doctoresse Catherine Hope, devant laquelle, tout simplement, elle n'avait pu résister. Alma louait un studio dans une ancienne grange divisée par des cloisons de bois, qu'elle partageait avec d'autres artisans. Elle continuait à peindre sur soie, comme elle le faisait depuis soixante ans, mais ce n'était plus par inspiration artistique ; juste pour ne pas mourir d'ennui avant l'heure. Elle passait de longues journées, chaque semaine, dans son atelier, accompagnée de son assistante Kirsten, que le syndrome de Down n'empêchait pas de remplir ses tâches. Kirsten connaissait les combinaisons de couleurs et les outils employés par Alma ; elle préparait les toiles, rangeait l'atelier et nettoyait les pinceaux. Les deux femmes travaillaient en harmonie et n'avaient pas besoin de parler : elles devinaient leurs intentions. Quand les mains d'Alma commencèrent à trembler et que son poignet ne fut plus aussi sûr, elle engagea deux étudiants afin de reproduire sur la soie les dessins qu'elle faisait sur papier, tandis que sa fidèle assistante les surveillait avec une méfiance de geôlier. Kirsten était la seule personne qui se permettait de saluer Alma en l'embrassant, ou de l'interrompre avec des baisers et des caresses quand elle éprouvait une forte envie de tendresse.

Sans le vouloir sérieusement, Alma s'était acquis une réputation avec ses kimonos, tuniques, écharpes et autres foulards aux dessins originaux et aux couleurs audacieuses. Elle-même ne portait que de larges pantalons et des blouses de lin noir, blanc et gris, des nippes de sans-abri, au dire de Lupita Farías, qui n'imaginait même pas le prix de pareilles fringues. Les toiles peintes se vendaient dans des galeries d'art à des prix exorbitants, afin de récolter des fonds pour la Fondation Belasco. Ses collections s'inspiraient de ses périples à travers le monde – animaux du Serengeti, céramique ottomane, écriture éthiopienne, hiéroglyphes incas, bas-reliefs grecs –, et elle se renouvelait dès que ses rivaux commençaient à l'imiter. Elle avait refusé de vendre sa marque ou de collaborer avec des dessinateurs de mode ; chaque original signé de sa main était reproduit en nombre limité, sur lequel elle exerçait un contrôle sévère. À l'époque de son apogée, une cinquantaine de personnes travaillaient pour elle, et elle gérait une production considérable dans un grand espace industriel de San Francisco, au sud de Market Street. Elle n'avait jamais eu recours à la publicité : elle n'avait pas besoin de vendre pour gagner sa vie, mais son nom était devenu synonyme d'excellence et d'exclusivité. En passant le cap des soixante-dix ans, elle avait décidé de réduire sa production, au grand dam de la Fondation Belasco, qui comptait beaucoup sur ces revenus.

Créée en 1955 par son beau-père, le mythique Isaac Belasco, la Fondation se consacrait à l'aménagement d'espaces verts dans des quartiers sensibles. Cette initiative, dont le but se voulait avant tout esthétique, écologique et récréatif, eut bientôt des vertus sociales imprévues. Là où apparaissait un jardin, un parc ou une place publique, la délinquance diminuait, car les gangs et les junkies, jusque-là prêts à s'entretuer pour une ligne d'héroïne ou trente centimètres carrés de territoire, s'unissaient pour soigner ce coin de ville qui leur appartenait. Parfois, ils réalisaient des peintures murales, ou des sculptures et des jeux pour les enfants, et partout on voyait des artistes et des musiciens pour divertir le public. À chaque génération, la direction de la Fondation Belasco avait été confiée au premier descendant mâle de la famille, une règle tacite que n'avait pas changée l'émancipation des femmes, car aucune des filles n'avait pris la peine de la mettre en question, si bien qu'un jour la présidence devait revenir à Seth, l'arrière-petit-fils du patriarche fondateur, qui ne voulait de cet honneur pour rien au monde. Pourtant, la tâche faisait partie de son héritage.

Alma avait tellement l'habitude de commander et de garder ses distances, et Irina s'était tellement accoutumée à recevoir des ordres et à se montrer discrète, qu'elles ne seraient jamais arrivées à s'estimer mutuellement sans la présence de Seth Belasco, le petit-fils préféré d'Alma, qui fit tomber la barrière du protocole entre elles. Seth fit la connaissance d'Irina peu après l'installation de sa grand-mère à Lark House, et la jeune fille le séduisit aussitôt, même s'il ne savait pas pourquoi. En dépit de son nom, Irina ne ressemblait pas à ces beautés d'Europe de l'Est qui, depuis une dizaine d'années, prenaient d'assaut les clubs masculins et les agences de mannequins, elle n'avait rien de ces os de girafe, de ces pommettes de Mongol ni de cette langueur d'odalisque. Au contraire, de loin on l'aurait prise pour un gamin débraillé. Elle était si transparente, cultivait une telle tendance à passer inaperçue, qu'il fallait beaucoup d'attention pour la remarquer. Ses vêtements trop larges et son bonnet de laine enfoncé jusqu'aux yeux ne contribuaient guère à la mettre en valeur. Mais Seth fut séduit par le mystère de son intelligence, sa figure de lutin en forme de cœur, avec une profonde fossette au menton, ses yeux verdâtres et son regard nerveux, son cou si fin, qui accentuait son apparence de vulnérabilité, et cette peau si blanche, qui jetait des éclats dans l'obscurité. Sans oublier ses mains enfantines, aux ongles mordillés, qui l'avaient ému. Il éprouvait un désir inconnu de la protéger et de la combler d'attentions, un sentiment nouveau, inquiétant. Irina se couvrait de tant de couches de vêtements, qu'on ne pouvait deviner le reste de sa personne, mais, quelques mois plus tard, quand l'été la contraignit à se défaire de ses tricots, on découvrit qu'elle était bien faite et attirante, dans son style fantaisiste. Le bonnet tricoté fut remplacé par des foulards de gitane, qui ne couvraient pas entièrement ses cheveux, et quelques mèches frisées d'un blond quasi albinos lui encadraient le visage.

Au début, l'unique lien que Seth put établir avec la jeune fille fut Alma. Les méthodes habituelles pour chercher à l'attirer ne prenaient pas. Mais il découvrit ensuite le pouvoir irrésistible de l'écriture. Il lui raconta qu'il était en train d'élaborer, avec l'aide de sa grand-mère, l'histoire des Belasco depuis un siècle et demi, entrecroisée avec celle de San Francisco depuis sa fondation jusqu'à nos jours. Il avait ce roman-fleuve à l'esprit depuis ses quinze ans, un torrent tumultueux d'images, d'anecdotes, d'idées, un flot de substantifs qui menaçaient de l'étouffer s'il ne parvenait pas à les coucher sur le papier. La description était un peu exagérée : le torrent était en fait un ruisseau anémique, mais elle captiva si fort l'imagination d'Irina que Seth n'eut plus d'autre choix que de se mettre à écrire. Outre les visites à sa grand-mère et les récits de celle-ci, il se documenta dans les livres et sur Internet, et collectionna des photographies et des lettres écrites à diverses époques. Il gagna l'admiration d'Irina, mais non d'Alma, qui l'accusait d'avoir des idées grandioses avec des habitudes désordonnées, une combinaison fatale pour un écrivain. Si le garçon avait pris le temps de réfléchir, il aurait admis que sa grand-mère et son roman servaient de prétextes pour voir Irina, cette créature tirée d'un conte slave et qui avait surgi où on l'attendait le moins : dans un service de gériatrie. Et pourtant, il aurait eu beau réfléchir, il n'aurait pu expliquer l'attrait irrésistible qu'elle exerçait sur lui, avec ses petits os d'orpheline et sa pâleur de phtisique, tout le contraire de son idéal féminin. Il aimait les filles plantureuses, joyeuses, bronzées et sans complications, de celles qui abondaient en Californie et dans son passé à lui. Irina ne donnait aucun signe d'avoir remarqué l'intérêt qu'il lui portait, elle le traitait avec une sympathie distraite que l'on réserve, normalement, aux animaux de compagnie des autres. Cette gentille indifférence, qu'il aurait interprétée, en d'autres temps, comme un défi, le paralysait, le plongeant dans un état de timidité perpétuelle.

La grand-mère se prêtait au jeu : elle creusait dans ses souvenirs pour aider son petit-fils à écrire ce livre qui, de son propre aveu, avait commencé – et avorté – depuis dix ans déjà. C'était un projet ambitieux, et nul n'était plus qualifié qu'elle pour lui apporter son soutien, car elle avait du temps à revendre et n'éprouvait encore aucun symptôme de démence sénile. Avec Irina, Alma se rendait au manoir des Belasco à Sea Cliff, pour examiner des caisses auxquelles personne n'avait touché depuis son départ. Son ancienne chambre restait fermée, on n'y entrait que pour faire le ménage. Alma avait distribué presque tous ses biens : les bijoux à sa bru et à sa petite-fille, sauf une bague de brillants qu'elle réservait à la future épouse de Seth ; les livres, aux hôpitaux et aux écoles ; les vêtements et les fourrures, aux œuvres de charité, car nul ne se risquait à les porter en Californie par crainte des ligues de défense des animaux, qui dans un accès de

40

rage pouvaient vous attaquer à coups de couteau ; et elle laissa bien d'autres choses à qui cela faisait plaisir, sauf la seule qui lui importait : les lettres, les journaux intimes, les coupures de presse, documents divers et photographies. « Je dois mettre de l'ordre dans tout cela, Irina, je ne veux pas que, la vieillesse venue, quelqu'un mette le nez dans mes affaires. » Au début, elle essaya d'agir seule, mais à mesure que grandissait sa confiance dans la jeune fille, elle se mit à déléguer. Irina finit par se charger de tout, hormis des lettres aux enveloppes jaunes qui arrivaient de temps à autre et que sa patronne faisait disparaître aussitôt. Ses instructions étaient de ne pas y toucher.

Elle livrait ses souvenirs à son petit-fils au compte-gouttes, avec avarice, pour l'accrocher le plus long-temps possible. Elle craignait qu'il ne se lasse de voleter autour d'Irina, et que le manuscrit tant évoqué ne retourne dans un carton oublié, en même temps que le jeune homme espacerait ses visites. La présence d'Irina était indispensable pendant les séances de travail avec Seth, qui se montrait distrait tant qu'il l'attendait. Alma riait sous cape en songeant aux réactions de la famille si jamais Seth, le dauphin des Belasco, épousait une immigrante qui gagnait sa vie en soignant des vieux et en lavant des chiens. Elle, au contraire, se plaisait à cette idée : Irina était bien plus intelligente que la plupart des athlétiques fiancées temporaires de Seth ; mais c'était encore une pierre brute, il fallait la polir. Elle entreprit de lui donner un vernis de culture, de l'emmener au concert et au musée, de lui donner à lire des livres pour adultes et non de ces histoires absurdes de mondes fantastiques et de créatures surnaturelles dont elle raffolait, et de lui apprendre les bonnes manières, comme l'usage adéquat des couverts. Irina ne connaissait rien de tout cela, ni par ses grands-parents de la Moldavie profonde, ni par sa mère alcoolique au Texas, mais elle était brillante et reconnaissante. Il ne serait pas difficile d'affiner son apprentissage – et quelle manière subtile de la payer pour attirer Seth à Lark House !

L'Homme invisible

Après un an au service d'Alma Belasco, Irina commença à soupçonner que la dame avait un amant. Elle n'osa pas le formuler, jusqu'au jour où elle dut le confier à Seth, beaucoup plus tard. Au début, avant que celui-ci ne l'initie au vice du suspense et de l'intrigue, elle n'avait jamais songé à épier sa patronne. Elle était entrée peu à peu dans son intimité, sans en avoir conscience. Cette idée d'un amant secret prit forme alors qu'elle rangeait les caisses qu'elles rapportaient de la maison de Sea Cliff, et en examinant la photographie d'un homme, dans un cadre d'argent, placée dans la chambre d'Alma et que celle-ci nettoyait régulièrement avec un chiffon. En dehors d'une autre photo, plus petite, de sa famille, qui se trouvait au salon, il n'y en avait pas dans l'appartement, ce qui avait éveillé l'attention d'Irina car les autres résidents de Lark House s'entouraient de portraits, pour, en quelque sorte, se tenir compagnie. Alma lui glissa un jour qu'il s'agissait d'un ami d'enfance. Et les rares fois où Irina se risqua à poser une question, sa patronne changea de sujet. La jeune femme parvint à peine à lui arracher que cet homme portait un nom japonais, Ichimei Fukuda, et que c'était l'artiste qui avait réalisé l'étrange tableau du salon, un paysage désolé de neige et de ciel gris, de sombres constructions d'un étage, de poteaux et de câbles électriques, avec, pour toute trace de vie, un oiseau noir en plein vol. Irina ne comprenait pas pourquoi, parmi les nombreuses œuvres d'art qui appartenaient aux Belasco, Alma avait choisi ce tableau déprimant pour décorer son logement. Sur cette photo, Ichimei Fukuda avait un âge indéfini ; il tenait la tête inclinée, comme dans un geste d'interrogation, et les yeux mi-clos, car il avait le soleil en face, mais son regard était franc et direct ; il y avait une ébauche de sourire sur ses lèvres épaisses, sensuelles, sous les cheveux raides et abondants. Irina était attirée inexorablement par ce visage qui semblait l'appeler ou tenter de lui dire quelque chose d'essentiel. À force de l'étudier quand elle était seule à l'appartement, elle se mit à l'imaginer tout entier, à lui attribuer des qualités, à lui inventer une vie : Ichimei Fukuda était de forte carrure, d'un caractère solitaire ; il avait beaucoup souffert et contrôlait ses émotions. Le fait que sa patronne refuse d'en parler aiguisait son désir de le connaître. Dans les caisses qui l'entouraient, elle trouva une autre photo de cet homme, sur une plage avec Alma. Tous deux portaient des pantalons retroussés, leurs chaussures à la main ; les pieds dans l'eau, ils riaient et se poussaient. L'attitude de ce couple jouant dans le sable dénotait de l'amour, de l'intimité physique. Elle imagina qu'ils étaient seuls et qu'ils avaient demandé à quelqu'un, un inconnu de passage, de prendre cet instantané. Si ce Japonais avait l'âge d'Alma, il devait avoir dans les quatre-vingts ans, supposait-elle, mais elle ne doutait pas un instant de pouvoir le reconnaître aujourd'hui. Seul Ichimei pouvait expliquer le comportement fantasque d'Alma.

Irina pouvait prédire les disparitions d'Alma à son silence absorbé, mélancolique, des jours d'affilée, suivi d'une euphorie soudaine, à peine contenue, dès qu'elle avait décidé de partir. Elle avait longuement attendu quelque chose et, l'heure venue, elle était tout heureuse. Elle jetait quelques affaires dans un sac, prévenait Kirsten qu'elle n'irait pas à l'atelier, et laissait Neko dans les mains d'Irina. Le chat, déjà vieux, souffrait d'une kyrielle de maux et de manies ; une longue liste de remèdes et de recommandations était collée sur la porte du frigo. C'était le quatrième d'une série de chats similaires, qui portaient tous le même nom et avaient accompagné Alma aux diverses étapes de sa vie. Et Alma s'en allait avec l'empressement d'une fiancée, sans dire où elle se rendait ni quand elle pensait revenir. Deux ou trois jours s'écoulaient sans nouvelles de sa part et, soudain, elle revenait, radieuse, au volant de sa voiture-jouet au réservoir vide. Irina payait les factures ; elle voyait les reçus des hôtels et avait découvert que, pour ses escapades, Alma emportait les deux seules chemises de nuit de soie qui ornaient sa garde-robe, au lieu de ses habituels pyjamas de flanelle. La jeune femme se demandait pourquoi sa patronne s'éclipsait de la sorte, comme si elle péchait. Elle était libre de recevoir qui elle voulait dans son appartement.

Immanquablement, les soupçons d'Irina touchant

à l'homme du portrait eurent un effet contagieux sur Seth. Elle avait pris soin de ne pas faire part de ses doutes, mais le jeune homme, au cours de ses nombreuses visites, fit bientôt le compte des absences répétées de sa grand-mère. S'il l'interrogeait, Alma répliquait qu'elle était partie s'entraîner avec des terroristes, essayer un champignon hallucinogène, ou donnait une autre explication incongrue, sur ce ton sarcastique qui leur était familier. Seth avait besoin de l'aide d'Irina pour percer ce mystère, mais sa loyauté envers Alma était monolithique. Il dut lui expliquer que sa grand-mère courait un danger. Alma paraissait forte pour son âge, ajouta-t-il, mais en réalité elle était de santé délicate, d'une tension trop élevée, elle avait le cœur fragile et souffrait d'un début de Parkinson, d'où ses tremblements. Il ne pouvait en dire davantage, car sa grand-mère avait refusé de se soumettre aux examens médicaux préconisés, mais il fallait la surveiller, lui éviter les risques.

— On veut que les êtres qui nous sont chers soient en sécurité, Seth. Mais ce que l'on veut pour soi-même, c'est l'autonomie. Ta grand-mère n'accepterait pas de nous voir nous immiscer dans sa vie privée, même pour la protéger.

— C'est pourquoi nous devons le faire à son insu, argua le jeune homme.

D'après lui, au début de 2010, subitement, en l'espace de deux heures, quelque chose avait bouleversé la vie de la vieille dame. Alors qu'elle était une artiste reconnue, et un modèle dans l'accomplissement de ses devoirs, elle s'était éloignée du monde, de sa famille et de ses amis, pour s'enfermer dans une résidence gériatrique qui ne lui convenait pas. Elle avait choisi de se déguiser en réfugiée tibétaine, disait sa belle-fille Doris. Il devait s'agir d'un court-circuit au cerveau, soupirait-elle, quelle autre raison aurait-on pu invoquer.

La dernière chose qu'ils virent de l'ancienne Alma, c'est quand elle annonça, après un déjeuner, qu'elle allait faire la sieste. À cinq heures de l'après-midi, quand Doris frappa à la porte de la chambre, pour rappeler à sa belle-mère la fête prévue pour la soirée, elle la trouva debout, près de la fenêtre, le regard perdu dans le brouillard, pieds nus, en sous-vêtements. Sur une chaise traînait, froissée, sa splendide robe longue. « Tu diras à Larry que je n'assisterai pas au gala et qu'il ne compte plus sur moi, en quoi que ce soit, pour le restant de mes jours. » La fermeté de la voix ne souffrait aucune réplique. Sa bru referma la porte en silence et transmit le message à son mari. C'était une soirée où l'on récoltait des fonds pour la Fondation Belasco, la plus importante de l'année, car elle permettait d'évaluer le pouvoir de persuasion de la famille. Les serveurs finissaient de dresser les tables, les cuisiniers s'appliquaient pour le banquet et les musiciens de l'orchestre de chambre installaient leurs instruments. Chaque année, Alma prononçait un bref discours, presque toujours le même ; elle posait pour quelques photos avec les plus distingués donateurs et s'entretenait avec la presse. C'était son rôle, le reste était entre les mains de son fils Larry. Il fallut donc se débrouiller sans elle.

Les changements commencèrent dès le lendemain. Alma se mit à préparer ses valises. Elle estimait que, de tout ce qu'elle possédait, peu de choses lui serviraient. Elle devait donc se simplifier la vie. Elle fit quelques courses, puis convoqua son comptable et son avocat. Elle s'attribua une prudente pension et confia tout le reste à Larry sans préciser les façons de le distribuer. Puis elle annonça qu'elle irait vivre à Lark House. Afin de se faufiler dans la liste d'attente, elle avait acheté sa place à une anthropologue qui, pour une somme rondelette, avait accepté de patienter quelques années supplémentaires. Aucun des Belasco n'avait jamais entendu parler de cette maison.

— C'est une maison de repos, expliqua vaguement Alma.

— Une résidence de vieux ? demanda Larry, alarmé.

— Si l'on veut. Je vais vivre les années qui me restent sans complications ni obligations.

— J'espère que tu ne parles pas de nous !

— Et qu'allons-nous dire aux gens ? s'écria Doris dans un accès de colère.

— Que je suis une vieille folle. Vous ne feriez pas entorse à la vérité, répondit Alma.

Le chauffeur l'emmena avec le chat et deux valises. Une semaine plus tard, Alma renouvelait son permis de conduire, qu'elle n'avait plus utilisé depuis des lustres, et s'achetait une Smart vert pomme, si petite et légère que trois vilains garçons, un beau jour, la retournèrent, alors qu'elle stationnait dans la rue, et la laissèrent les quatre roues en l'air, comme une tortue sur le dos. Son raisonnement dans le choix de cette voiture était que sa couleur acidulée la rendrait parfaitement visible aux autres conducteurs. Et si, d'aventure, elle devait renverser quelqu'un, ma foi, il ne serait pas écrasé par son format miniature. C'était comme de conduire le croisement d'une bécasse avec un fauteuil roulant.

— Je crois que ma grand-mère a de sérieux problèmes de santé, Irina, et c'est par fierté qu'elle s'est enfermée à Lark House, pour que personne ne l'apprenne, lui déclara Seth.

— Dans ce cas, elle serait déjà morte, Seth. D'ailleurs, personne ne s'enferme à Lark House, c'est une communauté ouverte, les gens peuvent aller et venir à leur guise. C'est pour ça que les personnes atteintes de la maladie d'Alzheimer ne sont pas admises, car elles ne pourraient pas sortir seules.

— C'est exactement ce que je crains. Ma grand-mère pourrait très bien se perdre.

— Elle est toujours revenue de ses escapades. Elle sait où elle va et je ne crois pas qu'elle y aille seule.

— Avec qui, alors ? Avec un soupirant ? Tu vois ma grand-mère courir les hôtels avec son amant ! répondit Seth dans une moue moqueuse, mais l'expression sérieuse d'Irina l'empêcha de rire.

— Et pourquoi pas ?

— Mais enfin, c'est une dame âgée !

— Tout est relatif. Alma est âgée, elle n'est pas vieille. À Lark House, elle se trouve jeune. Et puis, l'amour se partage à tous les âges. D'après Hans Voigt, être amoureux sur le tard prévient la dépression et améliore la santé.

— Et comment font les vieux ? Au lit, je veux dire.

— Ils y vont sans se presser, je suppose. Pourquoi

49

ne le demandes-tu pas à ta grand-mère ? répliqua Irina.

Mais Seth parvint à faire d'Irina son alliée. Ensemble, ils décidèrent de veiller au grain. Une fois par semaine, Alma recevait une caisse avec trois gardénias, qu'un coursier laissait à la réception. L'envoi ne portait pas le nom de l'expéditeur, ni du fleuriste, et pourtant elle ne manifestait ni surprise ni curiosité. Elle avait également l'habitude de recevoir à Lark House une enveloppe jaune, sans aucun nom au dos, qu'elle jetait après en avoir extrait une enveloppe plus petite, également à son attention, mais avec l'adresse de Sea Cliff écrite à la main. Personne de la famille ou parmi les employés des Belasco n'avait jamais reçu ni envoyé ces enveloppes jaunes. Personne n'était au courant de ces lettres. Et les deux jeunes gens ne purent vérifier qui les postait, ni pourquoi il fallait deux enveloppes et deux adresses pour le même envoi, ni où toute cette correspondance insolite allait s'échouer. Comme ils n'en trouvaient aucune trace ni dans l'appartement ni à Sea Cliff, ils imaginèrent que la vieille dame la conservait dans un coffre à la banque.

*Une autre lune de miel mémorable avec toi, Alma !
Voilà longtemps que je ne t'avais pas vue si heureuse et
détendue. Le spectacle magique de mille sept cents ceri-
siers en fleur nous a accueillis à Washington. J'avais vu
quelque chose de comparable à Kyoto, il y a de longues
années. Est-ce que le cerisier de Sea Cliff planté par
mon père fleurit encore ainsi ?*

*Tu as caressé les noms sur la sombre pierre du
Mémorial du Viêt-Nam et tu m'as dit que les pierres
parlent, que l'on peut entendre leurs voix, que les morts
sont pris au piège de ce mur et qu'ils nous appellent,
indignés par leur sacrifice. J'ai longtemps pensé à cela.
Il y a des esprits en tous lieux, Alma, mais je crois qu'ils
sont libres et ne gardent pas rancune.*

Ichi

La petite Polonaise

Pour satisfaire la curiosité d'Irina et de Seth, Alma
Belasco se mit à évoquer, avec cette lucidité qui pré-
serve les moments fondamentaux, sa première rencontre avec Ichimei Fukuda, puis elle dévida peu à
peu le fil de sa vie. Elle l'avait connu dans le splendide jardin du manoir de Sea Cliff, au printemps 1939.
Elle était alors une petite fille, avec moins d'appétit
qu'un canari, qui se tenait silencieuse le jour et pleurait la nuit, cachée dans les entrailles d'une armoire
à trois glaces de la chambre que ses oncle et tante lui
avaient préparée, une symphonie en bleu : bleus les
rideaux, comme les voiles du lit à baldaquin, la tapis-
serie flamande, les petits oiseaux du papier peint et
les reproductions de Renoir dans leurs cadres dorés ;
et bleue était la vue depuis la fenêtre, mer et ciel,
quand se dissipait la brume. Alma Mendel pleurait
sur ce qu'elle avait perdu pour toujours, même si ses
oncle et tante lui répétaient sans cesse que la séparation d'avec ses parents et son frère serait provisoire,
et même si une petite fille moins intuitive les aurait

crus. La dernière image qu'elle gardait de ses parents était celle d'un homme mûr, barbu et sévère, vêtu de noir, en long manteau et en chapeau, et d'une femme beaucoup plus jeune, brisée par le chagrin, debout sur le quai du port de Dantzig, et qui lui faisaient signe avec des mouchoirs blancs. Ils devenaient toujours plus petits et diffus à mesure que le ferry s'éloignait vers Londres dans un mugissement plaintif, tandis que l'enfant, accrochée à la rambarde, était incapable de leur rendre ce signe d'adieu. Tremblante dans son costume de voyage, perdue au milieu des autres passagers massés à la poupe pour voir disparaître leur pays, Alma s'efforçait de garder la retenue qui lui avait été inculquée depuis sa naissance. À travers la distance croissante qui les séparait d'eux, elle percevait la désolation de ses parents, ce qui renforçait son pressentiment de ne plus jamais les retrouver. Dans un geste très rare chez lui, son père serrait d'un bras les épaules de sa mère, comme pour l'empêcher de se jeter à l'eau, tandis qu'elle retenait d'une main son chapeau, luttant contre le vent, et agitait désespérément son mouchoir de l'autre.

Trois mois plus tôt, Alma les avait accompagnés sur le même quai pour dire au revoir à son frère Samuel, son aîné de dix ans. Sa mère s'était résolue avec beaucoup de chagrin à se plier à la décision du père d'envoyer Samuel en Angleterre, par mesure de précaution, dans le cas, bien improbable, de voir se concrétiser les rumeurs de guerre. Ainsi, le jeune homme serait à l'abri du recrutement ou de la tentation de s'engager comme volontaire. Les Mendel étaient loin d'imaginer que, deux ans plus tard,

Samuel rejoindrait les rangs de la Royal Air Force en lutte contre l'Allemagne. En voyant s'embarquer son frère avec cet air bravache de celui qui se lance dans une première aventure, Alma avait eu un aperçu de la menace qui planait sur sa famille. Son frère était le phare de sa vie : il avait éclairé ses heures sombres et chassé toutes ses craintes de son rire triomphant, avec ses aimables plaisanteries et ses chansons au piano. De son côté, Samuel adorait sa sœur depuis qu'il l'avait prise dans ses bras à sa naissance, ce poids plume à l'odeur de talc qui miaulait comme un chat, et sa passion n'avait cessé de croître au cours des sept années suivantes, jusqu'à l'heure de la séparation. En apprenant que Samuel partirait de son côté, Alma connut la seule crise de nerfs de sa vie. Cela commença par des cris et des pleurs, suivis de râles et de trépignements tandis qu'elle gisait sur le sol, et se termina par un bain d'eau glacée que sa mère et son institutrice lui firent prendre sans pitié. Le départ de Samuel la laissa inconsolable et sur le qui-vive, car elle y voyait le début de changements dramatiques. Elle avait entendu ses parents parler de Lillian, une sœur de sa mère qui vivait aux États-Unis, où elle avait épousé Isaac Belasco, quelqu'un d'important – comme ils le soulignaient chaque fois que son nom était mentionné. Jusque-là, la fillette ignorait l'existence de cette tante lointaine et de cet homme « important ». Elle s'étonnait de devoir leur écrire des cartes postales avec sa plus belle écriture, comme elle n'avait pas eu de bon pressentiment quand son institutrice avait intégré la Californie à ses cours d'histoire et de géographie, cette tache de couleur orangée sur la carte, à l'autre extrémité du globe. Ses parents attendaient le lendemain des fêtes de fin d'année pour lui annoncer son propre départ, afin de poursuivre sa scolarité à l'étranger, mais, contrairement à son frère, elle pourrait rester dans la famille, aux côtés de son oncle Isaac, de sa tante Lillian et de ses trois cousins, à San Francisco.

La navigation entre Dantzig et Londres, et le voyage en transatlantique jusqu'à San Francisco avaient duré dix-sept jours. Les Mendel avaient confié à Miss Honeycomb, l'institutrice anglaise, la responsabilité de conduire Alma, saine et sauve, jusqu'au domicile des Belasco. Miss Honeycomb était une célibataire à la prononciation affectée, aux manières collet monté et à l'air constipé, qui traitait par le dédain tout ce qu'elle tenait pour inférieur socialement, et déployait une servilité collante avec ses supérieurs, mais au bout d'un an et demi de travail chez les Mendel, elle avait gagné leur confiance. Personne ne la trouvait sympathique, Alma moins que quiconque, mais son opinion ne comptait pas dans le choix des institutrices ou des précepteurs qui l'avaient éduquée à domicile dans les premiers temps. Pour que l'institutrice entreprenne le voyage de bonne grâce, ses employeurs lui avaient promis une prime substantielle, qu'elle recevrait en Californie une fois la petite installée chez ses oncle et tante. Miss Honeycomb et Alma avaient voyagé dans une des meilleures cabines du bateau, d'abord avec le mal de mer, puis avec beaucoup d'ennui. L'Anglaise ne se fondait pas vraiment parmi les passagers de première classe, mais elle aurait préféré sauter par-dessus bord plutôt que de se mêler à des gens de son niveau social, tant et si bien qu'elle avait passé plus de deux semaines sans parler à personne, hormis sa jeune élève. Il y avait d'autres enfants à bord, mais Alma ne s'intéressait à aucune de leurs activités programmées et ne se faisait pas d'amis ; elle boudait son institutrice, pleurnichait en cachette car c'était la première fois qu'elle était séparée de sa mère, lisait des contes de fées et composait des lettres mélodramatiques qu'elle confiait directement au capitaine afin de les poster dans le premier port en vue. En effet, elle craignait de les remettre à Miss Honeycomb qui, pensait-elle, les aurait données en pâture aux poissons. Les seuls instants mémorables de cette lente traversée avaient été le passage du canal de Panamá et une soirée déguisée pendant laquelle un Indien apache avait poussé dans la piscine une Miss Honeycomb qu'un drap de lit avait transformée en vestale grecque.

Les oncles et cousins Belasco guettaient l'arrivée d'Alma dans le port bouillonnant de San Francisco, au milieu d'une foule tellement serrée de débardeurs asiatiques, agglutinés autour des embarcations, que Miss Honeycomb craignait d'avoir débarqué à Shanghai par erreur. La tante Lillian, vêtue d'un manteau d'astrakan gris et coiffée d'un turban à la turque, étreignit sa nièce dans une embrassade étouffante, tandis qu'Isaac Belasco et le chauffeur s'efforçaient de récupérer les quatorze malles et paquetages des voyageuses. Les deux cousines, Martha et Sarah, saluèrent la nouvelle venue d'un baiser froid sur la joue et la gommèrent aussitôt de leur existence, non par malice, mais parce qu'elles avaient l'âge de se chercher un fiancé et que cet objectif leur voilait tout le reste de l'univers. Et ce ne devait pas être une sinécure de dénicher les maris souhaités, malgré la fortune et le prestige des Belasco, car elles avaient hérité du nez paternel et du visage rondouillard de la mère, mais non de l'intelligence du premier ni de la sympathie de la seconde. Quant au cousin Nathaniel, le seul garçon, né six ans après Sarah, il s'approchait très prudemment de la puberté avec une allure de héron. Il était pâlichon, maigrichon, long comme un jour sans pain, à l'étroit dans un corps dont dépassaient les coudes et les genoux, mais avec des yeux pensifs de grand chien. Le regard vissé au sol, il tendit la main à la petite Alma et bredouilla les paroles de bienvenue que ses parents lui avaient dictées. Elle attrapa cette main comme une bouée de secours et, dès lors, tous les efforts du garçon pour s'en détacher furent inutiles.

Ainsi commença le séjour d'Alma dans la vaste demeure de Sea Cliff, où elle devait passer soixante-dix ans, avec bien peu de parenthèses. Dans les premiers mois de 1939, elle versa presque toute sa réserve de larmes et ne pleura plus qu'en de très rares occasions. Elle apprit à mâcher ses chagrins toute seule, avec dignité, convaincue que les problèmes des autres n'intéressent personne et que les douleurs muettes finissent par se diluer. Elle avait assimilé les leçons philosophiques de son père, un homme aux principes rigides, sans appel, qui s'honorait de s'être fait tout seul et de ne rien devoir à personne, ce qui n'était pas tout à fait sûr. La formule réduite du succès, que Mendel avait ressassée à sa descendance depuis le berceau, consistait à ne se plaindre jamais, à ne rien demander, à s'efforcer d'être en tout les premiers et à ne se fier à personne. Et Alma avait dû se charger, au long de plusieurs décennies, de ce terrible sac de pierres. Jusqu'au jour où l'amour l'avait aidée à se débarrasser de quelques cailloux. Son attitude stoïque entrait pour beaucoup dans cet air mystérieux qu'elle avait depuis l'enfance, bien avant de connaître les secrets qu'il fallait soigneusement garder.

Pendant la Dépression des années trente, Isaac Belasco parvint à éviter les pires effets de la débâcle économique ; il réussit même à augmenter son patrimoine. Tandis que d'autres perdaient tout leur avoir, il travaillait dix-huit heures par jour à son cabinet d'avocat et investissait dans des aventures commerciales, qui semblaient risquées au début, mais qui, à long terme, devenaient de splendides affaires. Il était d'un caractère sérieux, avare de paroles et tendre de cœur. À ses yeux, cette tendresse confinait à une faiblesse de caractère ; c'est pourquoi il s'appliquait à donner une impression d'autorité intransigeante, mais il suffisait de l'avoir fréquenté deux jours pour deviner sa profonde bonté. Cependant, sa réputation d'homme compatissant devint un obstacle dans sa carrière d'avocat. Et, quand il se porta candidat comme juge à la Cour suprême de Californie, il perdit les élections. Ses opposants l'accusaient de pardonner trop facilement, au détriment de la justice et de la sécurité publique.

Isaac reçut Alma chez lui avec la meilleure volonté, mais bientôt les sanglots nocturnes de la petite commencèrent à lui taper sur le système. C'étaient des pleurs étouffés, contenus, à peine audibles à travers les épaisses portes d'acajou sculpté, mais qui parvenaient jusqu'à sa chambre à coucher, à l'autre bout du couloir, où il essayait de lire. Il supposait que les enfants, comme les animaux, ont une grande capacité d'adaptation et que la fillette se consolerait à la longue d'être séparée de ses parents, ou bien que ceux-ci émigreraient en Amérique. Il s'estimait incapable de l'aider, freiné par la pudeur que lui inspiraient les questions féminines. Ne comprenant pas les réactions habituelles de sa femme et de ses filles, comment allait-il s'y prendre avec une petite Polonaise qui n'avait pas encore huit ans ? Il fut bientôt l'objet d'un soupçon superstitieux : les larmes de sa nièce annonçaient une terrible catastrophe. Les cicatrices de la Grande Guerre étaient encore visibles en Europe, vif encore le souvenir de la terre mutilée par les tranchées, les millions de morts, de veuves et d'orphelins, la pourriture des chevaux abandonnés, les gaz mortels, les mouches et la faim. Plus personne ne voulait d'une telle conflagration, mais Hitler avait annexé l'Autriche, il contrôlait une partie de la Tchécoslovaquie, et ses pyromanes appelés à instaurer l'empire de la race supérieure ne pouvaient s'écarter d'un revers de main comme les illusions d'un fou. Fin janvier, Hitler s'était fixé pour objectif de libérer le monde de la menace juive ; il ne suffisait plus de les expulser, ils devaient être exterminés. Certains enfants ont des pouvoirs psychiques, pensait Isaac Belasco, et peut-être la petite Alma entrevoyait-elle dans ses cauchemars une réalité horrifiante, comme un deuil terrible dont elle souffrait par anticipation. Qu'attendaient donc ses parents pour quitter la Pologne ? Cela faisait un an qu'il les suppliait de s'en aller, comme tant d'autres Juifs qui fuyaient l'Europe ; il leur avait offert l'hospitalité, alors que les Mendel ne manquaient pas de ressources et n'avaient pas besoin de son aide. Baruj Mendel lui répondait que l'intégrité de la Pologne était garantie par l'Angleterre et la France. Il se croyait en sûreté, protégé par sa fortune et ses relations commerciales. Face au matraquage de la propagande nazie, son unique concession fut d'éloigner ses enfants du pays le temps que la tempête se calme. Isaac Belasco ne connaissait pas Mendel en personne, mais à travers lettres et télégrammes il lui paraissait évident que le mari de sa belle-sœur était aussi antipathique et arrogant que têtu.

Un mois devait s'être écoulé quand Isaac décida d'intervenir dans le drame de la petite Alma. Mais il ne s'estimait pas préparé à s'en charger personnellement, il lui semblait que la question serait mieux traitée par sa femme. Il n'y avait qu'une porte, toujours entrouverte, qui séparait les époux la nuit, mais Lillian était dure d'oreille et prenait de la teinture d'opium pour dormir, de telle sorte qu'elle n'aurait jamais perçu ce lamento de la petite si son mari ne lui en avait parlé. À cette époque, Miss Honeycomb n'était déjà plus à leurs côtés. À son arrivée à San Francisco, elle avait touché sa prime et, douze jours plus tard, était rentrée dans son pays natal, dégoûtée par les rudes manières, l'accent incompréhensible et la démocratie des Américains, comme elle le disait, sans imaginer une seconde combien ce commentaire pouvait être offensant pour les Belasco, des personnes distinguées qui l'avaient traitée avec beaucoup de considération. Quand Lillian, avertie par un courrier retardé de sa sœur, défit la couture du manteau de voyage d'Alma, elle découvrit que les diamants annoncés dans la lettre avaient disparu. Les Mendel les avaient cousus dans cette cachette bien plus par tradition que pour mettre leur fille à l'abri des mauvais tours du destin, car il ne s'agissait pas de pierres d'une valeur exceptionnelle. Le soupçon retomba immédiatement sur Miss Honeycomb, et Lillian suggéra de charger un enquêteur du cabinet Mendel de poursuivre l'Anglaise, afin de la confronter et de récupérer le bien volé, mais Isaac estima que la démarche n'en valait pas la peine. Le monde et la famille étaient suffisamment secoués pour ne pas courir les mers et les continents derrière des institutrices ; quelques diamants de plus ou de moins ne pèseraient pas lourd dans la vie d'Alma.

— Mes amies au bridge m'ont parlé d'un formidable psychologue pour enfants à San Francisco, dit Lillian à son mari, quand elle fut mise au courant des plaintes nocturnes de sa nièce.

— De quoi parles-tu ? répondit le patriarche, en levant un instant les yeux de son journal.

— Tu as bien entendu, Isaac, ne fais pas l'idiot.

— Donc, l'une de tes amies connaît quelqu'un qui aurait un enfant assez déséquilibré pour le confier aux mains d'un psychologue ?

— Certainement, Isaac, mais plutôt mourir, pour toi, que de l'admettre.

— L'enfance est une étape naturellement malheureuse de l'existence, Lillian. Le conte qui veut que les enfants méritent le bonheur a été inventé par Walt Disney pour gagner de l'argent.

— Tu es une tête de mule ! Nous ne pouvons pas laisser Alma pleurer éternellement, sans la consoler. Il faut faire quelque chose.

— Très bien, Lillian. Nous pourrons recourir à cette mesure extrême quand nous aurons épuisé tout le reste. Dans l'immédiat, tu pourrais donner à la petite quelques gouttes de ton sirop.

— Je ne sais pas, Isaac ; c'est une arme à double tranchant. Nous n'allons pas faire de cette enfant une opiomane.

Ils en étaient là, à débattre du pour et du contre le psychologue ou la drogue, quand ils constatèrent que la fillette était restée silencieuse depuis trois nuits. Ils prêtèrent l'oreille les jours suivants et purent s'assurer que l'enfant, inexplicablement, non seulement s'endormait sans peine, tranquille, mais qu'elle se nourrissait peu à peu de façon normale. Alma n'avait oublié ni ses parents ni son frère, elle désirait ardemment voir sa famille se réunir, mais ses larmes s'étaient taries et elle commençait à s'attacher aux deux personnes qui seraient les seuls amours de sa vie, Nathaniel Belasco et Ichimei Fukuda. Le premier, qui allait avoir treize ans, était le plus jeune enfant des Belasco, et le second, qui en aurait bientôt huit, comme Alma, était le benjamin du jardinier.

Martha et Sarah, les filles Belasco, vivaient dans un monde si différent, à l'affût de la mode, des fêtes et des fiancés potentiels, que lorsqu'elles tombaient sur Alma au détour d'un couloir de Sea Cliff ou dans les rares occasions d'un dîner officiel, elles sursautaient, se demandant qui était cette enfant et ce qu'elle pouvait bien faire là. Nathaniel, en revanche, ne pouvait l'ignorer : Alma le suivait comme son ombre depuis le premier jour, fermement décidée à remplacer Samuel, son frère adoré, par ce cousin timoré. C'était le membre du clan Belasco le plus proche par l'âge, même si cinq ans les séparaient, et le plus accessible par son caractère doux et timide. Quant à lui, il la considérait avec un mélange de fascination et de crainte. Alma semblait sortie d'un daguerréotype, avec son prétentieux accent britannique, inspiré de l'institutrice voleuse, et son sérieux de croque-mort, raide et anguleuse comme une planche, avec l'odeur de naphtaline de ses coffres de voyage et son épi blanc sur le front, qui tranchait sur le noir absolu du reste de ses cheveux et sur sa peau olivâtre. Au début, Nathaniel tenta de lui échapper, mais rien ne décourageait les maladroites avances amicales d'Alma, et il finit par céder, car il avait hérité du bon cœur de son père. Il devinait la peine secrète de sa cousine, qu'elle dissimulait avec fierté, mais il cherchait tous les prétextes pour échapper à l'obligation de l'aider. C'était une petite morveuse, il n'avait en commun avec elle qu'un lien familial plutôt ténu, elle était juste de passage à San Francisco. Bref, entamer une amitié ne serait qu'un gaspillage de sentiments. Au bout de trois semaines, quand il s'avéra que la visite de la cousine allait se prolonger, il fallut trouver un autre prétexte : il demanda à sa mère si, par hasard, elle pensait l'adopter. « J'espère qu'il ne faudra pas en arriver là », répondit Lillian dans un frisson. Les nouvelles d'Europe étaient fort inquiétantes, et l'image de cette enfant devenue orpheline commençait à prendre forme dans son imagination. Au ton pris par sa mère pour répondre, Nathaniel conclut que la fillette allait s'installer, et il obéit à son instinct de l'aimer. Il dormait dans l'autre aile de la maison et personne ne lui avait dit qu'elle pleurait au début, mais il l'avait découvert et souvent, la nuit, il allait lui tenir compagnie, sur la pointe des pieds.

C'est Nathaniel qui présenta les Fukuda à sa cousine. Alma les avait vus depuis les fenêtres, mais elle n'explora pas le jardin avant les premiers jours de printemps, quand le climat s'adoucit. Un samedi, Nathaniel lui banda les yeux, en promettant de lui faire une surprise, et la conduisit par la main, à travers la cuisine et la buanderie, jusqu'au jardin. Quand il retira le bandeau, elle leva les yeux et se retrouva sous un luxuriant cerisier en fleur, un gros nuage de coton rose. Près de l'arbre se tenait un homme en bleu de travail et chapeau de paille. Les traits asiatiques, la peau tannée, de courte taille et large d'épaules, il s'appuyait sur une pelle. Dans un anglais saccadé, malaisé à comprendre, il dit à la petite que c'était un beau moment, mais qu'il durerait seulement quelques jours et que les fleurs allaient tomber comme pluie sur la terre. Pourtant, le souvenir du cerisier en fleur, de son côté, resterait toute l'année, jusqu'au printemps suivant. L'homme s'appelait Takao Fukuda, c'était le jardinier japonais qui travaillait dans cette maison depuis de longues années, la seule personne devant laquelle Isaac Belasco se découvrait la tête par respect.

Nathaniel rentra à la maison et laissa sa cousine en compagnie de Takao, qui lui montra tous les recoins du jardin. Il la conduisit sur les diverses terrasses qui s'échelonnaient au flanc de la colline, depuis le sommet, où se dressait le manoir, jusqu'à la plage. Ils parcoururent d'étroits sentiers, parmi des statues classiques tachées d'une patine verte d'humidité, des fontaines, des arbres exotiques et des plantes aux fruits succulents. Il lui expliquait d'où provenaient ces essences et les soins qu'il fallait leur prodiguer, jusqu'à ce qu'ils parviennent à une pergola couverte de rosiers grimpants, avec une vue panoramique sur la mer, l'entrée de la baie, à gauche, et le pont du Golden Gate, inauguré deux ans plus tôt, sur la droite. On distinguait des colonies de phoques qui se reposaient sur les rochers et, en scrutant l'horizon patiemment, avec un peu de chance on pouvait apercevoir les baleines qui arrivaient du Nord pour mettre bas dans les eaux de Californie. Puis Takao la conduisit dans la serre, une réplique miniature de la célèbre gare victorienne, en verre et en fer forgé. Dans la lumière tamisée, la chaleur humide du chauffage et des vaporisateurs, les plantes délicates commençaient leur vie aux petits soins, chacune portant une étiquette avec son nom et la date à laquelle elle devait être transplantée. Entre deux longues tables de bois rustique, Alma vit un garçon penché sur des semis et qui, entendant les visiteurs, lâcha les ciseaux et se mit au garde-à-vous. Takao s'approcha de lui, murmura quelque chose dans une langue inconnue et lui taquina les cheveux. « Mon plus jeune fils », dit-il à l'adresse d'Alma. Celle-ci dévisageait ouvertement le père et le fils comme des êtres d'une autre espèce ; ils ne ressemblaient pas aux Chinois de l'*Encyclopaedia Britannica*.

Le garçon la salua d'une inclinaison du buste et garda la tête penchée en se présentant.

— Je suis Ichimei, quatrième fils de Takao et Heideko Fukuda. Honoré de faire votre connaissance, mademoiselle.

— Et moi je suis Alma, nièce d'Isaac et Lillian Belasco. Flattée de vous connaître, monsieur, répliqua-t-elle, à la fois déconcertée et amusée.

Cette première formalité, que plus tard la tendresse devait teinter d'humour, donna le ton à leur longue relation. Alma, plus grande et plus forte, avait l'air plus âgée. La silhouette menue d'Ichimei était trompeuse : il soulevait sans effort de lourds sacs de terre, ou poussait une brouette remplie tout en haut de la côte. Il avait la tête large, la peau couleur miel, les yeux noirs très séparés, le cheveu raide et rebelle. Ses dents de sagesse poussaient encore et, quand il souriait, ses yeux disparaissaient dans deux fentes.

Pendant tout le reste de cette matinée, Alma suivit Ichimei, tandis qu'il installait des plantes dans les trous laissés par son père et expliquait à la fillette la vie secrète du jardin, les filaments entrelacés dans le sous-sol, les insectes quasi invisibles, les bourgeons minuscules qui, sur une semaine, atteindraient un pied de haut. Il lui parla des chrysanthèmes, que l'on sortait de la serre à cette époque ; ils étaient transplantés au printemps et fleurissaient au début de l'automne, apportant de la couleur et de la joie au parterre quand les fleurs d'été ont déjà fané. Il lui montra les rosiers asphyxiés de boutons : il fallait les éliminer presque tous, n'en garder que quelques-uns pour que les roses soient belles et saines. Il lui indiquait les différences entre les plantes de semis et celles à bulbe, entre celles qui poussent au soleil et celles qui préfèrent l'ombre, entre les essences autochtones et celles qui venaient de loin. Takao Fukuda les observait du coin de l'œil. Il s'approcha d'eux et dit à Alma que les travaux les plus délicats revenaient à Ichimei, car il était né avec la main verte. Le compliment fit rougir le garçon.

À dater de ce jour, Alma se mit à guetter, impatiente, l'arrivée ponctuelle des jardiniers, en fin de semaine. Takao Fukuda emmenait toujours Ichimei ; parfois, s'il y avait plus de travail, il venait aussi avec Charles et James, ses deux aînés, ou avec Megumi, sa fille unique. Beaucoup plus grande qu'Ichimei, elle ne s'intéressait qu'à la science et n'avait pas envie de se salir les mains avec de la terre. Patient et discipliné, Ichimei accomplissait sa besogne sans se laisser distraire par la présence d'Alma ; il savait que son père lui accorderait une demi-heure de liberté en fin de journée, pour jouer avec elle.

Alma, Nathaniel et Ichimei

Si vaste était la demeure de Sea Cliff, et ses habitants tellement occupés, que les jeux des enfants passaient inaperçus. Si quelqu'un s'étonnait de voir Nathaniel se distraire des heures durant avec une fillette beaucoup plus jeune, la curiosité retombait aussi vite, car il fallait se soucier de tant de choses. Alma avait surmonté son peu d'attachement pour les poupées ; elle avait appris à jouer au Scrabble avec un dictionnaire, et aux échecs avec beaucoup de résolution, vu que la stratégie n'avait jamais été son fort. De son côté, Nathaniel s'était lassé de collectionner des timbres et de camper avec les boy-scouts. Ils s'investissaient pleinement dans les petites pièces de théâtre, avec deux ou trois personnages, qu'ils composaient et qu'ils montaient ensemble au grenier. L'absence de public n'était guère un problème : le processus était plus amusant que le résultat, et ils ne recherchaient pas les compliments ; leur plaisir était de se chamailler autour du scénario et de répéter les rôles. De vieux vêtements, des rideaux déchirés, des meubles branlants et bien d'autres choses encore, à différents stades de désintégration, fournissaient la matière première de leurs déguisements, accessoires et effets spéciaux ; pour le reste, l'imagination y suppléait. Ichimei, qui pouvait passer à tout moment chez les Belasco sans avoir besoin d'invitation, faisait également partie de la troupe théâtrale, mais dans des rôles secondaires, car c'était un lamentable acteur. Il compensait son manque de talent par une mémoire prodigieuse et une prédisposition au dessin ; il pouvait réciter sans faute de longues tirades inspirées des lectures préférées de Nathaniel, depuis *Dracula* jusqu'au *Comte de Monte-Cristo*, et il était chargé de peindre les décors. Cette camaraderie, qui parvint à extraire Alma de son état d'orpheline et du sentiment d'abandon où elle s'enfonçait au début, ne dura pas longtemps.

L'année suivante, Nathaniel commença ses études secondaires dans un collège de garçons inspiré du modèle britannique. En l'espace de vingt-quatre heures, sa vie changea. En même temps qu'il essayait de longs pantalons, il dut affronter l'infinie brutalité de jeunes qui s'initiaient à la rude tâche d'être des hommes. Il n'y était pas prêt : il avait l'air d'un gamin de dix ans, alors qu'il en avait quatorze ; il ne subissait pas encore l'impitoyable bombardement des hormones, il était introverti, méfiant et, pour son plus grand malheur, enclin à la lecture et nul en sport. Il n'aurait jamais la jactance, la cruauté, la vulgarité des autres garçons. Comme tout cela ne lui venait pas naturellement, il essayait en vain de faire semblant ; sa sueur sentait la peur. Le premier mercredi après-midi, il rentra chez lui avec un œil au beurre noir et la chemise tachée de saignements de nez. Il refusa de répondre aux questions de sa mère et dit à Alma qu'il avait buté contre le mât du drapeau. La nuit suivante, il mouilla ses draps ; horrifié, il les cacha dans le conduit de la cheminée. On les retrouva fin septembre, quand on alluma du feu et que la maison se remplit de fumée. Lillian ne parvint pas davantage à obtenir une explication sur la disparition des draps, mais elle en imagina la cause et décida de trancher dans le vif. Elle se présenta devant le directeur de l'école, un Écossais aux cheveux roux et au nez de buveur, qui la reçut derrière une table de régiment, dans une pièce lambrissée de sombres boiseries, sous le portrait vigilant du roi George VI. Le rouquin informa Lillian que la violence, à sa juste place, était tenue pour essentielle dans les méthodes didactiques de l'établissement. C'est pourquoi l'on favorisait les sports les plus rudes, les bagarres des élèves se réglaient sur un ring avec des gants de boxe, et l'indiscipline se corrigeait à coups de baguette sur le derrière, qu'il administrait lui-même. Les hommes se formaient en jouant des poings. Il en avait toujours été ainsi, et plus vite Nathaniel Belasco apprendrait à se faire respecter, mieux cela vaudrait pour lui. Il ajouta que l'intervention de Lillian risquait de ridiculiser son fils, mais, comme il s'agissait d'un nouvel élève, on pourrait faire une exception et ne pas ébruiter l'affaire. De mauvaise humeur, Lillian se rendit au bureau de son mari, rue Montgomery, où elle fit irruption, mais sans y trouver plus de soutien.

— Ne t'occupe pas de ça, Lillian. Tous les garcons passent par ces rites d'initiation, et ils survivent presque toujours, déclara Isaac.

— Toi aussi, on te frappait ?

— Bien sûr. Tu vois que le résultat n'est pas si mauvais.

Les quatre années de collège seraient devenues un supplice interminable pour Nathaniel s'il n'avait pu compter sur une aide inattendue. À la fin de cette semaine d'épreuves, en le voyant couvert de bleus et d'égratignures, Ichimei le conduisit dans la pergola pour lui faire une démonstration efficace en matière d'arts martiaux, qu'il pratiquait depuis qu'il pouvait tenir sur ses deux jambes. Il lui tendit une pelle et lui ordonna de l'attaquer comme s'il voulait lui casser la tête. Nathaniel crut à une plaisanterie et arbora la pelle comme il eût fait d'un parapluie. Il fallut de nombreux essais pour qu'il saisisse les instructions et se jette pour de bon sur Ichimei. Il ne comprit pas comment il avait lâché l'outil, il fut projeté en l'air et atterrit sur le dos, sur le carrelage italien de la pergola et sous le regard ébahi d'Alma, qui observait la scène. C'est ainsi que Nathaniel apprit que l'impassible Takao Fukuda enseignait un mélange de judo et de karaté à ses fils et à d'autres jeunes de la colonie japonaise, dans un garage en location de la rue Pine. L'adolescent raconta l'anecdote à son père, qui avait une vague idée de ces sports qui commençaient à se répandre en Californie. Isaac se rendit rue Pine : il ne voyait pas bien comment Fukuda pourrait aider son fils, mais le jardinier lui expliqua que la beauté des arts martiaux ne résidait pas dans la force physique, mais dans la concentration et l'adresse pour utiliser le poids et l'élan de l'adversaire afin de le renverser. Et Nathaniel commença ses classes. Trois soirs par semaine, le chauffeur le conduisait au garage, où il affrontait d'abord Ichimei et des gamins plus jeunes, avant de se battre avec Charles, James et des garçons plus grands. Pendant plusieurs mois, il marcha comme une marionnette désarticulée, avant d'apprendre à tomber sans gémir. Et toute sa peur des bagarres s'évanouit. Il ne devait jamais dépasser le niveau des débutants, mais il en savait bien plus que les aînés de son école. Et on n'essaya plus de le rosser, car le premier qui s'approchait avec une sale tête était accueilli par quatre cris gutturaux et une chorégraphie exagérée de postures vindicatives. Isaac Belasco ne s'enquit jamais du résultat de cet apprentissage, comme il avait toujours fait mine d'ignorer les raclées que ramassait son fils, mais il devait avoir vérifié quelque chose car, un beau jour, il se présenta rue Pine avec un camion et quatre ouvriers pour installer un plancher dans le garage. Takao Fukuda le reçut avec une série de révérences formelles et ne fit pas d'autre commentaire.

Le départ de Nathaniel au collège avait mis fin aux représentations théâtrales du grenier. En dehors de ses études académiques et de l'effort soutenu pour apprendre à se défendre, le garçon était sujet à des angoisses métaphysiques et affecté d'un spleen très étudié, que sa mère tentait de guérir avec des cuillerées d'huile de foie de morue. À peine trouvait-il le temps pour quelques parties de Scrabble ou d'échecs si Alma parvenait à l'attraper au vol avant qu'il ne s'enferme dans sa chambre pour taquiner une guitare. Il découvrait le jazz et le blues, mais n'aimait guère les danses à la mode : il était paralysé de honte à l'idée de monter sur une piste, qui aurait révélé au grand jour son inaptitude totale au rythme, héritage de tous les Belasco. Avec un mélange de sarcasmes et d'envie, il assistait aux démonstrations de *lindy hop* par lesquelles Alma et Ichimei s'efforçaient de l'encourager. Les enfants possédaient deux disques rayés avec un phonographe inutilisable que Lillian avait balancé à la poubelle, mais Ichimei l'avait démonté et réparé avec sa délicate main verte et sa patiente intuition.

Le collège, qui avait si mal débuté pour Nathaniel, ne cessa pas d'être un martyre les années suivantes. Ses camarades s'étaient lassés de lui tomber sur le dos, mais ils lui firent subir quatre années de moqueries et de quarantaine ; ils ne lui pardonnaient pas sa curiosité intellectuelle, ni ses bonnes notes et sa maladresse physique. Il ne surmonta jamais la sensation d'être né au mauvais endroit et au mauvais moment. Il devait prendre part aux activités sportives, pilier de l'éducation anglaise, et endurait l'humiliation répétée d'être toujours le dernier sur la ligne d'arrivée, et celui dont personne ne voulait dans l'équipe. À quinze ans, il se mit à pousser comme une asperge, de la pointe des pieds au bout des oreilles. Il fallut lui acheter de nouvelles chaussures et rallonger ses pantalons tous les deux mois. Alors qu'il était le gringalet de la classe, il atteignit une taille normale, on vit grandir ses jambes, ses bras et son nez, on devinait ses côtes sous la chemise et, sur son maigre cou, la pomme d'Adam avait l'air d'une tumeur ; il dut porter un foulard jusqu'en été. Il détestait son profil de vautour déplumé et cherchait toujours à se fourrer dans un coin pour être vu de face. Il échappa aux boutons d'acné, qui infestaient ses ennemis, mais non aux complexes propres à cet âge. Il ne pouvait imaginer qu'en moins de trois ans il aurait acquis un corps bien proportionné, que ses traits auraient pris bonne tournure et qu'il serait devenu aussi beau qu'un acteur de film romantique. Il se voyait laid, malheureux et seul ; il commença à ruminer l'idée de suicide, comme il devait l'avouer à Alma dans l'un de ses pires moments d'autocritique. « Ce serait du gaspillage, Nat. Il vaut mieux que tu finisses l'école, que tu fasses médecine et que tu partes soigner les lépreux en Inde. J'irai avec toi », répondit-elle, sans beaucoup de sympathie, car comparés à sa propre situation de famille, les problèmes existentiels de son cousin étaient dérisoires.

Leur différence d'âge se remarquait peu. Alma s'était développée de bonne heure et sa tendance à la solitude la faisait paraître plus mûre. Alors qu'il vivait dans les limbes d'une adolescence qui paraissait éternelle, elle avait accentué le courage et le sérieux que lui avait inculqués son père et qu'elle cultivait comme des vertus essentielles. Elle se sentait délaissée par son cousin comme par la vie. Elle pouvait deviner cette intense répulsion envers soi-même que Nathaniel avait développée à son entrée au collège, car elle en souffrait aussi dans une moindre mesure, mais, contrairement au garçon, elle ne s'étudiait pas dans le miroir pour chercher ses défauts ni ne se lamentait sur son sort. Elle avait bien d'autres chats à fouetter.

En Europe, la guerre avait éclaté tel un ouragan d'apocalypse, qu'elle entrevoyait dans le noir et blanc diffus des actualités au cinéma : scènes entrecoupées de batailles, visages de soldats couverts de la suie indélébile de la poudre et de la mort, avions semant des bombes qui tombaient avec une absurde élégance, explosions de feu et de fumée, foules rugissantes acclamant Hitler en Allemagne. Elle ne se souvenait plus très bien de son pays, de la maison où elle avait grandi ni de la langue de son enfance, mais sa famille était toujours au cœur de ses nostalgies. Elle gardait, sur sa table de nuit, un portrait de son frère et la dernière photo de ses parents, sur le quai de Dantzig, qu'elle embrassait avant de s'endormir. Les images de guerre la poursuivaient le jour, hantaient ses rêves et ne lui laissaient pas le droit de se comporter comme l'enfant qu'elle était. Quand Nathaniel céda à la tentation de se croire un génie incompris, Ichimei devint son unique confident. Le fils du jardinier avait peu grandi en taille, elle le dépassait encore d'une demi-tête, mais il faisait preuve de sagesse et trouvait toujours une façon de la distraire quand elle était en proie aux images glaçantes de la guerre. Ichimei s'arrangeait pour passer devant la maison des Belasco en tramway, à bicyclette ou dans la camionnette des jardiniers, s'il parvenait à se faire emmener par son père ou ses frères ; puis Lillian le reconduisait chez lui avec son chauffeur. Si les enfants passaient deux ou trois jours sans se voir, ils se téléphonaient en cachette la nuit. Les commentaires les plus triviaux gagnaient en profondeur transcendantale dans ces échanges murmurés.

Les Belasco vivaient suspendus aux nouvelles d'Europe, chaque jour plus confuses et plus alarmantes. À Varsovie, occupée par les Allemands, quatre cent mille Juifs s'entassaient dans un ghetto de moins de quatre kilomètres carrés. Par des télégrammes de Samuel Mendel expédiés depuis Londres, la famille savait que les parents d'Alma vivaient dans ce ghetto. L'argent des Mendel ne leur servit à rien. Au début de l'Occupation, ils perdirent leurs biens en Pologne, ainsi que l'accès à leurs comptes en Suisse; ils durent abandonner la demeure familiale, confisquée par les nazis et convertie en bureaux, et furent réduits à la même condition de misère inimaginable que les autres Juifs de Varsovie. Ils purent alors constater qu'ils ne comptaient pas un seul ami dans leur propre peuple. C'est tout ce que Isaac Belasco parvint à établir. Il était impossible de communiquer avec eux, et toutes ses démarches pour les secourir furent inutiles. Isaac fit appel à ses relations avec des politiciens influents, y compris deux sénateurs à Washington et le ministre de la Guerre, son ancien condisciple à Harvard, mais ils répondirent par de vagues et vaines promesses, car ils avaient à traiter des questions bien plus urgentes qu'une mission de secours dans l'enfer de la Pologne.

Les Américains restaient dans l'expectative; ils espéraient encore que ce conflit à l'autre bout de l'Atlantique ne les concernerait pas, en dépit de la subtile propagande du gouvernement de Roosevelt pour dresser l'opinion publique contre l'Allemagne. Derrière le mur épais qui marquait la frontière du ghetto de Varsovie, les Juifs affrontaient des conditions extrêmes de famine et de terreur. On parlait de déportations massives, d'hommes, de femmes et d'enfants conduits en troupeaux vers des trains de marchandises qui disparaissaient dans la nuit, de la volonté arrêtée des nazis d'exterminer les Juifs et d'autres indésirables, des chambres à gaz, des fours crématoires et d'autres atrocités impossibles à confirmer, donc difficiles à croire pour les Américains.

Irina Bazili

En 2013, Irina Bazili fêta le troisième anniversaire de son entrée au service d'Alma Belasco. Elle le fit en privé, avec une ventrée de gâteaux à la crème et deux tasses de chocolat fumant. Elle commençait alors à bien connaître sa patronne, même s'il restait des parts d'ombre dans la vie de cette femme, des mystères que ni elle ni Seth n'avaient déchiffrés, peut-être parce qu'ils n'avaient pas encore essayé sérieusement. Dans les caisses d'Alma qu'elle devait mettre en ordre, les Belasco se révélèrent peu à peu à Irina. Ainsi fit-elle connaissance avec Isaac, au sévère nez aquilin et au regard bienveillant ; avec Lillian, de petite taille, à la poitrine abondante et au beau visage ; avec leurs filles Sarah et Martha, laides et fort bien vêtues ; avec Nathaniel encore enfant, maigre et à l'air désemparé ; puis sous les traits d'un beau garçon élancé ; enfin, décharné par la maladie. Elle vit la petite Alma fraîchement débarquée en Amérique ; puis la fille de vingt et un ans, à Boston, quand elle étudiait les beaux-arts, avec son béret noir et son imperméable de détective, le style masculin qu'elle avait adopté après s'être débarrassée de la dot offerte par sa tante Lillian, et que celle-ci n'approuva jamais ; enfin, la mère de famille, assise dans la pergola du jardin de Sea Cliff, avec Larry, son fils de trois mois, sur les genoux, et son mari debout derrière, une main posée sur son épaule, comme dans un portrait de la famille royale. Depuis son enfance, on devinait la femme que devait devenir Alma, imposante, avec sa mèche de cheveux blancs, sa bouche un peu de travers et des cernes dévorants. Irina devait classer les photos par ordre chronologique dans les albums, suivant les instructions d'Alma, qui ne se rappelait pas toujours où et quand elles avaient été prises. Hormis le portrait d'Ichimei Fukuda, il n'y avait dans son appartement qu'une autre photo encadrée : la famille dans le salon de Sea Cliff, quand Alma avait fêté ses cinquante ans. Les hommes portaient le smoking, les femmes étaient en long, Alma en satin noir, altière comme une impératrice douairière, et sa belle-fille Doris, pâle et fatiguée, en robe de soie grise, plissée devant pour dissimuler sa deuxième grossesse : elle attendait sa fille Pauline. Seth, âgé d'un an et demi, se tenait debout, accroché d'une main à la robe de sa grand-mère, et de l'autre à l'oreille d'un épagneul.

Avec le temps, le lien entre les deux femmes, Alma et Irina, ressemblait de plus en plus à celui qui unit une tante et sa nièce. Elles avaient accordé leurs routines respectives et pouvaient partager, de longues heures durant, l'espace réduit de l'appartement sans parler ni se regarder, chacune absorbée dans ses affaires. Elles avaient besoin l'une de l'autre. Irina s'estimait privilégiée par la confiance et le soutien d'Alma qui, de son côté, était reconnaissante à la jeune fille de sa fidélité. L'intérêt d'Irina pour sa vie passée la flattait. Elle dépendait de son aide, à la fois pour des raisons pratiques et pour garder son indépendance. Quand viendrait l'heure où elle aurait besoin d'être soignée, Seth lui avait recommandé de retourner à la maison familiale de Sea Cliff ou d'engager une aide permanente à domicile ; l'argent ne lui manquait pas pour ce faire. Alma se dirigeait vers ses quatre-vingt-deux ans et envisageait de vivre encore une dizaine d'années sans secours de ce genre ni personne pour se donner le droit de décider à sa place.

— Moi aussi j'étais terrorisée à l'idée de la dépendance, Alma, mais j'ai compris que ce n'est pas si grave. On s'habitue et on est reconnaissant. Je ne peux ni m'habiller ni me doucher toute seule, j'ai du mal à me brosser les dents ou à couper le poulet dans mon assiette, mais je n'ai jamais été plus contente que maintenant, lui confia Catherine Hope, qui était parvenue à en faire son amie.

— Pourquoi, Cathy ? lui demanda Alma.

— Parce que j'ai tout mon temps et que, pour la première fois de ma vie, personne n'attend rien de moi. Je n'ai rien à démontrer, je ne dois plus courir, chaque jour est un cadeau et j'en profite à fond.

Si Catherine Hope était encore de ce monde, c'était uniquement grâce à une volonté féroce et aux prodiges de la chirurgie ; elle savait ce que voulait dire le fait de se retrouver handicapé et de vivre avec une douleur permanente. Chez elle, la dépendance n'était pas venue peu à peu, comme on le voit fréquemment, mais du jour au lendemain : le temps d'un faux pas. Alors qu'elle escaladait une montagne, elle fit une chute et resta prisonnière entre deux rochers, avec les jambes et le bassin broyés. Le sauvetage fut une entreprise héroïque, transmise en direct à la télévision, filmée depuis les airs. L'hélicoptère parvint à capter de loin les scènes dramatiques, mais ne put s'approcher de la profonde faille où elle gisait en état de choc et atteinte d'une grave hémorragie. Un jour et une nuit plus tard, deux montagnards purent descendre sur les lieux, par une manœuvre très risquée, qui faillit leur coûter la vie, et la hissèrent dans un harnais. On la conduisit dans un hôpital spécialisé dans les traumatismes de guerre, où commença le long travail de reconstitution des innombrables os brisés. La femme sortit du coma deux mois plus tard, demanda à voir sa fille et se déclara heureuse d'être encore en vie. Le jour même, le Dalaï-Lama, depuis l'Inde, lui avait envoyé une *kata*, l'écharpe blanche avec sa bénédiction. Après quatorze opérations extrêmement délicates et des années de rééducation pénible, Cathy dut accepter qu'elle ne pourrait plus marcher. « Ma première vie est terminée, la seconde commence. Tu me verras parfois déprimée ou exaspérée, mais ne t'en fais pas, cela ne durera pas », déclara-t-elle à sa fille. Le bouddhisme zen et un long apprentissage de la méditation lui étaient d'un grand secours dans pareilles circonstances, car elle supportait une immobilité qui aurait fait craquer d'autres personnes aussi athlétiques et énergiques, et, avec beaucoup de courage, elle put se remettre de la perte de son compagnon de longue date, qui avait eu moins de force dans cette tragédie et l'avait quittée. Elle découvrit également qu'elle pouvait pratiquer la médecine comme conseillère chirurgicale, à partir d'un studio raccordé au bloc opératoire, mais son ambition était de travailler avec les patients en tête à tête, comme elle l'avait toujours fait. Quand elle choisit de s'installer au deuxième niveau de Lark House, elle rendit visite aux gens qui allaient devenir sa nouvelle famille et put constater que les occasions ne manqueraient pas d'exercer son métier. Huit jours après son admission, elle avait dressé les plans d'une clinique gratuite contre la douleur, destinée aux personnes atteintes de maladies chroniques, et d'un cabinet pour soigner les moindres maux. À Lark House, il n'y avait que des médecins externes ; Catherine Hope leur expliqua qu'il n'y aurait pas de compétition entre eux, mais une complémentarité. Hans Voigt mit une salle à sa disposition et proposa à la direction de lui allouer un salaire, mais elle préféra ne pas toucher ces mensualités. Cathy, comme on l'appelait, devint bientôt la mère qui accueillait les nouveaux venus, recevait les confidences, consolait les chagrins, accompagnait les mourants et distribuait la marijuana. La moitié des résidents avaient des ordonnances pour s'en procurer et Cathy, qui en délivrait dans sa clinique, se montrait généreuse avec ceux qui n'avaient pas de papiers ni d'argent pour acheter de la drogue de contrebande. Il n'était pas rare de voir une file de clients devant sa porte, pour obtenir de l'herbe sous diverses formes, y compris de délicieux gâteaux et caramels. Hans Voigt n'intervenait pas – pourquoi priver les gens d'un soulagement inoffensif ? Il demandait simplement de ne fumer ni dans les couloirs ni dans les parties communes : si le tabac était interdit, la marijuana devait l'être aussi. Mais un peu de fumée s'échappait parfois par les conduites du chauffage ou de l'air conditionné, et les animaux de compagnie semblaient alors comme égarés.

À Lark House, Irina se sentait en sécurité, pour la première fois en quatorze ans. Depuis son arrivée aux États-Unis, elle n'était jamais restée aussi longtemps dans un lieu ; elle savait que la tranquillité ne durerait pas et savourait cette trêve dans sa vie. Tout n'était pas idyllique, mais, comparés aux problèmes du passé, ceux du présent étaient infimes. Elle devait se faire arracher les dents de sagesse, mais son assurance ne couvrait pas les frais dentaires. Elle savait que Seth Belasco était tombé amoureux d'elle et qu'il serait chaque jour plus difficile de le garder à distance sans perdre sa précieuse amitié. Hans Voigt, qui s'était toujours montré cordial et détendu, était devenu si grincheux, depuis quelques mois, que certains résidents se réunissaient en cachette pour trouver le moyen de le congédier sans l'offenser. Toutefois, Catherine Hope estimait qu'il fallait lui laisser encore du temps, et son opinion faisait autorité. Le directeur, en effet, avait été opéré, par deux fois, des hémorroïdes. Les résultats étaient inégaux et cela lui avait aigri le caractère. Mais le souci le plus immédiat, pour Irina, était une invasion de souris dans la vieille maison de Berkeley où elle vivait. On les entendait gratter entre les vieilles cloisons fissurées, ou sous le parquet. À l'initiative de Tim, les autres locataires avaient décidé de poser des pièges, moins cruels que l'empoisonnement. Irina arguait que les pièges l'étaient tout autant et que, de surcroît, il faudrait évacuer les cadavres, mais personne ne l'écoutait. Un petit rongeur fut sauvé de l'un des pièges et récupéré par Tim, qui, compatissant, le remit à Irina. Elle était de ces gens qui se nourrissent de légumes et de noix, car ils ne supportent pas de faire souffrir un animal, moins encore de le cuisiner. Irina dut ainsi bander la patte de la souris, l'installer dans une boîte avec des cotons et en prendre soin jusqu'à ce qu'elle surmonte sa frayeur, se remette à trottiner et retourne chez les siens.

Certaines de ses obligations à Lark House l'ennuyaient : la bureaucratie des compagnies d'assurances, les conflits avec des parents de résidents qui, pour soulager leur culpabilité de les avoir abandonnés, faisaient des réclamations pour des riens, ou les cours obligatoires d'informatique : à peine avait-on appris quelque chose que la technologie faisait un autre pas, et on se retrouvait à la traîne. Mais des personnes à sa charge, elle n'avait pas à se plaindre. Comme le lui avait dit Cathy le jour de son entrée à Lark House, on ne s'embêtait jamais. « Il y a une différence entre vieillesse et ancienneté. Ce n'est pas une question d'âge, mais de santé physique et mentale, lui expliquait Cathy. Les vieux peuvent garder leur indépendance, les anciens ont besoin d'assistance et de vigilance jusqu'au moment où ils sont comme des enfants. » Irina apprenait beaucoup de choses, tant auprès des vieux que des anciens, presque tous amusants, sentimentaux et sans crainte du ridicule ; elle riait avec eux et, parfois, pleurait pour eux. Presque tous avaient mené une vie intéressante, ou bien ils se l'inventaient. S'ils avaient l'air très perdu, c'était généralement d'entendre peu et mal. Irina était constamment préoccupée par les batteries des prothèses auditives. « Quelle est la pire chose dans le fait de vieillir ? », leur demandait-elle. Ils ne pensaient jamais à l'âge, répondaient ils ; autrefois, ils avaient été adolescents, puis ils avaient eu trente ans, puis la cinquantaine, et la soixantaine, sans penser aux années qui passaient ; pourquoi allaient-ils y songer aujourd'hui ? Quelques-uns étaient très limités dans leurs mouvements, c'était dur pour eux de marcher, de bouger, mais ils ne souhaitaient plus aller nulle part. D'autres se montraient distraits, confus et oublieux, mais cela troublait davantage leurs familiers et les équipes soignantes qu'eux-mêmes. Catherine Hope insistait pour que les résidents des deuxième et troisième niveaux restent actifs, et Irina s'appliquait à les intéresser, à les divertir, à les maintenir en contact avec leur temps. « À tout âge, il faut se trouver un but dans la vie. C'est le meilleur remède contre bien des maux », soutenait Cathy. Dans son cas, elle s'était toujours proposé d'aider les autres, et cela n'avait pas changé après l'accident.

Le vendredi matin, Irina accompagnait les résidents les plus passionnés dans leurs protestations publiques, au milieu de la rue, pour veiller à ce qu'ils n'en fassent pas trop. Elle participait également aux veillées pour de bonnes causes, et au club des tricoteuses : toutes les femmes capables de manier les aiguilles, sauf Alma Belasco, tricotaient des gilets pour les réfugiés syriens. Leur sujet de prédilection était la paix ; on pouvait se contredire sur tous les sujets hormis celui-ci. À Lark House, il y avait deux cent quarante-quatre démocrates désenchantés ; ils avaient tous voté pour la nouvelle élection de Barack Obama, mais ils le critiquaient tous pour son indécision, pour n'avoir pas fermé la prison de Guantánamo, pour la déportation des immigrés latinos, pour l'utilisation des drones… Bref, les raisons ne manquaient pas d'envoyer des lettres au Président et au Congrès. Mais la demi-douzaine de résidents républicains, de leur côté, se gardaient bien de penser à voix haute.

Faciliter les pratiques spirituelles faisait également partie des responsabilités d'Irina. Beaucoup de vieillards, élevés dans une tradition religieuse, s'y réfugiaient quand ils avaient passé soixante ans à renier le bon Dieu. Mais d'autres cherchaient la consolation dans des alternatives ésotériques et psychologiques de l'Ère du Verseau. Irina leur dénichait tour à tour des guides et des maîtres en méditation transcendantale, cours pratiques de miracles, *I Ching*, épanouissement de l'intuition, kabbale, tarot mystique, animisme, réincarnation, perception psychique, énergie cosmique ou vie extraterrestre. Elle était chargée d'organiser la célébration des fêtes religieuses, un pot-pourri de diverses croyances, afin que nul ne se sente exclu. Pour le solstice d'été, elle conduisait un groupe d'anciens dans les bois alentour : au son des tambourins, ils dansaient en cercle, pieds nus et couronnés de fleurs. Les gardes forestiers les connaissaient et s'offraient volontiers à les prendre en photo quand ils étreignaient les arbres en devisant avec Gaïa, la Terre mère, et avec leurs morts. Irina cessa de rire dans son for intérieur quand elle entendit parler ses aïeux dans le tronc d'un séquoia, un de ces géants millénaires qui unissent notre monde à celui des esprits, comme le lui enseignèrent les danseuses octogénaires. Costea et Petruta n'avaient pas été des gens d'une grande conversation de leur vivant, et ils ne l'étaient pas davantage dans le tronc d'arbre, mais le peu qu'ils dirent suffit à convaincre Irina qu'ils veillaient bien sur elle. Pour le solstice d'hiver, Irina improvisait des cérémonies à huis clos, car Cathy l'avait mise en garde contre les risques de pneumonie dans l'humidité venteuse et neigeuse des bois.

Le salaire payé à Lark House aurait à peine suffi à boucler le mois d'une personne normale, mais les ambitions et les besoins d'Irina étaient si modestes qu'il lui restait parfois de l'argent. Toiletter des animaux et assurer le secrétariat d'Alma, qui cherchait toujours de bonnes raisons pour l'augmenter, lui assurait des revenus complémentaires, si bien que par moments elle se sentait riche. Lark House était devenu son foyer, et les résidents, dont elle partageait la vie quotidienne, avaient remplacé ses grands-parents. Elle était émue par ces anciens si lents, si maladroits, émaciés, fragilisés… Sa bonne humeur n'était jamais entamée par leurs difficultés, peu lui importait de répéter mille fois la même réponse à la même question, elle aimait pousser les fauteuils roulants, rasséréner, aider et consoler. Elle apprit à dévier les impulsions de violence, qui parfois s'emparaient d'eux comme des tourmentes passagères, et elle supportait l'avarice ou les délires de persécution dont souffraient certains dans leur solitude. Elle tentait de comprendre ce que signifie le fait de porter tout le poids de l'hiver sur ses épaules, l'insécurité à chaque pas, la confusion devant les mots que l'on n'entend pas bien, l'impression que le reste de l'humanité est toujours pressé, parle toujours très vite, et le vide, la fragilité, la fatigue et l'indifférence pour tout ce qui ne vous atteint pas personnellement, y compris chez les enfants et les neveux, dont l'absence ne pèse plus comme autrefois, à tel point qu'il faut un effort pour s'en souvenir… Elle éprouvait de la tendresse pour les rides, les doigts déformés, la mauvaise vue. Elle imaginait comment elle serait à son tour, vieille, ou parmi les anciens.

Alma Belasco n'entrait pas dans cette catégorie ; elle, il ne fallait pas l'aider. Au contraire, Irina se sentait protégée par elle, et lui savait gré du rôle de nièce désemparée que la dame lui avait assigné. Alma était pragmatique, agnostique et fondamentalement incrédule : ni boules de cristal, ni zodiaque ou arbres ventriloques ; avec elle, Irina pouvait apaiser ses incertitudes. Elle souhaitait devenir comme sa patronne, vivre dans une réalité malléable, où les problèmes avaient des causes, des effets et des solutions, où il n'y avait aucun de ces êtres terrifiants tapis dans les mauvais rêves, ni de ces agresseurs lubriques épiant à chaque coin de rue. Les heures en sa compagnie étaient précieuses ; la jeune femme aurait volontiers travaillé gratis. Elle s'en ouvrit un jour. « Moi, j'ai trop d'argent, et toi, tu en manques. Ne parlons plus de ça », répondit Alma sur le ton impérieux dont elle n'usait presque jamais avec Irina.

Seth Belasco

Alma Belasco appréciait son déjeuner sans hâte, regardait les informations à la télévision, puis se promenait une heure ou se rendait à son cours de yoga. Au retour, elle prenait sa douche, s'habillait et, quand elle calculait que la femme de ménage allait arriver, elle filait à la clinique pour aider son amie Cathy. Le meilleur remède à la douleur était de maintenir les patients actifs et de bonne humeur. Cathy avait toujours besoin de volontaires à la clinique ; elle avait demandé à Alma d'assurer des cours de peinture sur soie, mais il fallait un espace et des matériaux que personne n'était en mesure de financer. Cathy ne voulait pas que son amie prenne en charge tous les frais : ce n'était pas bon pour le moral des participants, qui n'aimaient pas profiter de la charité d'autrui. Alors, Alma eut recours à ses souvenirs dans le grenier de Sea Cliff, avec Nathaniel et Ichimei, pour improviser des pièces de théâtre qui ne coûtaient pas un sou et déchaînaient des tourbillons de rires. Trois fois par semaine, elle se rendait à son atelier, pour peindre avec Kirsten. Elle fréquentait rarement le réfectoire de Lark House, préférant dîner dans les restaurants du quartier, où elle était connue, ou dans son appartement, quand sa belle-fille lui faisait envoyer par le chauffeur un de ses plats favoris.

Irina se chargeait des courses indispensables : fruits frais, porridge, lait, pain complet, miel. Il lui incombait aussi de classer les papiers, d'écrire sous la dictée, de s'occuper des achats ou de la blanchisserie, d'accompagner Alma en ville, de prendre soin du chat comme de veiller à l'agenda et à l'organisation d'une vie sociale peu abondante. Souvent, Alma et Seth l'invitaient au déjeuner dominical de rigueur à Sea Cliff, quand la famille présentait ses respects à la matriarche. Pour Seth, qui naguère utilisait tous les prétextes pour arriver à l'heure du dessert – car l'idée de s'absenter ne lui serait même pas venue –, la présence d'Irina revêtait l'occasion des plus brillantes couleurs. Il la poursuivait toujours de ses assiduités, mais comme les résultats pratiques laissaient fortement à désirer, il sortait également avec d'anciennes amies qui supportaient ses caprices. Pourtant, il s'ennuyait avec elles et ne parvenait pas à éveiller la jalousie d'Irina. Comme disait sa grand-mère, pourquoi perdre ses munitions à chasser des buses ? C'était un de ces dictons énigmatiques qui circulaient chez les Belasco. Pour Alma, ces réunions familiales commençaient dans la joyeuse illusion de retrouver les siens, tout spécialement sa petite-fille Pauline, car elle voyait fréquemment Seth, mais les repas se terminaient souvent en soupe à la grimace : tout était prétexte à se fâcher, non par manque d'affection, mais parce qu'ils avaient la mauvaise habitude de pinailler pour des riens. Seth cherchait les raisons de défier ou de scandaliser ses parents ; Pauline arrivait enflammée par une cause en vogue, qu'elle expliquait en détail, comme les mutilations génitales ou les pratiques des abattoirs ; Doris s'échinait à faire don de ses plus belles expériences culinaires, de véritables banquets, mais elle finissait en pleurs dans sa chambre, parce que personne ne les appréciait, tandis que ce bon garçon de Larry ne cessait de jongler pour apaiser les frictions. La grand-mère se servait d'Irina pour prévenir les tensions, car les Belasco se comportaient de façon civilisée devant les étrangers, fût-ce une employée insignifiante de Lark House. La jeune fille trouvait le manoir de Sea Cliff d'un luxe extravagant, avec les six chambres à coucher, les deux salons, la bibliothèque tapissée de livres, le double escalier de marbre et le jardin somptueux. Elle ne percevait pas la lente détérioration à l'œuvre depuis un siècle d'existence ou presque, et la vigilance pointilleuse de Doris parvenait à peine à juguler la rouille des grilles ornementales, les déformations du sol et des murs suite à deux tremblements de terre, les carrelages fissurés et les traces de termites dans les boiseries. La demeure se dressait sur un site privilégié, un promontoire entre l'océan Pacifique et la baie de San Francisco. Le matin, la brume épaisse, qui arrivait de la mer comme une avalanche de coton, cachait complètement le pont du Golden Gate, mais se dissipait dans les heures suivantes, et c'était alors que la structure élancée de fer rouge se détachait contre le ciel parsemé de mouettes, si près du jardin des Belasco que l'on croyait pouvoir la toucher de la main.

Tout comme Alma était devenue la tante adoptive d'Irina, Seth joua le rôle de cousin, puisque celui d'amoureux ne lui convenait guère. Depuis trois ans qu'ils se connaissaient, la relation des deux jeunes gens, fondée sur la solitude d'Irina, la passion mal dissimulée de Seth et leur curiosité commune pour Alma, s'était cimentée. Un homme moins épris et moins têtu que Seth aurait renoncé depuis longtemps, mais il avait appris à maîtriser son ardeur et s'était adapté au pas de tortue imposé par la jeune fille. Il ne servait à rien de se presser, car au premier signe d'intrusion elle reculait, et il fallait ensuite des semaines pour regagner le terrain perdu. S'ils se frôlaient de façon inopinée, elle se rétractait de tout son corps, et si le garçon le faisait à dessein, elle paniquait. Seth cherchait en vain ce qui pouvait justifier cette méfiance ; en effet, elle avait scellé son passé. Nul ne pouvait deviner le véritable caractère d'Irina : elle avait gagné le titre d'employée préférée de Lark House, par son attitude affable et ouverte, mais lui savait que derrière cette façade se cachait un écureuil aux aguets.

À cette époque, le livre de Seth prenait tournure sans grand effort de sa part, grâce au matériel apporté par sa grand-mère et au travail de classification effectué par Irina. C'est à Alma que revenait la tâche de compiler l'histoire des Belasco, les seuls parents qui lui restaient depuis que la guerre avait chassé les Mendel de Pologne et avant que ne ressuscite son frère

Samuel. Les Belasco ne comptaient pas parmi les familles les plus haut placées de San Francisco, mais leur dynastie égalait les plus fortunées et ses origines remontaient à la ruée vers l'or. Parmi eux se détachait David Belasco, directeur de théâtre, producteur, metteur en scène et auteur de plus de cent pièces. Il avait quitté la ville en 1882 et triomphé à Broadway. Isaac, l'arrière-grand-père, appartenait à la branche fixée à San Francisco : elle s'y était profondément enracinée, asseyant sa fortune sur un solide cabinet d'avocats et un bon jugement pour investir.

Comme tous les hommes de sa lignée, Seth faisait partie de ce cabinet juridique, même s'il manquait de l'instinct combatif des générations antérieures. Il avait décroché son diplôme par obligation et exerçait le droit non par confiance dans le système judiciaire ou par amour de l'argent, mais parce que ses clients lui faisaient pitié. Pauline, de deux ans sa cadette, était mieux qualifiée pour ce métier ingrat, mais cela ne l'exemptait pas de ses devoirs envers l'entreprise familiale. Il avait atteint sa trente-deuxième année sans se stabiliser, comme le lui reprochait son père ; il continuait à laisser tous les cas difficiles à sa sœur et à s'amuser sans compter, en papillonnant avec une demi-douzaine de conquêtes passagères. Il invoquait sa vocation de poète et de coureur à moto pour impressionner les filles et faire peur à ses parents, mais il n'entendait pas renoncer aux bénéfices substantiels du cabinet. Il n'était pas cynique, mais paresseux au travail et dispersé pour tout le reste. Il fut le premier surpris en découvrant les pages de manuscrit qui s'accumulaient dans son attaché-case censé contenir les documents destinés aux tribunaux. Cette lourde mallette de cuir couleur caramel, portant les initiales de son grand-père gravées en or, était un anachronisme en pleine époque numérique, mais Seth lui supposait des pouvoirs surnaturels, il y voyait l'unique explication possible à la génération spontanée de son manuscrit. Les mots naissaient tout seuls dans le ventre fécond de l'attaché-case et se baladaient tranquillement dans la géographie de son imagination. C'étaient deux cent quinze pages qui avaient coulé à flots. Il n'avait pas pris la peine de les corriger, car son objectif était de raconter ce qu'il pourrait soutirer à sa grand-mère, d'ajouter quelques ingrédients de son cru, puis de payer un écrivain anonyme et un éditeur consciencieux pour donner corps à l'ouvrage et le finaliser. Ces pages n'auraient jamais existé sans l'insistance d'Irina pour les relire et son aplomb pour les critiquer, qui contraignaient le jeune homme à produire régulièrement des fournées de dix à quinze pages. C'est ainsi que l'ensemble avait pris forme et que lui-même, sans le vouloir, se transformait peu à peu en romancier.

Seth était le seul membre de la famille dont Alma ne pouvait se passer, bien qu'elle ne l'eût jamais admis. Si quelques jours s'écoulaient sans un appel ou une visite de sa part, son humeur commençait à s'en ressentir et elle inventait bientôt un prétexte pour le faire venir. Le petit-fils ne se faisait pas attendre. Il arrivait en coup de vent, le casque de motard sous le bras, les cheveux ébouriffés, les joues toutes rouges et porteur d'un petit cadeau pour elle et pour Irina : des sablés à la confiture de lait, du savon à l'amande douce, du papier à dessin, ou une cassette vidéo de zombies dans une autre galaxie. S'il ne trouvait pas la jeune fille, sa déception était criante, mais Alma faisait mine de ne rien voir. Il saluait sa grand-mère d'un tapotement sur l'épaule, auquel elle répondait par un petit grognement, comme ils l'avaient toujours fait. Ils se traitaient comme des compagnons d'aventures, avec franchise et simplicité, trouvant vulgaire de manifester son affection. Ils discutaient longuement, tout à leur aise, comme des voisines friandes de commérages. D'abord, ils passaient en revue l'actualité, y compris les nouvelles de la famille, puis ils entraient dans le vif du sujet qui leur tenait vraiment à cœur : ils s'éternisaient dans un passé mythologique d'épisodes et d'anecdotes improbables, d'époques et de personnages bien avant la naissance de Seth. Avec son petit-fils, Alma se révélait être une conteuse fantastique : elle évoquait sans faille la demeure de Varsovie, où s'étaient déroulées les premières années de son existence, avec les sombres chambres aux meubles monumentaux, et les domestiques en livrée qui glissaient le long des murs sans lever les yeux, mais elle y ajoutait un poney imaginaire au pelage couleur de blé et aux longs crins, qui avait fini en ragoût au temps de la famine… Alma portait secours à ses aïeux Mendel et leur restituait tout ce que les nazis avaient dérobé, elle les faisait asseoir à la table de Pâque avec les candélabres et les couverts d'argent, les verres de France, la porcelaine de Bavière et les nappes brodées par les nonnes d'un couvent d'Espagne. Son éloquence était si prenante dans les épisodes les plus tragiques que Seth et Irina, parfois, se voyaient avec les Mendel en route vers Treblinka. Ils les accompagnaient dans les wagons de marchandises, parmi des centaines de malheureux, assoiffés et désespérés, sans air ni lumière, vomissant, déféquant, agonisant ; ils entraient avec eux, dénudés, dans les chambres de l'épouvante, et disparaissaient dans la fumée des cheminées. Alma leur parlait encore de l'arrière-grand-père Isaac Belasco, de sa mort par un mois de printemps, une nuit qu'une tempête de glace avait saccagé tout son jardin, et comment il avait eu deux enterrements, car le premier n'avait pu accueillir tous ceux qui voulaient lui présenter leurs respects, des centaines de Blancs, de Noirs, d'Asiatiques, de Latinos et d'autres qui étaient ses obligés et qui avaient défilé au cimetière, tant et si bien que le rabbin avait dû répéter la cérémonie ; et puis de l'arrière-grand-mère Lillian, éternellement amoureuse de son mari, qui perdit la vue le jour même de son veuvage, et vaqua dans les ténèbres les années qui lui restaient, au grand dam des médecins qui n'en trouvèrent jamais la cause. Enfin, elle les entretenait des Fukuda, et de l'évacuation des Japonais qui l'avait traumatisée dans son enfance, mais sans trop insister sur sa relation avec Ichimei Fukuda.

Les Fukuda

Takao Fukuda avait une vingtaine d'années à son arrivée aux États-Unis, et n'avait jamais désiré s'adapter au Nouveau Monde. Comme beaucoup d'*Isei*, les migrants japonais de la première génération, il ne voulait pas se fondre dans le creuset nord-américain, à l'image d'autres peuples venus des quatre points cardinaux. Il était fier de sa culture et de sa langue, qu'il gardait intactes et tentait vainement de transmettre à ses descendants, séduits par la grandeur de l'Amérique. Il admirait de nombreux aspects de cette terre immense, où l'horizon se confondait avec le ciel, mais ne pouvait se défaire d'un sentiment de supériorité, qu'il ne laissait jamais transparaître en dehors de chez lui, car c'eût été un manque de courtoisie impardonnable envers le pays qui l'avait accueilli. Avec les années, il était tombé dans les inévitables pièges de la nostalgie, les raisons de quitter son pays s'étaient estompées et il en était venu à idéaliser ces mêmes coutumes moisies qui l'avaient poussé à émigrer. L'arrogance et le matérialisme des Américains le

97

choquaient ; à ses yeux, ce n'étaient pas des signes de caractère énergique et de sens pratique, mais de vulgarité ; et il souffrait de voir ses enfants s'inspirer de leurs valeurs individualistes et de la rudesse de leur conduite. Ses quatre enfants étaient nés en Californie, mais de père et de mère japonais, rien ne pouvait justifier leur indifférence envers leurs aïeux ni leur manque de respect pour les hiérarchies. Ils ignoraient la place que le destin assigne à chacun, car ils étaient contaminés par l'ambition insensée des Américains pour lesquels rien n'était impossible. Takao savait que ses fils le trahissaient dans les détails les plus prosaïques : ils buvaient de la bière jusqu'à perdre la tête, mâchaient du chewing-gum comme des ruminants et dansaient sur les rythmes endiablés à la mode, avec les cheveux gominés et des chaussures bicolores. Sans doute Charles et James cherchaient-ils des coins dans l'ombre pour peloter des filles à la morale douteuse, mais il se fiait à Megumi pour ne pas commettre pareilles indécences. Certes, sa fille copiait les modes ridicules des jeunes Américaines, elle lisait en cachette les romans-photos et les revues sur les pépées et les traînées du cinéma, qu'il lui interdisait ; cependant, elle était bonne élève et, en apparence du moins, elle se montrait respectueuse. Takao ne pouvait contrôler qu'Ichimei, mais bientôt le petit lui échapperait des mains et deviendrait un étranger, comme ses frères. C'était le prix à payer en Amérique.

En 1912, Takao Fukuda avait quitté sa famille et choisi l'émigration pour des raisons métaphysiques. Mais ce facteur avait perdu de sa pertinence au cours de ses évocations successives et, souvent, il se demandait pourquoi il avait pris une décision aussi drastique. Le Japon s'était ouvert à l'influence étrangère, beaucoup de jeunes hommes s'en allaient, en quête d'occasions favorables, mais pour les Fukuda l'abandon de la patrie était une trahison inexpiable. La famille était issue d'une longue tradition militaire, elle avait versé son sang pour l'Empereur des siècles durant. Unique rejeton mâle des quatre enfants qui avaient survécu aux pestes et accidents de l'enfance, Takao était dépositaire de l'honneur familial, responsable de ses parents et de ses sœurs, et chargé de vénérer ses aïeux sur l'autel du foyer et à chaque fête religieuse. Cependant, à quinze ans il avait découvert le mouvement Oomoto, «la voie des dieux», une nouvelle religion dérivée du shintoïsme et qui prenait son essor au Japon. Il avait eu le sentiment d'avoir enfin trouvé la carte pour guider ses pas dans la vie. Suivant ses maîtres spirituels, presque toujours des femmes, il peut y avoir de nombreux dieux, mais ils sont tous, pour l'essentiel, le même, et peu importent les noms ou les rituels avec lesquels on les honore. Tout au long de l'histoire, dieux, religions, prophètes et messagers viennent d'une même source : le Dieu suprême de l'Univers, l'Esprit unique, qui imprègne toute forme d'existence. Avec l'aide des êtres humains, Dieu cherche à purifier et à reconstruire l'harmonie universelle. Quand s'achèvera cette tâche, Dieu, l'humanité et la nature pourront coexister aimablement sur la Terre et dans la sphère spirituelle. Takao s'était donné tout entier à sa foi. Oomoto prêchait la paix, qui ne peut se gagner que par la vertu personnelle, et le jeune homme avait compris que son destin ne pouvait être une carrière militaire, à l'image des anciens de son lignage. Partir au loin lui était apparu comme la seule issue, du fait que rester au pays, tout en renonçant aux armes, serait considéré comme une impardonnable lâcheté, le pire affront que l'on pouvait infliger à sa famille. Il avait voulu l'expliquer à son père et n'était parvenu qu'à lui briser le cœur, mais il avait exposé ses raisons avec une telle ferveur que l'autre avait fini par accepter de perdre son fils. Les jeunes qui partaient ne revenaient jamais. Et le déshonneur se lave dans le sang. Il valait encore mieux mourir de sa propre main, lui dit son père, et pourtant cette alternative était contraire aux principes d'Oomoto.

Takao arriva sur la côte californienne avec deux linges de rechange, un portrait de ses parents colorié à la main et l'épée de samouraï qui avait appartenu à sa famille depuis sept générations. Son père lui en avait fait don au moment des adieux, car il ne pouvait le remettre à ses filles, et même si son fils ne devait jamais l'utiliser, c'est à lui qu'il revenait dans l'ordre naturel des choses. Ce *katana* était le seul trésor de la famille Fukuda : en acier sans alliage et plié seize fois par d'anciens artisans, avec un manche ouvragé d'argent et de bronze, dans un fourreau de bois rehaussé de laque rouge et plaqué d'or.

Takao voyagea avec son katana enveloppé dans des sacs pour le protéger, mais cette forme courbe et allongée se reconnaissait partout. Les hommes qui partageaient avec lui, dans la cale du bateau, l'épreuve de la traversée le traitèrent avec la déférence en usage, car cette arme était la preuve d'un glorieux lignage.

Dès son arrivée, il fut aidé par la minuscule communauté Oomoto de San Francisco et, peu de temps après, il décrochait un emploi de jardinier, avec un compatriote. Loin du regard réprobateur de son père, pour lequel un soldat ne se salissait pas les mains avec de la terre, mais avec du sang, il concentra toutes ses énergies dans l'apprentissage du métier et fut bientôt renommé parmi les *Isei* qui vivaient de l'agriculture. Inlassable au travail, il menait une vie frugale et vertueuse, comme l'exigeait sa religion, et, au bout de dix ans, il avait épargné les huit cents dollars réglementaires pour faire venir une épouse du Japon. La marieuse lui proposa trois candidates, et il choisit la première car son nom lui plaisait. Elle s'appelait Heideko. Takao l'attendit au débarcadère avec le seul costume qu'il avait, de troisième main, lustré aux coudes et aux fesses, mais de bonne facture, avec ses souliers cirés et un panama qu'il avait acheté à Chinatown. La fiancée migrante était une paysanne dix ans plus jeune que lui, robuste de corps, au visage placide, ferme de caractère et à la langue bien pendue, beaucoup moins soumise que ne l'avait affirmé l'intermédiaire, comme il put s'en rendre compte sur-le-champ. Une fois remis de sa surprise, Takao considéra cette franche détermination comme un avantage.

Heideko débarqua en Californie avec peu d'illusions. À bord, en partageant l'espace réduit que l'on avait assigné à une douzaine de filles de sa condition, elle avait écouté les histoires poignantes de vierges innocentes comme elle qui défiaient les périls de haute mer pour épouser des jeunes gens fortunés en Amérique, mais dans le port les attendaient de vieux pauvres bougres ou, dans le pire des cas, des souteneurs qui les vendaient aux bordels ou comme esclaves dans les ateliers clandestins. Pourtant, il n'en fut pas ainsi pour elle, car Takao Fukuda lui avait envoyé un portrait récent et ne lui avait pas caché sa situation. Il lui fit comprendre qu'il ne pouvait lui offrir autre chose qu'une vie de travail et d'effort, mais honorable et moins pénible que dans son village du Japon. Ils eurent quatre enfants : d'abord Charles, Megumi et James ; et des années plus tard, alors que Heideko croyait ne plus pouvoir enfanter, Ichimei leur fut donné en 1932, mais il était prématuré, si faible qu'il fut tenu pour perdu et ne reçut pas de nom durant les premiers mois. Sa mère le fortifia comme elle put avec des infusions d'herbes, des séances d'acupuncture et des bains d'eau froide, jusqu'au jour où, comme par miracle, il donna les premiers signes qu'il allait survivre. Alors, on le baptisa d'un prénom japonais, contrairement à ses frères, qui portaient des prénoms anglais, plus faciles à prononcer là-bas. Ils l'appelèrent Ichimei, c'est-à-dire vie, lumière, éclat ou étoile, suivant le *kanji* ou idéogramme utilisé pour l'écrire. Dès l'âge de trois ans, l'enfant nagea comme un poisson, d'abord dans les piscines locales, puis dans les eaux glacées de la baie de San Francisco. Son père lui forma le caractère par le travail physique, l'amour de la nature et les arts martiaux.

À l'époque de la naissance d'Ichimei, les Fukuda surmontaient à grand-peine les pires années de la Dépression. Ils louaient une parcelle aux abords de San Francisco, cultivaient des légumes et des arbres fruitiers pour approvisionner les marchés locaux. Takao arrondissait les fins de mois en travaillant pour les Belasco, la première famille à lui avoir donné du travail quand il s'était séparé du compatriote qui l'avait initié au jardinage. Sa bonne réputation incita bientôt Isaac Belasco à lui confier le jardin d'une propriété qu'il avait acquise à Sea Cliff et où il pensait bâtir une demeure qui abriterait ses descendants pendant cent ans, comme il le dit en plaisantant à l'architecte, sans imaginer une seconde qu'il en serait ainsi. Son cabinet d'avocats était florissant : il représentait la Compagnie occidentale de chemins de fer et de navigation de Californie. Isaac était de ces hommes d'affaires peu nombreux qui ne souffrirent pas de la crise économique. Il avait converti son avoir en lingots d'or, qu'il avait investis dans les bateaux de pêche, une scierie, des ateliers mécaniques, une laverie automatique et d'autres secteurs en pointe. Il voulait donner du travail à quelques-uns de ces déshérités qui faisaient la queue pour un bol de soupe dans les cantines de bienfaisance, pour adoucir leur misère, mais son dessein altruiste lui rapporta des gains inattendus. Et tandis que l'on édifiait le manoir suivant les caprices désordonnés de sa femme, Isaac partageait le rêve de Takao de reproduire la nature d'autres latitudes sur un promontoire de gros rochers ouvert au brouillard et à tous les vents. Quand vint le temps de coucher sur le papier cette vision un peu folle, Isaac Belasco et Takao Fukuda développèrent une longue relation respectueuse. Ils dépouillèrent ensemble les catalogues, sélectionnèrent et commandèrent sur d'autres continents les arbres et les plantes qu'ils voulaient acclimater et qui arrivèrent peu à peu dans des sacs imbibés de leur terre d'origine qui adhérait aux racines. Ensemble, ils déchiffrèrent les instructions des manuels et remontèrent, pièce par pièce, la serre de cristal expédiée depuis Londres, comme un immense puzzle. Ensemble, ils devraient maintenir en vie cet éclectique jardin d'Éden.

L'indifférence d'Isaac Belasco à l'égard de la vie sociale et de la plupart des questions familiales, qu'il déléguait aux bons soins de Lillian, était compensée par cette passion sans frein pour la botanique. Il ne fumait ni ne buvait, ignorait les vices connus ou les tentations irrésistibles, il n'appréciait ni la musique ni la bonne chère et, si son épouse l'avait permis, il aurait fait son ordinaire du gros pain de mie et de la soupe du pauvre que partageaient les chômeurs de la Dépression, debout dans la cuisine. Un tel homme était imperméable à la corruption et à la vanité. Son affaire à lui, c'était l'inquiétude intellectuelle, la passion pour défendre ses clients avec des subterfuges de plaideur, et son faible pour aider les nécessiteux. Mais aucune de ses manies ne pouvait se comparer au plaisir du jardinage. Un tiers de sa bibliothèque était consacré à la botanique. Son amitié cérémonieuse avec Takao Fukuda, fondée sur l'admiration mutuelle et l'amour de la nature, devint bientôt indispensable à sa tranquillité d'esprit. C'était le baume que réclamaient les frustrations causées par la loi. Dans son jardin, Isaac devenait le modeste apprenti du maître japonais, qui lui révélait les secrets du monde végétal que, bien souvent, les ouvrages de botanique n'éclairaient pas. Lillian chérissait son mari, elle prenait soin de lui avec l'empressement d'une femme amoureuse, mais elle ne le désirait jamais autant qu'en l'apercevant depuis le balcon, au coude à coude avec le jardinier. Avec son bleu de travail, ses bottes et son chapeau de paille, suant à grosses gouttes en plein soleil, ou mouillé par la bruine, Isaac rajeunissait et, aux yeux de Lillian, il redevenait le fiancé enflammé qui l'avait séduite à dix-neuf ans ou le jeune marié qui la pressait dans l'escalier, bien avant d'arriver à la chambre.

Deux ans après l'arrivée d'Alma, Isaac Belasco décida de s'associer avec Takao Fukuda pour implanter une pépinière de fleurs et de plantes décoratives, en caressant le rêve d'en faire la plus belle de Californie. Il fallait d'abord acheter des parcelles au nom d'Isaac, de manière à contourner la loi promulguée en 1913, qui interdisait aux *Isei* d'obtenir la citoyenneté, de posséder des terres ou d'acquérir des propriétés. Pour Fukuda, c'était une occasion inespérée et, pour Belasco, un prudent investissement, comme d'autres qu'il avait effectués tout au long des années dramatiques de la Dépression. Il ne s'était jamais intéressé aux oscillations de la Bourse des valeurs, il préférait placer son argent dans des gisements d'emploi. Les deux hommes arrêtèrent leur décision : ils resteraient associés jusqu'à ce que Charles, l'aîné de Takao, atteigne sa majorité et que les Fukuda puissent racheter la part de Balasco, au prix du marché, et la céder à leur fils. En effet, celui-ci, né aux États-Unis, était citoyen américain. Ce fut un accord d'homme à homme, scellé en se topant dans la main.

Le jardin des Belasco était à l'abri des rumeurs de la campagne de diffamation contre les Japonais, que la propagande accusait de concurrence déloyale avec les agriculteurs et les pêcheurs de la côte Ouest, mais encore de menacer la vertu des femmes blanches avec leur insatiable luxure et de corrompre la société par leurs coutumes orientales et antichrétiennes. Alma ne savait rien de ces préjugés, et soudain, deux ans après son arrivée en Amérique, du jour au lendemain, elle vit que les Fukuda étaient devenus le Péril jaune. Justement quand elle et Ichimei étaient des amis inséparables.

L'attaque surprise menée par l'Empire du Soleil Levant contre Pearl Harbor, en décembre 1941, détruisit dix-huit navires de guerre, se solda par mille cinq cents morts et mille blessés, et modifia en moins de vingt-quatre heures la mentalité isolationniste des Nord-Américains. Le président Roosevelt déclara la guerre au Japon et, quelques jours plus tard, Hitler et Mussolini, alliés de l'Empereur nippon, entraient en guerre contre les États-Unis. Ceux-ci se mobilisèrent pour participer au conflit qui ensanglantait l'Europe depuis dix-huit mois. La réaction massive de terreur entraînée par l'attaque japonaise fut encore avivée par une campagne de presse hystérique, annonçant l'invasion imminente des « jaunes » sur la côte Pacifique. Le tout exacerbait une haine qui s'était développée, depuis plus d'un siècle, envers les Asiatiques. Des Japonais qui vivaient dans le pays depuis des générations, avec leurs enfants et petits-enfants, furent soupçonnés d'espionnage et de complicité avec l'ennemi. Les rafles et détentions commencèrent aussitôt. Il suffisait d'une radio à ondes courtes sur un chalutier, seul moyen de communication des pêcheurs avec la terre ferme, pour arrêter le patron du bateau. La dynamite employée par les paysans pour débarrasser les terrains cultivables des pierres et des troncs d'arbres devenait une preuve de terrorisme. On confisquait aussi bien les escopettes à chevrotine que les couteaux de cuisine ou les outils de travail ; de même que les jumelles, les appareils photographiques, les statuettes religieuses, les kimonos de cérémonie ou les documents en langue étrangère. Deux mois plus tard, pour des raisons de sûreté militaire, Roosevelt signait l'ordre d'évacuation de toute personne d'origine japonaise de la côte Pacifique – Californie, Oregon, État de Washington –, où l'armée des « jaunes » devait entreprendre sa redoutable invasion. Furent également déclarés zones militaires l'Arizona, l'Idaho, le Montana, le Nevada et l'Utah. L'armée prévoyait trois semaines pour construire les refuges nécessaires.

En mars, les murs de San Francisco furent tapissés d'ordres d'évacuation de la population japonaise. Takao et Heideko n'en comprenaient pas les termes, que leur expliqua leur fils Charles. Ils ne pouvaient sortir d'un rayon de huit kilomètres autour de leur maison sans un permis spécial et devaient respecter le couvre-feu, de huit heures du soir à six heures du matin. Les autorités locales commencèrent à raser des maisons et à confisquer des biens ; elles arrêtèrent des hommes influents qui pouvaient inciter à la trahison : chefs de communautés, directeurs d'entreprises, professeurs, pasteurs. Ils furent conduits à une destination inconnue, laissant derrière eux des femmes et

107

des enfants hagards. Les Japonais durent vendre en vitesse, au rabais, tout ce qu'ils possédaient, et fermer boutique. Ils découvrirent que leurs comptes bancaires avaient été bloqués ; ils étaient ruinés. Le vivier conçu par Takao Fukuda et Isaac Belasco ne parvint pas à voir le jour.

Au mois d'août, plus de cent vingt mille hommes, femmes et enfants avaient été déplacés ; on arrachait les vieux aux hôpitaux, les nourrissons aux orphelinats et les malades mentaux aux asiles pour les interner dans dix camps de concentration situés dans des zones isolées de l'intérieur, tandis que dans les villes se multipliaient des quartiers fantomatiques de rues désolées et de maisons désertées, où erraient les animaux domestiques et les esprits déroutés des aïeux venus en Amérique avec les immigrants. On disait que la mesure d'éloignement était destinée à protéger les habitants de la côte Pacifique tout comme les Japonais, qui risquaient de déchaîner la fureur du reste de la population ; que c'était une solution temporaire, et qui serait appliquée de façon humanitaire. Tel était le discours officiel, mais le langage de la haine s'était déjà propagé. « Une vipère est toujours une vipère, où qu'elle ponde ses œufs. Un Japonais américain, né de parents japonais, formé dans les traditions japonaises, vivant dans un milieu transplanté du Japon, grandit inévitablement, à de rares exceptions près, comme Japonais et non comme Américain. Ce sont tous des ennemis. » Il suffisait d'un bisaïeul né au Japon pour entrer dans la catégorie vipère.

Isaac Belasco avait à peine appris la nouvelle de l'évacuation qu'il se présenta chez Takao pour lui offrir son aide et lui garantir que son absence serait de courte durée : cette mesure était anticonstitutionnelle et violait les principes de la démocratie. Son associé japonais répondit par une profonde inclinaison du buste, ému par l'amitié de cet homme, alors que, depuis des semaines, sa famille avait essuyé des insultes, subi des affronts et des agressions de la part d'autres Blancs. *Shikata ga nai*, on n'a pas le choix, répondit Takao. C'était la devise des siens dans l'adversité. Devant les offres répétées de Belasco, il se risqua à lui demander une faveur spéciale : enterrer l'épée des Fukuda dans le jardin de Sea Cliff. Il était parvenu à la soustraire aux agents qui avaient rasé la maison, mais l'épée n'était pas en lieu sûr. Elle incarnait le courage de ses ancêtres et le sang versé pour l'Empereur : elle ne pouvait être exposée à la moindre forme de déshonneur.

Le soir même, les Fukuda, vêtus de leurs kimonos blancs de la religion Oomoto, se rendirent à Sea Cliff, où Isaac et son fils Nathaniel les reçurent dans leur tenue foncée, le *yarmulke* qu'ils portaient les rares fois où ils allaient à la synagogue. Ichimei portait son chat dans un panier couvert d'une serviette et le confia aux bons soins d'Alma pour quelque temps.

— Quel est son nom ? lui demanda la petite.

— Neko. En japonais, ça veut dire chat.

Avec l'aide de ses filles, Lillian servit le thé à Heideko et Megumi dans l'un des salons du premier étage, tandis qu'Alma, sans comprendre ce qu'il se passait, mais consciente de la solennité du moment, se hâtait de suivre les hommes à l'ombre des arbres, le panier du chat dans les bras. En s'éclairant avec

109

des lampes à paraffine, ils descendirent la colline par les terrasses du jardin, jusqu'au lieu face à la mer où l'on avait creusé un fossé. Takao venait en tête, portant l'épée enveloppée de soie blanche ; il était suivi de l'aîné des fils, Charles, qui tenait le fourreau métallique qu'ils avaient commandé pour protéger l'arme ; James et Ichimei marchaient derrière eux, Isaac et Nathaniel Belasco fermaient le cortège. Avec des larmes qu'il ne tentait pas de dissimuler, Takao pria durant quelques minutes, puis il glissa l'épée dans le fourreau que lui tendait son fils et s'agenouilla, face contre terre, pendant que Charles et James déposaient le katana dans le fossé, et que le cadet, Ichimei, semait quelques poignées de terre. Puis ils comblèrent la fosse et aplanirent le sol avec des pelles. « Demain, je planterai des chrysanthèmes blancs pour marquer l'endroit », dit Isaac Belasco, la voix rauque d'émotion, en aidant Takao à se redresser.

Alma n'osait pas courir vers Ichimei, elle devinait qu'une raison impérieuse écartait les femmes de cette cérémonie. Elle attendit le retour des hommes à la maison pour attraper le garçon et l'emmener dans un coin à l'abri des regards. Il lui expliqua qu'il ne pourrait revenir le samedi suivant, ni aucun autre jour pendant un certain temps, quelques semaines, peut-être, ou quelques mois, et qu'ils ne pourraient pas se parler au téléphone. « Pourquoi ? Mais pourquoi donc ? », lui criait Alma, en le secouant, mais Ichimei était incapable de répondre. Il ne savait pas davantage ni pourquoi ni comment.

Le Péril jaune

Les Takao murèrent les fenêtres et cadenassèrent
la porte de la rue. Ils avaient réglé le loyer pour toute
l'année, outre l'acompte versé pour acheter la maison
dès qu'ils pourraient la mettre au nom de Charles. Ils
firent don de tout ce qu'ils ne pouvaient, ou ne voulaient pas vendre, car les spéculateurs leur proposaient
deux ou trois dollars pour des objets qui en valaient
vingt fois plus. Ils eurent une poignée de jours pour
disposer de leurs biens, boucler une valise par personne avec ce qu'ils pouvaient transporter, et se diriger vers les autobus de la honte. Ils devaient se rendre
d'eux-mêmes vers les camps d'internement, à défaut
de quoi ils seraient arrêtés, en attendant de répondre
aux accusations d'espionnage et de trahison en temps
de guerre. Ils se joignirent à des centaines de familles,
qui marchaient à pas lents, vêtues de leurs plus beaux
habits – les femmes en chapeau, les hommes en cravate, les enfants en souliers vernis –, vers le Centre de
contrôle civil qui les avait convoqués. Ils se livraient
car il n'y avait pas d'alternative, et parce qu'ils vou-

laient montrer leur loyauté envers les États-Unis et manifester leur condamnation de l'attaque menée par le Japon. C'était leur contribution à l'effort de guerre, comme disaient les dirigeants de la communauté japonaise, et très peu de voix s'étaient élevées pour les contredire. Le sort avait réservé aux Fukuda le camp de Topaz, dans une zone désertique de l'Utah, mais ils ne devaient l'apprendre qu'en septembre. Ils passeraient d'abord six mois dans un hippodrome.

Habitués à la discrétion, les *Isei* obéirent aux ordres sans broncher, mais ils ne purent empêcher certains jeunes de la seconde génération, les *Nisei*, de se rebeller ouvertement. Ceux-ci furent séparés de leurs familles et envoyés à Tule Lake, le camp de concentration le plus rigoureux, où ils furent traités comme des criminels pendant toute la durée du conflit. Au long des rues, les Blancs assistaient à cette poignante procession de personnes qu'ils connaissaient : les propriétaires du magasin où ils faisaient leurs courses quotidiennes, les pêcheurs, jardiniers et charpentiers qu'ils fréquentaient, les camarades d'école de leurs enfants, les voisins. La plupart d'entre eux, troublés, gardaient le silence, mais il ne manqua pas quelques insultes racistes, ou des plaisanteries malveillantes. Les deux tiers des évacués, ces jours-là, étaient nés dans le pays : c'étaient des citoyens nord-américains. Pendant des heures, les Japonais attendirent, serrés en longues files devant les tables des agents qui prenaient leur inscription et leur tendaient des étiquettes à porter sur le col, avec le numéro d'identification, le même que sur leurs bagages. Des quakers, opposés à cette mesure qu'ils considéraient comme raciste et antichrétienne, leur offraient de l'eau, des sandwiches et des fruits.

Takao Fukuda allait monter avec sa famille dans l'autobus, quand arriva Isaac Belasco, qui tenait Alma par la main. Il avait dû faire appel à toute son autorité pour intimider les agents et les soldats qui voulaient l'arrêter. Il était bouleversé car il ne pouvait s'empêcher de comparer ce qu'il se passait à côté de chez lui à ce qu'avaient subi ses beaux-frères de Varsovie. Il joua des coudes pour se frayer un passage jusqu'à son ami, qu'il embrassa longuement. Il lui remit une enveloppe avec de l'argent, que Takao tenta en vain de refuser, tandis qu'Alma et Ichimei se séparaient. «Écris-moi, écris-moi», se répétaient les enfants, et la triste couleuvre des autobus se mit en marche.

Au bout d'un trajet qui ne dura guère plus d'une heure mais qui leur parut un siècle, les Fukuda parvinrent à l'hippodrome de Tanforan, dans la ville de San Bruno. Les autorités avaient entouré le champ de courses de barbelés, aménagé les écuries en vitesse et construit des baraquements pour héberger huit mille personnes. L'ordre d'évacuation avait été si précipité que les installations n'étaient pas terminées et que les campements ne disposaient pas de tout le nécessaire. Les moteurs des camions s'arrêtèrent et les prisonniers se mirent à descendre, en se chargeant des enfants et des paquets, en aidant les anciens. Ils avançaient en silence, en groupes compacts, hésitants, sans rien comprendre aux chuintements des haut-parleurs qui grésillaient. La pluie avait transformé le sol en bourbier, elle dégoulinait sur les gens et les bagages.

Des gardiens armés séparèrent les hommes des

femmes pour la visite médicale. Plus tard, les prisonniers furent vaccinés contre le typhus et la rougeole. Dans les heures qui suivirent, les Fukuda tentèrent de récupérer leurs effets dans des montagnes de baluchons pêle-mêle et s'installèrent dans l'étable vide qui leur fut désignée. Des toiles d'araignées pendaient au plafond, il y avait des souris, des cafards, la terre était recouverte de trente centimètres de paille et de poussière. L'odeur des animaux flottait dans l'air, mêlée à celle du chlore utilisé comme désinfectant. Ils disposaient d'un lit de camp, d'un sac de couchage et de deux couvertures militaires par personne. Takao, étourdi de fatigue et humilié jusqu'au tréfonds de son âme, s'assit par terre, les coudes sur les genoux et la tête entre les mains. Heideko enleva son chapeau et ses chaussures, enfila ses sandales de bois, se retroussa les manches et se prépara à tirer le meilleur parti possible de cette disgrâce. Elle ne laissa pas aux enfants le temps de se lamenter ; d'abord, elle les fit balayer et monter les lits de camp, puis elle chargea James et Charles de ramasser des morceaux de planches et des piquets qu'elle avait repérés en entrant, les restes de cette construction improvisée, pour fabriquer des étagères et poser les quelques pauvres affaires de cuisine qu'ils avaient emportées. De leur côté, Megumi et Ichimei remplissaient les sacs de paille pour en faire des matelas, suivant les instructions de leur mère, qui sortit pour visiter les installations, saluer les autres femmes et prendre le pouls des gardiens et des agents, aussi déconcertés que les détenus, afin de savoir pour combien de temps ils devaient s'installer là-bas. Les seuls ennemis déclarés que Heideko détecta dès sa première inspection des lieux étaient les interprètes coréens, qu'elle trouvait odieux avec les Japonais évacués et mielleux avec le personnel américain. Elle dut constater que les latrines et les douches étaient insuffisantes et n'avaient pas de portes, qu'il y avait en tout quatre baignoires pour les femmes et que l'eau chaude s'épuisait rapidement, que l'on avait aboli le droit à la vie privée. Mais elle se dit qu'ils ne souffriraient pas de la faim, car elle vit passer les camions de provisions et apprit que les cantines serviraient trois repas quotidiens à compter de ce premier jour.

Le dîner prévoyait des pommes de terre, des saucisses et du pain, mais les saucisses étaient finies quand vint le tour des Fukuda. «Revenez plus tard», leur souffla une des Japonaises qui servaient. Heideko et Megumi attendirent de voir la cantine se vider, et reçurent une boîte de corned-beef avec d'autres pommes de terre, qu'ils rapportèrent dans la chambre familiale. Cette nuit-là, Heideko fit mentalement la liste des démarches à accomplir pour rendre supportable leur séjour. Sur la liste figurait en premier lieu le régime alimentaire et, à la fin – mais elle le mettait entre parenthèses car elle en doutait sérieusement –, le remplacement des interprètes. Elle ne ferma pas l'œil de toute la nuit et, dès que le premier rayon de l'aube se faufila dans une fente de l'écurie, elle secoua son mari, qui ne dormait pas non plus et demeurait immobile. «Il y a beaucoup à faire, Takao. Nous avons besoin de représentants pour négocier avec les autorités. Mets ton veston et va réunir les hommes.»

Les problèmes se posèrent immédiatement à Tanforan, mais avant la fin de la semaine les détenus s'étaient organisés. Ils avaient choisi démocratiquement leurs mandataires, parmi lesquels figurait Heideko Fukuda, la seule femme dans ce rôle, ils avaient inscrit tous les adultes par métier ou par aptitude – enseignants, agriculteurs, charpentiers, forgerons, comptables, médecins... –, inauguré une école sans cahiers ni crayons, et programmé des sports et autres activités pour occuper les jeunes qui se consumaient dans la frustration et l'oisiveté. On faisait la queue jour et nuit, et pour tout : la douche, le dispensaire, les services religieux, le courrier, les trois services à la cantine. Et il fallait souvent puiser dans la réserve de patience pour éviter les bagarres ou les désordres. Il y avait un couvre-feu, on faisait l'appel des détenus deux fois par jour, l'usage de la langue japonaise était interdit, une chose carrément impossible pour les *Isei*. Afin d'éviter l'intervention des gardiens, les détenus se chargeaient eux-mêmes de maintenir l'ordre et de calmer les plus turbulents, mais nul ne pouvait arrêter les rumeurs qui circulaient comme des tourbillons et, parfois, semaient la panique. Les gens s'efforçaient de respecter les règles de courtoisie, afin de rendre plus tolérables le manque d'espace, la promiscuité, l'humiliation.

Six mois plus tard, le 11 septembre, on commença le transfert des détenus par trains. Nul n'en savait la destination. Après une journée et deux nuits dans des wagons déglingués, étouffants, manquant de sanitaires, sans éclairage la nuit, traversant des paysages désolés qu'ils ne reconnaissaient pas et que certains confondaient avec le Mexique, ils s'arrêtèrent dans la gare de Delta, au milieu de l'Utah. Puis des bus et des camions les conduisirent jusqu'à Topaz, la Perle du Désert, comme on avait appelé ce camp de concentration, et c'était peut-être sans intention ironique. Les Japonais évacués étaient à moitié morts de fatigue, sales et tremblants, mais ils n'étaient pas morts de faim et de soif : on leur distribuait des sandwiches et, dans chaque wagon, il y avait des corbeilles de fruits.

À près de mille quatre cents mètres d'altitude, Topaz était une horrible localité, composée de petites constructions toutes identiques, comme une base militaire improvisée, entourée de barbelés, avec de hauts miradors et des soldats armés, dans une contrée aride et desséchée, fouettée par le vent et des tourbillons de poussière. Les autres camps destinés aux Japonais, à l'ouest du pays, étaient similaires et toujours situés dans des zones désertiques, afin de décourager les tentatives d'évasion. Pas un arbre, ni un buisson : rien de vert nulle part. Rien que de sombres files de baraquements, qui s'étendaient jusqu'à l'horizon, à perte de vue. Les familles restaient réunies, sans se quitter des mains, pour ne pas se perdre dans la confusion générale. Tous avaient besoin d'utiliser les latrines, et nul ne savait où elles étaient. Il fallut plusieurs heures aux gardiens pour organiser les choses, car eux non plus ne comprenaient pas les instructions. Finalement, ils répartirent les logements.

Défiant les tempêtes de poussière qui obscurcissaient l'air et rendaient la respiration malaisée, les évacués trouvèrent leur place. Chaque baraquement était divisé en six unités de quatre mètres sur sept, une par famille, isolée par de minces cloisons de papier goudronné. Il y avait douze baraquements par bloc, et quarante-deux blocs au total, chacun avec sa cantine, sa buanderie, les douches et les toilettes. Le camp occupait une superficie énorme, mais les huit mille évacués vivaient dans un peu plus de deux kilomètres carrés. Les prisonniers découvrirent bientôt que la température oscillait entre une chaleur de four l'été et plusieurs degrés au-dessous de zéro l'hiver. Durant l'été, outre la chaleur terrible, ils devaient supporter les attaques répétées des moustiques et des tempêtes de poussière, qui cachaient le ciel et brûlaient les poumons. Le vent soufflait toute l'année, traînant la puanteur des matières fécales, des eaux usées qui formaient un marais à un kilomètre du camp.

Tout comme à l'hippodrome de Tanforan, les Japonais eurent tôt fait de s'organiser à Topaz. Au bout de quelques semaines, ils avaient leurs écoles, leurs garderies, des centres de sport et un journal. Avec des bouts de bois, des pierres et des restes de matériaux, ils créaient des objets d'art. Ils transformaient en bijouterie des coquilles fossilisées et des noyaux de fruits, avec des chiffons ils façonnaient des poupées, des jouets avec des bâtons. Avec des livres donnés, ils constituèrent une bibliothèque ; ils formèrent des troupes de théâtre et des fanfares. Ichimei montra à son père qu'ils pouvaient faire des plantations dans des bacs à sable, en dépit du climat impitoyable et de la terre alcaline. Cela rendit courage à Takao, et d'autres l'imitèrent. Des *Isei* décidèrent de cultiver un jardin décoratif et creusèrent un grand fossé qu'ils remplirent d'eau et convertirent en étang, à la plus

118

grande joie des enfants. De ses doigts magiques, Ichi-mei sculpta un voilier de bois, qu'il lança sur la pièce d'eau et, quelques jours plus tard, des dizaines de petits bateaux organisaient des régates. Les cuisines de chaque secteur étaient à la charge des détenus. Ils réalisaient des prodiges avec les conserves et les provisions de fruits secs rapportées des villages les plus proches, plus tard avec les légumes qu'ils parvinrent à récolter l'année suivante, en arrosant les pousses avec des cuillerées d'eau. Ils n'avaient l'habitude d'ingérer ni des graisses ni du sucre et, comme Heideko l'avait prévu, beaucoup tombèrent malades. Les files devant les toilettes ne cessaient de s'allonger ; l'urgence était telle, et aussi la détresse, que plus personne n'attendait le couvert de la nuit pour se soulager. Les latrines étaient bouchées, et le dispensaire embryonnaire, tenu par du personnel blanc avec des infirmières et des médecins japonais, ne pouvait suffire à la tâche.

Quand on eut épuisé les derniers bouts de bois pour bricoler des meubles et trouvé des besognes à ceux dont l'impatience rongeait les intestins, la plupart des détenus s'enfoncèrent dans l'ennui. Les jours duraient des éternités dans cette localité de cauchemar, surveillée de près par des sentinelles qui s'ennuyaient ferme dans leurs tours, et de loin par les magnifiques montagnes de l'Utah, tous les jours pareils, avec rien à faire, que des files et des files, attendre le courrier, tuer les heures à jouer aux cartes, inventer des tâches de fourmi, et répéter les mêmes conversations, qui perdaient tout sens à force d'user les mots. Les coutumes ancestrales se perdaient peu à peu, parents et grands-parents voyaient leur autorité

se diluer, les conjoints étaient frustrés par une cohabitation sans intimité. Les familles commencèrent
à s'émietter. Elles ne pouvaient même plus se réunir
pour dîner autour de la table, on avalait son repas
dans le boucan des cantines. Takao avait beau insister
pour que les Fukuda s'assoient tous ensemble, ses fils
préféraient la compagnie des garçons de leur âge, et
Megumi n'était pas facile à tenir : c'était maintenant
une beauté aux joues rougissantes et à l'œil étince-
lant. Les seuls vaccinés contre les ravages du désespoir étaient les enfants, qui circulaient en bandes, tout
entiers voués à leurs petites blagues et à des aventures
imaginaires qu'ils prenaient pour des vacances.

L'hiver fut bientôt là. Quand la neige se mit à tomber, on livra un poêle à charbon dans chaque famille,
qui devint le centre de la vie sociale, et on distribua
des vêtements militaires hors d'usage. Ces uniformes
verdâtres, déteints, trop grands, étaient aussi dépri-
mants que le paysage glacé et les baraques noires.
Les femmes commencèrent à garnir leurs logements
de fleurs de papier. La nuit, il était impossible de
contenir le vent, qui charriait de minuscules feuilles
de glace, s'engouffrait dans les fentes des baraquements et soulevait les toitures. Les Fukuda, comme
les autres, dormaient revêtus de tous leurs habits,
enveloppés dans la paire de couvertures que chacun
avait reçues et pelotonnés sur les lits de camp pour
se donner chaud et se consoler. Et des mois plus tard,
en été, ils dormiraient presque nus et se réveilleraient
couverts de sable couleur cendre, fin comme du talc.
Mais ils s'estimaient chanceux d'être restés ensemble.
D'autres familles avaient été séparées ; d'abord, on

avait emmené les hommes dans un camp de réinsertion, comme on disait. Puis, le tour des femmes était venu, et ensuite celui des enfants; certains devraient attendre deux ou trois ans avant de se retrouver.

La correspondance entre Alma et Ichimei subit des revers dès le début. Les lettres accusaient des retards de plusieurs semaines, non de la faute des postes, mais des fonctionnaires de Topaz, débordés par les centaines de missives quotidiennes qui s'empilaient sur leurs tables. Celles d'Alma, dont le contenu ne mettait pas en danger la sécurité des États-Unis, passaient intégralement, mais celles d'Ichimei étaient tellement grignotées par la censure que la jeune fille devait deviner le sens des phrases entre les lignes barrées d'encre noire. Les descriptions des baraquements, de la nourriture ou des toilettes, du comportement des gardiens et même du climat, tout devenait suspect. Sur le conseil de compagnons plus avancés dans l'apprentissage de la déception, Ichimei ponctuait ses lettres de louanges des Américains et d'exclamations patriotiques, mais cette tactique lui donna bientôt la nausée. Alors, il opta pour le dessin. Apprendre à lire et à écrire lui avait coûté plus cher qu'aux autres, à dix ans il ne maîtrisait pas complètement l'orthographe, mais il avait toujours eu l'œil sûr et la main ferme pour dessiner. Ses illustrations passaient à la censure sans encombre, et Alma découvrait ainsi les détails de la vie à Topaz comme si elle regardait des photographies.

Hier, nous avons parlé de Topaz et je ne t'ai pas dit le plus important, Alma. Car tout n'était pas négatif. Nous faisions des fêtes, du sport, de l'art. Nous mangions de la dinde le jour de Thanksgiving, nous décorions les baraquements pour Noël. On nous envoyait des colis, avec des friandises, des jouets et des livres. Ma mère était toujours occupée par de nouveaux projets ; tous la respectaient, y compris les Blancs. Megumi était amoureuse et emballée par son travail à l'hôpital. Je peignais, je plantais dans le jardin, je réparais des affaires cassées. Les journées de classe étaient si courtes et faciles que, même moi, j'avais de bonnes notes. Je jouais presque tout le temps ; il y avait beaucoup d'enfants, et des centaines de chiens sans maître, tous pareils, aux pattes courtes et au poil dur. Parmi nous, ceux qui souffraient le plus, c'étaient mon père et James.

Après la guerre, les gens de la campagne s'éparpillèrent dans le pays. Les jeunes prirent leur indépendance, c'en était fini de vivre isolé dans une mauvaise imitation du Japon. Nous nous sommes intégrés à l'Amérique.

Je pense à toi. Quand on se reverra, je te ferai le thé et nous parlerons longuement.

Ichi

Irina, Alma et Lenny

Les deux femmes déjeunaient à la rotonde de Nei-
man Marcus, sur la place de l'Union, dans la clarté
dorée du vieux dôme vitré, où l'on se rendait surtout
pour déguster les *popovers*, un pain tiède, moelleux
et léger que l'on servait fraîchement sorti du four, et
le champagne rosé que préférait Alma. Irina buvait
de la limonade et toutes deux trinquaient à une vie
meilleure. En silence, pour ne pas offenser Alma,
Irina portait aussi un toast à la fortune des Belasco,
qui leur permettait le luxe de ce bon moment, avec
de la musique douce, parmi des clientes élégantes, de
jeunes modèles montées en épi qui portaient les nou-
veautés des grands couturiers pour tenter l'assistance,
et des garçons stylés à la cravate verte. Un monde raf-
finé : tout le contraire de son hameau de Moldavie,
du dénuement de son enfance et de la terreur de son
adolescence. Elles mangeaient tranquillement, appré-
ciant les plats d'inspiration asiatique et en pêchant
les *popovers*. À la deuxième coupe de champagne,
les évocations d'Alma s'enchaînaient. Et elle rappe-

lait à nouveau Nathaniel, son mari, qui était au cœur de beaucoup de ses histoires ; elle les avait arrangées pour garder son souvenir le plus vif possible au long de trois décennies. Seth se souvenait vaguement de ce grand-père comme d'un squelette exsangue, aux yeux brûlants, entre des oreillers de plumes. Il n'avait que quatre ans quand s'était éteint le regard douloureux de son aïeul, mais il n'avait jamais oublié l'odeur de médicaments et les vapeurs d'eucalyptus de sa chambre. Alma disait de Nathaniel qu'il était aussi bon que son père, Isaac Belasco, et qu'à sa mort elle avait trouvé dans ses papiers des centaines de créances et de reconnaissances de dettes qu'il n'avait jamais touchées, avec des instructions pour effacer l'ardoise de ses nombreux débiteurs. Elle ne se sentait pas prête à prendre en charge des affaires dont il s'était détourné durant sa terrible maladie.

— De toute ma vie je ne me suis jamais occupée de questions d'argent. Curieux, non ?

— Quelle chance pour vous. Les gens que je connais ont presque tous des soucis financiers. Les résidents de Lark House vivent avec le strict nécessaire, certains ne peuvent acheter les médicaments.

— Ils n'ont pas d'assurance maladie ? dit Alma, très étonnée.

— L'assurance ne couvre qu'une partie des frais. Si la famille ne leur vient pas en aide, monsieur Voigt doit recourir aux fonds spéciaux de Lark House.

— Je vais lui parler. Pourquoi ne me l'aviez-vous pas dit, Irina ?

— Vous ne pouvez pas régler toutes les situations, Alma.

— Bien sûr que non, mais la Fondation Belasco pourrait prendre en charge le parc de Lark House. Voigt épargnerait ainsi une somme importante qui serait fort utile aux résidents les plus défavorisés.

— Monsieur Voigt va s'évanouir dans vos bras quand il l'apprendra, Alma.

— Quelle horreur ! J'espère bien que non.

— Continuez votre histoire. Qu'avez-vous fait à la mort de votre mari ?

— J'étais sur le point de me noyer dans les paperasses quand j'ai songé à Larry. Mon fils avait vécu sagement dans l'ombre, il était devenu, en toute discrétion, un homme prudent et responsable.

Larry Belasco s'était marié jeune, en toute hâte et sans fêter l'événement, à cause de la maladie de son père et parce que sa fiancée, Doris, était visiblement enceinte. Alma reconnaissait qu'à cette époque elle était si absorbée par les soins à prodiguer à son mari qu'elle avait à peine fait la connaissance de sa belle-fille, alors qu'elles vivaient sous le même toit. Mais elle l'aimait beaucoup car, outre ses qualités, elle adorait Larry et c'était la mère de Seth, ce garnement facétieux qui, avec ses bonds de kangourou, avait chassé la tristesse de la maison, et la mère de Pauline, une fillette posée, qui s'amusait toute seule et semblait n'avoir besoin de rien.

— Tout comme je n'ai jamais dû penser à l'argent, je n'ai pas connu le fardeau des tâches domestiques. Ma belle-mère s'était chargée de la maison de Sea Cliff jusqu'à son dernier soupir, alors même qu'elle n'y voyait plus, et puis nous avons eu un majordome. On aurait dit une caricature des personnages de films anglais. Il était tellement coincé que la famille s'est toujours demandé s'il ne se moquait pas de nous.

Le majordome, ajouta-t-elle, était resté onze années à Sea Cliff. Il était parti quand Doris avait eu l'audace de lui donner des conseils sur son travail. «C'est elle ou moi», avait-il exposé à Nathaniel, qui ne quittait presque plus son lit et n'avait pas la force de gérer ces conflits, mais c'était lui qui engageait les employés. Confronté à cet ultimatum, Nathaniel choisit sa belle-fille flambant neuve, qui, malgré sa jeunesse et son ventre de sept mois, se révéla être une maîtresse de maison compétente. Du temps de Lillian, le manoir était dirigé avec un mélange de bonne volonté et d'im-provisation. Avec le majordome, le seul changement notable était dans le retard accusé pour servir chaque plat à table, au désespoir du cuisinier, qui ne pouvait pas le sentir. Mais, sous la férule implacable de Doris, l'organisation devint un modèle de préciosité, où nul ne se sentait vraiment à l'aise. Irina avait constaté le résultat d'une telle efficacité : la cuisine était un labo-ratoire immaculé, les salons étaient désertés par les enfants, les armoires fleuraient la lavande, les draps s'amidonnaient, la cuisine ordinaire consistait en por-tions minuscules de recettes de fantaisie, et les bou-quets de fleurs étaient renouvelés chaque semaine par une fleuriste professionnelle. Le tout ne donnait pas à la maison un air de fête, mais une solennité de pompes funèbres. La seule chose que la baguette magique de la domesticité avait respectée était la chambre vide d'Alma, devant laquelle Doris éprouvait une crainte déférente.

— Quand Nathaniel tomba malade, Larry prit la

direction du cabinet d'avocats, poursuivait Alma. Il s'en tira très bien dès le début. Et, à la mort de mon mari, j'ai pu confier à Larry les finances de la famille et me vouer tout entière au renouveau de la Fondation Belasco, qui était moribonde. Les parcs publics s'étaient desséchés ; ils étaient pleins de déchets, d'aiguilles usagées, de préservatifs jetés par terre. Des clodos s'étaient installés, avec leurs caddies bourrés de sacs immondes et de toits en carton. Je ne connais rien aux plantes, mais je me suis démenée pour ces jardins, par affection pour mon beau-père et mon mari. À leurs yeux, c'était une mission sacrée.

— On dirait que tous les hommes de votre famille ont eu bon cœur, Alma. Il n'y a pas beaucoup de monde ainsi.

— Au contraire, Irina, mais ces personnes sont discrètes. Contrairement aux méchants, qui font beaucoup de bruit, et qui se remarquent davantage. Tu connais très peu mon fils, mais, si un jour tu as besoin de quelque chose et que je ne suis pas dans les parages, n'hésite pas à le contacter. C'est quelqu'un de bien, tu peux compter sur lui.

— Il est tellement sérieux, je crois que je n'oserais pas le déranger.

— Il a toujours été ainsi, à vingt ans il en paraissait cinquante, mais il s'est figé à cet âge-là. Figure-toi que, sur toutes les photos, il a le même air soucieux et les épaules tombantes.

Hans Voigt avait trouvé un système simple pour que les résidents de Lark House puissent évaluer le travail du personnel, et il était intrigué par le fait qu'Irina obtenait toujours une note optimale. Il imagina que son secret consistait à écouter les mêmes histoires mille fois comme si c'était la première, ces histoires que les vieux répètent pour apprivoiser leur passé, se façonner une image acceptable d'eux-mêmes en effaçant les remords et en exaltant leurs qualités réelles ou supposées. Personne ne souhaite finir sa vie avec un passé banal. Mais la formule d'Irina était plus complexe ; pour elle, chaque ancien de Lark House était une réplique de ses grands-parents, Costea et Petruta, qu'elle invoquait chaque soir avant de s'endormir, afin qu'ils l'accompagnent dans l'obscurité, comme ils l'avaient fait dans son enfance. Ils l'avaient élevée en cultivant un bout de terre ingrate dans un trou perdu de Moldavie, où n'arrivaient pas les flambeaux du progrès. La majeure partie de la population vivait encore de la terre, qu'elle cultivait comme les anciens, un siècle plus tôt. Irina avait deux ans à la chute du mur de Berlin, en 1989 ; elle en avait quatre quand s'effondra l'Union soviétique et que son pays se convertit en république indépendante, deux événements qui ne signifiaient rien pour elle, mais que ses grands-parents regrettaient en chœur avec leurs voisins. Ils s'accordaient tous sur un point : à l'époque du communisme, la pauvreté était identique, mais il y avait de quoi manger, et de la sécurité, tandis que l'indépendance ne leur avait apporté que ruine et abandon. Ceux qui pouvaient partir avaient pris le large, à l'image de Radmila, la mère d'Irina, et il n'était resté que les vieux et les enfants que leurs parents ne pouvaient emmener. Irina se souvenait de ses grands-parents, le dos courbé sous l'effort, ridés par le soleil d'août et les gelées de janvier, épuisés jusqu'à la moelle par leurs maigres récoltes, avec si peu de force et aucune espérance. Le travail de la terre était fatal. Mais c'était pour elle, Irina, que les grands-parents continuaient de lutter, elle était leur unique joie, avec le vin qu'ils pressaient à la maison, un breuvage très âpre, comme un dissolvant de peinture, qui leur permettait de surmonter un instant la solitude et l'ennui lancinant.

Le matin, avant de partir à pied pour l'école, Irina tirait les seaux du puits et, le soir, avant la soupe et le pain du dîner, elle coupait le bois pour le poêle. Elle pesait cinquante kilos tout habillée, avec sa tenue d'hiver et ses bottes, mais elle avait la vigueur d'un soldat et pouvait soulever Cathy, sa préférée à Lark House, comme un nouveau-né pour la faire passer du fauteuil roulant à son lit ou dans un canapé. La pratique de la hache de bûcheron et des seaux d'eau lui avait donné du muscle et elle devait sa chance d'être restée en vie à sainte Parascève, patronne de la Moldavie, intermédiaire entre la Terre et les êtres bienveillants du Ciel. Dans les soirées de son enfance, elle priait à genoux, avec ses grands-parents, devant l'icône de la sainte. Ils priaient pour la récolte de pommes de terre et pour la santé de la basse-cour, ils priaient pour être protégés des maraudeurs et des militaires, ils priaient pour leur fragile république et ils priaient pour Radmila. Aux yeux de la petite Irina, la sainte au manteau bleu, à la croix dans la main, à l'auréole d'or, paraissait plus humaine que la silhouette de sa mère sur une photographie déteinte. Irina ne souffrait pas de l'absence de sa mère, mais elle se plaisait à imaginer qu'un beau jour Radmila reviendrait avec un sac rempli de cadeaux. Elle ne sut rien d'elle jusqu'à ses huit ans, quand les grands-parents reçurent un peu d'argent de leur fille lointaine et qu'ils le dépensèrent prudemment, pour ne pas susciter l'envie. Irina se sentait flouée, parce que sa mère ne lui avait rien envoyé de particulier, pas même un mot. L'enveloppe ne contenait que l'argent et deux portraits d'une femme inconnue, aux cheveux oxygénés, à l'expression dure, très différente de la photo que conservaient les grands-parents, à côté de l'icône de sainte Parascève. Ensuite, ils reçurent des petites sommes deux ou trois fois par an, qui allégeaient la misère du foyer.

Le drame de Radmila ne différait guère de celui de milliers de jeunes femmes de Moldavie. Elle avait seize ans quand un soldat russe, de passage avec son régiment, l'avait laissée enceinte. Elle ne sut plus jamais rien de lui et mit au monde Irina, car elle échoua dans ses tentatives d'avortement, puis s'enfuit au loin à la première occasion. Bien des années plus tard, pour prémunir sa fille contre les dangers de ce monde, elle lui raconterait en détail son odyssée, un verre de vodka à la main et deux autres dans le nez.

Un jour, une femme de la ville était passée par le hameau ; elle recrutait des filles de la campagne pour travailler comme serveuses dans un autre pays. Elle offrait à Radmila l'éblouissante occasion qui ne se présente qu'une fois dans la vie : le passeport et le billet, un travail facile et bien payé. Elle lui garantit qu'en moins de trois ans les pourboires seuls suffiraient à s'acheter une maison. Négligeant les avertissements désespérés de ses parents, Radmila monta dans le train avec la mère maquerelle, sans soupçonner une seconde qu'elle finirait entre les griffes de rufians turcs dans un bordel d'Aksaray, à Istanbul. Elle fut gardée prisonnière pendant deux ans, avec trente à quarante hommes par jour pour payer sa dette, qui ne diminuait jamais, car on lui facturait de surcroît le logement, la nourriture, la douche et les contraceptifs. Les filles qui résistaient étaient battues à mort, brûlées ou retrouvées assassinées dans une impasse. Il ne fallait pas songer à s'échapper sans argent ni papiers. Elles vivaient entre quatre murs, sans connaître la langue ni le quartier, et moins encore la ville. Si elles parvenaient à échapper aux souteneurs, c'était pour se retrouver aux mains des policiers, qui comptaient parmi leurs clients les plus assidus, et qu'elles devaient satisfaire gratis. « Une jeune fille a sauté par la fenêtre depuis le troisième étage et s'est retrouvée le corps à demi paralysé, mais elle n'a pu se libérer de sa besogne », racontait Radmila à sa fille sur ce ton à la fois didactique et mélodramatique avec lequel elle évoquait cette misérable étape de sa vie. « Comme elle n'arrivait pas à contrôler son sphincter et faisait sur elle, les hommes ne lui payaient que la moitié du prix. Une autre tomba enceinte et officiait sur un matelas avec un creux aménagé au centre pour y nicher son ventre ; dans ce cas, les clients payaient davantage, car on dit que baiser une femme enceinte soigne la chaude-pisse. Quand les maquereaux voulaient de nouvelles têtes, ils nous refilaient à d'autres bordels, et le niveau baissait chaque fois, jusqu'au fond de l'enfer. Moi, j'ai été sauvée par un incendie et par un homme qui m'a prise en pitié. Une nuit, le feu s'est étendu à plusieurs maisons du quartier. Les journalistes ont accouru avec leurs appareils photo, si bien que les policiers n'ont pas pu jouer les autruches. Ils nous ont arrêtées, nous, les filles, tremblantes dans la rue, mais pas un seul des foutus maquereaux ni des clients. On nous a montrées à la télévision, on nous a traitées de vicieuses ; nous étions les coupables dans ces porcheries d'Aksaray. On allait nous déporter, mais un policier que je connaissais m'a trouvé un passeport et m'a permis de m'échapper. » De chute en rechute, Radmila était arrivée en Italie, où elle avait nettoyé des bureaux, puis travaillé en usine. Elle souffrait des reins, du fait de ses mauvaises conditions de vie, des drogues et de l'alcool, mais elle était encore jeune, et gardait d'ailleurs quelque chose de cette peau translucide de la jeunesse qui caractérisait sa fille. Un technicien américain s'était épris d'elle ; ils s'étaient mariés, et il l'avait emmenée au Texas, où sa fille, elle aussi, finirait par atterrir.

Quand Irina vit ses grands-parents pour la dernière fois, ce matin de 1999 où ils la laissèrent dans le train qui devait la conduire à Chișinău, première étape du long voyage vers le Texas, Costea avait soixante-deux ans, et Petruta une année de moins. Ils étaient beaucoup plus délabrés que n'importe quel nonagénaire de Lark House, où l'on vieillissait lentement, avec dignité et avec toutes ses dents, d'origine ou postiches, mais Irina savait que le processus était identique : on avance pas à pas vers la fin, certains plus vite que d'autres, et on perd tout en chemin. On ne peut rien emporter de l'autre côté. Quelques mois plus tard, Petruta baissa la tête sur l'assiette de gratin de pommes de terre qu'elle venait de servir et ne se réveilla plus. Costea avait partagé sa vie pendant quarante ans et estima qu'il ne valait plus la peine de continuer seul. Il se pendit à la poutre de la grange, où les voisins le découvrirent trois jours plus tard, attirés par les aboiements de son chien et les bêlements de la chèvre, qui attendait la traite. Irina l'apprit des années plus tard, de la bouche d'un juge au tribunal des mineurs de Dallas. Mais elle ne voulait pas en parler.

Au début de l'automne, Lenny Beal s'installa dans l'un des appartements indépendants de Lark House. Le nouvel arrivant était accompagné de Sofía, une chienne blanche avec une tache noire sur un œil, qui lui donnait l'air d'un pirate. Son apparition fut un événement dans les annales, car aucun des rares messieurs ne pouvait se comparer à lui. Certains vivaient en couple, d'autres portaient des couches-culottes au troisième niveau, antichambre du Paradis, et les rares veufs disponibles n'intéressaient pas tellement les dames. Lenny Beal avait quatre-vingts ans, mais en paraissait dix de moins ; c'était le spécimen masculin le plus désirable que l'on avait jamais vu dans ces lieux, avec sa crinière grise terminée par un petit catogan, ses yeux incroyables de lapis-lazuli, et le style juvénile de ses pantalons de lin froissés et de ses chaussures de toile sans chaussettes. Encore un peu et il soulevait une émeute parmi ces dames ; il remplissait l'espace, comme si l'on avait lâché un tigre dans cette atmosphère féminine de manque. Hans Voigt lui-même, avec sa longue expérience d'administrateur, se demanda franchement ce que Lenny Beal venait faire chez eux. Les hommes mûrs et aussi bien conservés que lui comptaient généralement sur une femme plus jeune – deuxième ou troisième épouse – qui prenait soin d'eux. Il le reçut avec tout l'enthousiasme disponible entre deux poussées d'hémorroïdes, qui continuaient à le torturer. Catherine Hope s'efforçait de l'aider avec des séances d'acupuncture dans sa clinique antidouleur, où pratiquait un médecin chinois trois fois par semaine, mais l'amélioration était lente. Le directeur estima que même les résidentes les plus accablées par l'âge, qui passaient leurs journées assises, le regard perdu dans le vide, à se rappeler le passé car le présent leur échappait ou filait si vite qu'elles n'y comprenaient rien, allaient ressusciter grâce à Lenny Beal. Il ne se trompait pas. Du jour au lendemain on vit apparaître des perruques célestes, des perles et des ongles peints, une nouveauté parmi ces dames tentées par l'écologie et le bouddhisme, qui méprisaient l'artifice. « Grand Dieu ! Nous avons l'air d'une résidence gériatrique à Miami », glissa le directeur à Cathy. On faisait des paris sur les occupations antérieures du nouveau venu : acteur, dessinateur de mode, importateur d'art oriental, joueur de tennis professionnel. Alma Belasco mit fin aux spéculations en révélant à Irina, pour que tout le monde le sache, que Lenny Beal était dentiste de profession, mais nul ne voulut croire qu'il avait gagné sa vie en astiquant des molaires.

Lenny Beal et Alma Belasco s'étaient connus trente ans plus tôt. Dès qu'ils s'aperçurent, ils s'embrassèrent longuement en pleine réception et quand, enfin, ils se séparèrent, ils avaient tous deux l'œil humide. Irina n'avait jamais vu pareille effusion chez sa patronne et, si les soupçons concernant l'amant japonais avaient été moins étayés, elle en aurait conclu que Lenny Beal était l'homme des rencontres clandestines. Elle appela aussitôt Seth pour le mettre au courant.

— Tu dis qu'il est ami avec ma grand-mère ? Je n'ai jamais entendu son nom. Mais nous allons savoir de qui il s'agit.

— Et comment donc ?

— Pour ça, nous avons des enquêteurs.

Les enquêteurs de Seth Belasco étaient deux escrocs repentis, l'un blanc et l'autre noir, mais tous deux à la mine patibulaire, qui recueillaient des informations sur des personnes impliquées dans des affaires, avant de les présenter au tribunal. Seth expliqua le travail à Irina avec l'exemple le plus récent. Un marin intentait un procès à la Compagnie de navigation pour un accident du travail qui l'avait rendu infirme, affirmait-il, mais Seth n'y croyait pas. Ses hommes de main avaient invité l'invalide dans un club à la réputation douteuse et l'avaient soûlé, avant de tourner une vidéo où il dansait la salsa avec une femme qui monnayait ses faveurs. Muni de cette preuve, Seth avait cloué le bec de l'avocat de la partie adverse. Ils avaient finalement trouvé un accord, s'épargnant une procédure fastidieuse. Seth avoua à Irina qu'il s'agissait d'une démarche honorable sur l'échelle morale de ses enquêteurs, mais que d'autres pouvaient la juger plutôt trouble.

Deux jours plus tard, Seth l'appelait pour lui donner rendez-vous dans une pizzeria qu'ils connaissaient bien, mais Irina venait de donner leur bain à cinq chiens en fin de semaine et se sentait d'humeur magnanime. Elle lui proposa de choisir un restaurant plus décent, car Alma lui avait refilé sa manie de la nappe blanche. « C'est moi qui t'invite », lui dit-elle. Seth vint la chercher à moto et la conduisit en zigzaguant au milieu du trafic, à une vitesse très illégale, vers le quartier italien, où ils arrivèrent les cheveux écrasés par le casque et la goutte au nez. Irina comprit que sa tenue vestimentaire n'était pas à la hauteur des lieux – elle ne l'était jamais –, et le regard hautain du maître d'hôtel le confirma aussitôt. En voyant les prix de la carte, elle faillit défaillir.

— Ne t'en fais pas, mon bureau remboursera la facture, dit Seth pour la tranquilliser.

— Mais ça va nous coûter plus cher qu'un fauteuil roulant !

— Et pourquoi veux-tu un de ces engins ?

— C'est une de mes références, Seth. Il y a deux petites vieilles à Lark House qui ne peuvent pas s'acheter le fauteuil dont elles ont besoin.

— Voilà qui est bien triste, Irina. Mais je te recommande les huîtres avec des truffes. Et un bon vin blanc, évidemment.

— Pour moi, ce sera du Coca-Cola.

— Avec les huîtres on ne sert que du chablis. Ils n'ont pas de Coca ici.

— Alors une eau minérale, avec un zeste de citron.

— Serais-tu une alcoolique repentie, Irina ? Tu peux me le dire, il n'y a pas à en avoir honte. C'est une maladie, comme le diabète.

— Il ne s'agit pas de cela, mais le vin me donne mal à la tête, répliqua Irina, qui n'avait aucune envie de partager avec lui ses pires souvenirs.

Avant le premier plat, on leur servit une cuillerée d'écume noirâtre, comme un vomissement de dragon, une attention du chef, qu'elle porta à sa bouche non sans méfiance, tandis que Seth lui expliquait que Lenny Beal était célibataire, sans enfants, qu'il s'était spécialisé en orthodontie, dans une clinique dentaire de Santa Barbara. Rien de particulier dans sa vie, sinon que c'était un grand sportif, et qu'il avait joué plusieurs fois l'Ironman, une farouche compétition combinant la natation, la bicyclette et la course à pied, et qui, franchement, ne semblait pas du gâteau. Seth avait cité son nom à son père, qui avait cru reconnaître un ami d'Alma et de Nathaniel, mais il n'en était pas sûr. Il se rappelait vaguement l'avoir vu à Sea Cliff quand Nathaniel était malade. Beaucoup d'amis fidèles avaient défilé à Sea Cliff pour tenir compagnie à son père, à cette époque, et Lenny Beal pouvait en être. Pour l'heure, Seth ne disposait pas d'autres informations à son sujet, mais il avait trouvé quelque chose sur Ichimei.

— La famille Fukuda a passé trois ans et demi dans un camp de concentration pendant la Seconde Guerre mondiale.

— Où était-ce ?

— À Topaz, en plein désert de l'Utah.

Irina ne connaissait des camps de concentration que ceux mis en place par les Allemands en Europe, mais Seth lui raconta l'histoire et lui montra une photo du Musée national japonais-américain. La légende au bas de la photo mentionnait les Fukuda. Il ajouta que son assistant cherchait les noms et l'âge de chacun d'eux sur les listes des évacués de Topaz.

Les prisonniers

La première année, à Topaz, Ichimei envoyait souvent des dessins à Alma, puis les courriers s'espacèrent : les censeurs étaient dépassés et durent limiter la correspondance des prisonniers. Les croquis jalousement gardés par Alma devinrent les meilleurs témoignages de cette étape de la vie des Fukuda : la famille à l'étroit dans une baraque ; des enfants devant leurs devoirs scolaires, agenouillés par terre et utilisant des bancs comme tables ; des files de gens devant les sanitaires ; des hommes jouant aux cartes, des femmes lavant le linge dans de grands baquets. Les appareils photographiques avaient été confisqués et les quelques prisonniers qui avaient pu les cacher ne pouvaient développer les négatifs. Seules étaient autorisées les photos officielles, optimistes, qui reflétaient les conditions humanitaires et l'atmosphère détendue, joyeuse, de Topaz : enfants jouant au baseball, adolescents dansant sur des rythmes à la mode, l'hymne national chanté en chœur pour saluer le drapeau chaque matin, mais en aucun cas les barbelés, ni les miradors des gardiens, ni les soldats avec tout leur fourbi. Pourtant, un des gardiens américains s'était offert à prendre une photo des Fukuda. Il s'appelait Boyd Anderson. Il était amoureux de Megumi, qu'il avait rencontrée pour la première fois à l'hôpital, où elle travaillait comme volontaire et où lui-même s'était retrouvé après s'être blessé en ouvrant une boîte de conserve en fer-blanc.

Anderson avait vingt-trois ans. Il était de grande taille et d'un blond déteint comme ses ancêtres suédois, un des rares Blancs à avoir gagné la confiance des évacués. Une petite amie impatiente l'attendait à Los Angeles, mais quand il aperçut Megumi dans son uniforme blanc, son cœur tressauta. Elle nettoya sa blessure, le médecin fit neuf points de suture, puis elle pansa la main avec une précision professionnelle, sans regarder le visage de Boyd qui l'observait, médusé, tellement ébloui qu'il ne sentait pas la douleur. Dès lors il ne cessa de lui tourner autour, mais prudemment : d'une part, il ne voulait pas abuser de sa position d'autorité, ensuite et surtout le métissage était interdit aux Blancs et répugnait aux Japonais. Megumi, avec son visage lunaire et sa délicatesse d'équilibriste pour évoluer dans le monde, pouvait s'offrir le luxe de choisir parmi les garçons les plus attirants de Topaz, mais elle éprouva le même penchant illicite pour le gardien et se débattit avec les mêmes préjugés de race, priant le ciel pour que finisse la guerre, que sa famille retourne à San Francisco et qu'elle puisse arracher de son âme cette tentation coupable. De son côté, Boyd priait tous les saints pour que la guerre ne se termine jamais.

Le 4 juillet, on fêta le jour de l'Indépendance

à Topaz, comme on avait célébré, six mois plus tôt, le Nouvel An. La première fête s'était soldée par un fiasco, parce que le campement était toujours dans une phase d'improvisation et que les prisonniers ne se résignaient pas à leur condition. Mais en 1943, les évacués s'appliquèrent à prouver leur patriotisme, et les Américains leurs bonnes dispositions, malgré les tourbillons de poussière et une chaleur que les lézards eux-mêmes ne supportaient plus. On parvint à une aimable coexistence entre les drapeaux, les rôtis, les gâteaux et jusqu'à la bière pour les hommes, qui, pour une fois, pouvaient échapper à la répugnante liqueur clandestine à base de pêches au sirop fermentées. Boyd était de ceux que le camp avait chargés de photographier les festivités, pour faire taire ces maudits reporters qui dénonçaient le traitement inhumain infligé à la population d'origine japonaise. Le gardien en profita pour demander aux Fukuda de prendre la pose. Puis il envoya un tirage à Takao et un autre, en cachette, à Megumi, tandis qu'il faisait agrandir le sien et découpait l'image de la jeune fille. Cette photo ne devait jamais le quitter ; il la portait, plastifiée, dans son portefeuille, et il devait être enterré avec elle cinquante-deux ans plus tard. Sur la photo de groupe, les Fukuda étaient pris devant un petit bâtiment noir : Takao, les épaules voûtées et l'air sévère, Heideko, toute petite, avec un air de défi, James, de profil et à contrecœur, Megumi, dans la splendeur de ses dix-huit ans, et Ichimei, dans sa onzième année, maigre, avec une touffe de cheveux en pétard et des croûtes aux genoux.

Sur cette seule et unique photographie de la famille

à Topaz, il manquait un fils : Charles. Cette année-là, l'aîné des Fukuda s'était engagé dans l'armée. Parce qu'il estimait que c'était son devoir, et non pour échapper aux camps, comme certains jeunes qui rejetaient la conscription le disaient de ceux qui se portaient volontaires. Il avait intégré le 442ᵉ régiment d'infanterie, exclusivement composé de *Nisei*. Ichimei envoya à Alma un dessin de son frère, au garde-à-vous devant la bannière étoilée, avec deux lignes qui ne furent pas censurées et qui expliquaient que les autres dix-sept garçons en uniforme qui allaient partir pour la guerre ne pouvaient pas tenir sur la page. Il avait une telle facilité pour le dessin qu'il parvint à refléter, en quelques traits, l'impressionnante expression d'orgueil de Charles, une fierté qui remontait fort loin, aux générations de samouraïs dans sa famille, qui partaient au combat convaincus qu'ils ne reviendraient pas, fermement décidés à ne jamais se rendre et à mourir dans l'honneur, ce qui leur donnait un courage surhumain. En examinant le dessin d'Ichimei, comme il le faisait toujours, Isaac Belasco avait fait remarquer à Alma l'ironie de la situation : des jeunes gens prêts à risquer leur vie pour défendre les intérêts du pays qui maintenait leurs familles en captivité.

Le jour même où James Fukuda fêtait ses dix-sept ans, il fut emmené entre deux soldats en armes, sans donner la moindre explication à sa famille. Mais Takao et Heideko pressentaient cette disgrâce : leur second fils avait été difficile depuis sa naissance, et un problème continuel depuis l'internement dans les camps. Comme le reste des évacués, les Fukuda avaient accepté leur situation avec philosophie, mais James et d'autres *Isei*, les Américano-Japonais, avaient toujours protesté, d'abord en violant le règlement dès qu'ils le pouvaient, ensuite en incitant à la révolte. Takao et Heideko avaient mis ces agissements sur le compte du caractère explosif du cadet, si différent de son frère Charles, puis des errements de l'adolescence, enfin des mauvaises fréquentations. Le directeur du camp les avait avertis plus d'une fois qu'il ne pouvait tolérer la conduite de James ; on l'avait collé en cellule suite à des rixes, des insolences et de menues dégradations de la propriété fédérale, mais aucune charge ne pouvait expliquer cette arrestation. Hormis les écarts et les accès de colère de certains *Nisei* adolescents, comme James, un ordre exemplaire régnait à Topaz, qui ne connut jamais de graves délits. La seule crise fut une série de grèves et de protestations quand une sentinelle tua un ancien qui s'était approché trop près des barbelés et n'avait pas entendu l'ordre de s'arrêter. Le directeur tenait compte de la jeunesse de James et se laissait attendrir par les discrètes manœuvres de Boyd Anderson.

Le gouvernement avait fait distribuer un questionnaire où la seule réponse acceptable était toujours oui. Dès l'âge de dix-sept ans, tous les évacués devaient y répondre. Les questions tendancieuses concernaient notamment la loyauté à l'égard des États-Unis, l'obligation, pour les hommes, de combattre dans l'armée, quel que fût le théâtre des opérations, et, pour les femmes, dans les forces auxiliaires, ou encore le refus d'obéissance à l'empereur du Japon. Pour des *Isei* comme Takao, cela revenait à renoncer à sa nationalité sans avoir le droit d'acquérir la nouvelle, mais presque tous s'inclinèrent. Les seuls qui refusèrent de signer, parce qu'ils étaient américains et se sentaient insultés, furent quelques jeunes *Nisei*. On les surnomma les *Ni-Ni*, ils furent qualifiés de dangereux par le gouvernement et condamnés par la communauté japonaise qui, depuis des temps immémoriaux, haïssait le scandale. James faisait partie de ces *Ni-Ni*. Son arrestation humilia profondément son père, qui s'enferma dans la chambre du baraquement attribué à sa famille. Il n'en sortait que pour utiliser les latrines. Ichimei lui apportait sa nourriture et faisait la queue une seconde fois pour avoir son propre repas. Heideko et Megumi souffrirent beaucoup de cette situation embarrassante. Mais elles s'efforcèrent de poursuivre leur vie habituelle, en supportant la tête haute les rumeurs malveillantes, les regards réprobateurs de leur peuple et les brimades des autorités du camp. Les Fukuda, y compris Ichimei, furent interrogés à diverses reprises, mais ils ne furent pas harcelés grâce à Boyd Anderson, qui était monté en grade et les protégeait du mieux qu'il pouvait.

— Que va devenir mon frère ? lui demanda Megumi.

— Je n'en sais rien. Peut-être l'ont-ils envoyé à Tule Lake, en Californie, ou à Fort Leavenworth, au Kansas ; c'est l'affaire du Département fédéral des maisons d'arrêt. Je suppose qu'il ne sera pas relaxé avant la fin de la guerre, répondit Boyd.

— Ici, on dit que les *Ni-Ni* seront fusillés comme espions...

— Ne crois pas tout ce que l'on raconte, Megumi.

Cet incident altéra à tout jamais le courage de Takao. Pendant les premiers mois d'internement, il avait participé aux activités de la communauté, et rempli ses heures éternelles en cultivant des parcelles et en fabriquant des meubles taillés dans du bois d'emballage, qu'il trouvait à la cuisine. Et comme l'espace réduit du baraquement ne pouvait contenir un meuble de plus, Heideko l'avait incité à en faire pour d'autres familles. Il tenta d'obtenir l'autorisation d'apprendre le judo aux enfants, mais en vain : le chef militaire du camp craignait de le voir semer des idées subversives et de mettre en danger la sécurité des soldats. Mais en secret, Takao continua de pratiquer cette discipline avec ses fils. Il vivait dans l'attente de la libération, comptant les jours, les semaines et les mois, et les marquant sur le calendrier. Il songeait sans arrêt au projet avorté d'un commerce de plantes et de fleurs avec Isaac Belasco, à l'argent qu'il avait épargné et perdu, à la maison qu'il avait payée de longues années, et que le propriétaire avait réclamée. Des décennies d'effort, de travail, de tâche accomplie pour se retrouver derrière des barbelés, comme un criminel, disait-il avec amertume. Il n'était guère sociable. La multitude, les files inévitables, le bruit, le manque de vie privée, tout l'irritait.

En revanche, Heideko s'épanouissait à Topaz. Comparée à d'autres femmes japonaises, c'était une épouse insubordonnée, qui tenait tête à son mari, les poings sur les hanches. Elle s'était toujours consacrée au foyer, à ses enfants, aux rudes besognes de l'agriculture, sans soupçonner un instant que sommeillait

146

au fond d'elle l'ange du militantisme. Dans ce camp de concentration, elle n'avait pas le temps de se décourager ni de s'ennuyer, à chaque instant elle veillait à résoudre des problèmes, dans un bras de fer avec les autorités pour obtenir ce qui paraissait impossible. Ses enfants étaient prisonniers, mais en sûreté derrière la clôture, nul besoin de les surveiller, il y avait pour cela huit mille paires d'yeux et un contingent des Forces armées. Sa préoccupation majeure était de soutenir Takao, pour qu'il ne se laisse pas complètement aller. Mais elle n'avait plus beaucoup d'inspiration pour lui trouver d'autres occupations et le distraire de ses idées noires. Son mari avait beaucoup vieilli, les dix années qui les séparaient s'étaient creusées. La promiscuité forcée du camp avait mis fin à la passion qui, auparavant, adoucissait les aspérités de cette vie en commun, la tendresse avait cédé la place à l'exaspération chez lui, à la patience chez elle. Par pudeur devant les enfants qui partageaient leur chambre, ils veillaient à ne pas se toucher sur cette couche étroite, et la relation spontanée qu'ils avaient connue autrefois s'était atrophiée. Takao s'enfermait dans le ressentiment, tandis que Heideko découvrait sa vocation du service et du leadership.

En moins de deux ans, Megumi Fukuda avait reçu trois propositions de mariage et personne ne comprenait pourquoi elle les avait refusées, sauf Ichimei, qui servait de messager entre sa sœur et Boyd Anderson. La jeune fille désirait deux choses dans la vie : devenir médecin et se marier avec Boyd, dans cet ordre. À

Topaz, elle avait terminé sans effort ses études secondaires et obtenu son diplôme avec distinction, mais l'enseignement supérieur ne lui était pas accessible. Certaines universités, dans l'est du pays, recevaient un nombre limité d'étudiants d'origine japonaise, choisis parmi les plus brillants dans ces camps de prisonniers, qui pouvaient également obtenir une aide financière du gouvernement, mais, avec le casier judiciaire de James, cette marque d'opprobre pour les Fukuda, elle ne pouvait y aspirer. Pas plus qu'elle ne pouvait abandonner sa famille. En l'absence de Charles, elle se sentait responsable de son frère cadet et de ses parents. En attendant, elle apportait son aide à l'hôpital, avec les médecins et les infirmières recrutés parmi les prisonniers. Son mentor était un médecin blanc, un certain Frank Delillo, d'une cinquantaine d'années, qui sentait la sueur, le tabac et le whisky, malheureux dans sa vie privée, mais dévoué et compétent. Il prit Megumi sous son aile dès le premier jour, quand elle se présenta à l'hôpital avec sa jupe plissée et sa blouse amidonnée, pour offrir ses services, comme elle disait. Ils venaient tous deux de débarquer à Topaz. Megumi commença par nettoyer des bassines et laver des instruments de chirurgie, mais elle fit preuve de tant d'aptitude et de bonne volonté que Delillo en fit bientôt son assistante.

— J'étudierai la médecine quand la guerre sera finie, lui annonça-t-elle.

— Cela peut tarder plus que tu ne le crois, Megumi. Je te préviens, ce sera dur pour toi d'être docteur. Tu es une femme, et tu es japonaise.

— Je suis américaine, comme vous, rétorqua-t-elle.

— Bon, peu importe. Ne me quitte pas d'une semelle et tu en retiendras quelque chose.

Megumi le prit au pied de la lettre. Devenue l'ombre de Frank Delillo, elle finit par recoudre des blessures, poser des attelles, soigner des brûlures et assister aux accouchements. Rien de plus compliqué, car les cas graves étaient envoyés aux hôpitaux de Delta ou de Salt Lake City. Son travail l'absorbait dix heures par jour, mais certains soirs elle pouvait retrouver un instant Boyd Anderson, sous le manteau protecteur de Frank Delillo, la seule personne dans le secret, hormis Ichimei. Malgré les risques, les deux jeunes partagèrent deux années d'amour clandestin, protégés par le sort. L'aridité du terrain n'offrait guère de cachettes, mais les jeunes *Nisei* n'étaient jamais à court d'excuses ingénieuses pour échapper à la surveillance des parents et aux regards indiscrets. Le problème, dans le cas de Megumi, est que Boyd ne pouvait courir comme un lapin entre les rares buissons chétifs avec son uniforme, son casque et son fusil. Les casernes, bureaux et logements des Blancs, dont nos tourtereaux auraient pu faire leur nid, étaient à l'écart du campement, et la jeune fille n'aurait pu y accéder sans la divine intervention de Frank Delillo, qui non seulement lui obtint un laissez-passer, mais qui avait la prévenance de quitter sa chambre comme par hasard. C'est là, dans la crasse et le désordre où vivait Delillo, parmi les cendriers pleins et les bouteilles vides, que Megumi perdit sa virginité et que Boyd gagna le septième ciel.

Le goût d'Ichimei pour le jardinage, inculqué par son père, se développa encore à Topaz. Sans se laisser décourager par le paysage pelé et le climat implacable, de nombreux prisonniers, qui avaient gagné leur vie dans l'agriculture, décidèrent de cultiver des jardins potagers. Ils arrosaient en comptant les gouttes d'eau, protégeant les plantes avec des écrans de papier l'été, et de petits feux l'hiver. Ainsi arrachaient-ils au désert des légumes et des fruits. La nourriture ne manquait jamais dans les cantines, on pouvait remplir son assiette et se resservir, mais sans la détermination de ces paysans l'ordinaire eût consisté en produits sous vide. Or, rien de bon pour la santé ne peut pousser dans une boîte, disaient-ils. Ichimei suivait les cours à l'école et passait le reste du jour dans les plantations. Il reçut rapidement le sobriquet de «Main verte», car tout ce qu'il touchait germait et poussait. Le soir, après avoir fait deux fois la queue à la cantine, pour le repas de son père et le sien, il relisait avec soin les contes et textes scolaires envoyés par de lointains maîtres pour les petits *Nisei*. C'était un garçon serviable et réfléchi, qui pouvait passer des heures sans bouger, contemplant les montagnes violettes sous un ciel de cristal, perdu dans ses pensées ou ses émotions. On disait de lui qu'il avait une vocation de moine et que, au Japon, on l'aurait envoyé comme novice dans un monastère zen. Même si le courant Oomoto rejetait le prosélytisme, Takao avait prêché sa religion avec ferveur dans son foyer, mais le seul qui l'avait embrassée de tout son cœur était Ichimei, car elle s'accordait à son caractère et avec l'idée que, depuis sa petite enfance, il se faisait de la vie. Il pratiquait les rituels Oomoto avec son père et un couple *Isei* d'un autre baraquement. Dans le camp, il y avait des offices bouddhistes et de diverses confessions chrétiennes, mais ils étaient les seuls à partager la foi Oomoto. Heideko les accompagnait parfois, sans grande conviction ; Charles et James ne s'étaient jamais intéressés aux croyances de leur père ; quant à Megumi, elle étonna sa mère et horrifia son père en se convertissant au christianisme. Elle attribuait cette démarche à une révélation en songe, où Jésus lui était apparu.

— Et comment sais-tu que c'était Jésus ? l'admonestait Takao, blême de colère.

— Et qui d'autre porte une couronne d'épines ? répondit-elle.

Elle dut assister aux leçons de catéchisme données par un pasteur presbytérien, et à une brève cérémonie privée de confirmation, à laquelle participèrent seulement Ichimei, par curiosité, et Boyd Anderson, profondément ému par cette preuve d'amour. Naturellement, le pasteur devina les raisons de la conversion de la jeune fille, mais il ne formula pas d'objection. Il leur donna sa bénédiction, se demandant à part lui dans quel coin de l'univers ce nouveau couple pourrait bien se fixer.

Arizona

En décembre 1944, peu avant que la Cour suprême ne déclare, à l'unanimité, qu'aucun citoyen des États-Unis, quelles que fussent ses origines culturelles, ne pouvait être détenu sans cause clairement établie, le chef militaire de Topaz, escorté par deux soldats, tendit à Heideko Fukuda la bannière étoilée pliée en triangle et attacha une médaille avec un ruban violet sur la poitrine de Takao, tandis que la marche funèbre d'un clairon nouait la gorge des centaines de personnes serrées autour de la famille en l'honneur de Charles Fukuda, mort au combat. Heideko, Megumi et Ichimei pleuraient, mais l'expression de Takao était indéchiffrable. Les années passées au camp de concentration avaient comme solidifié son visage, le figeant dans un masque hiératique d'orgueil ; mais toute son allure et son silence sournois trahissaient l'homme brisé qu'il était devenu. À cinquante-deux ans, il ne restait rien de son ravissement devant le bourgeonnement d'une plante, de son doux sens de l'humour, de son enthousiasme à façonner un avenir pour ses fils, ou de la tendresse discrète qu'il avait partagée avec Heideko. Le sacrifice héroïque de Charles, son aîné qui aurait dû soutenir la famille quand lui ne le pourrait plus, avait été le coup de massue, dont il ne s'était pas relevé. Charles était mort en Italie, comme d'autres centaines d'Américains-Japonais du 442e régiment d'infanterie, baptisé le Bataillon du *Purple Heart* grâce au nombre extraordinaire de médailles pour bravoure que l'on comptait dans ses rangs. Composé exclusivement de *Nisei*, ce régiment fut bientôt le plus décoré de toute l'histoire militaire des États-Unis, mais les Fukuda ne devaient jamais y voir une consolation.

Le 14 août 1945, le Japon capitulait, et l'on commençait à fermer les camps de concentration. Les Fukuda reçurent vingt-cinq dollars et un billet de train pour l'Arizona. Comme l'ensemble des évacués, ils ne devaient jamais mentionner en public ces années d'humiliation, où leur loyauté, leur patriotisme avaient été mis en doute. Sans honneur, la vie ne valait pas grand-chose. *Shikata ga nai.* Ils ne furent pas autorisés à rentrer à San Francisco, où rien, au demeurant, ne les attendait. Takao avait perdu le droit de location et de fermage des terrains qu'il cultivait naguère ; il ne restait rien de son épargne ni de l'argent que lui avait remis Isaac Belasco lors de l'évacuation. Sa poitrine faisait entendre un bruit permanent de moteur, il toussait sans arrêt et supportait à grand-peine ses douleurs lombaires. Il était incapable de reprendre le dur travail de la terre, unique emploi disponible pour un homme de sa condition. À en juger par son attitude glacée, la situation précaire de sa famille lui importait peu ; chez lui, la tristesse s'était cristallisée en indifférence. Sans la constante sollicitude d'Ichimei, qui s'occupait de le faire manger et de lui tenir compagnie, il n'aurait plus quitté son coin, fumant jusqu'à la mort, tandis que sa femme et sa fille travaillaient de longues journées en usine pour entretenir modestement le foyer. Finalement, les *Isei* purent obtenir la citoyenneté, mais Takao n'en sortit pas pour autant de sa prostration. Pendant trente-cinq ans, il avait aspiré aux mêmes droits que tout Américain, et maintenant que l'occasion se présentait, il ne souhaitait plus qu'une chose : retourner au Japon, sa patrie vaincue. Heideko tenta bien de l'emmener s'inscrire au Service national d'immigration, mais elle finit par s'y rendre seule, car les quelques phrases articulées par son mari furent pour maudire les États-Unis.

Megumi dut ajourner de nouveau son désir d'étudier la médecine et de se marier, mais Boyd Anderson, transféré à Los Angeles, ne l'oublia pas un instant. Les lois contre le mariage ou la cohabitation entre races étaient abolies dans presque tous les États, et pourtant une union comme la leur demeurait scandaleuse ; du reste, ils n'osaient pas avouer à leurs parents respectifs qu'ils étaient ensemble depuis plus de trois ans. Pour Takao Fukuda, c'eût été un cataclysme ; jamais il n'aurait accepté la relation de sa fille avec un Blanc, moins encore avec un homme qui patrouillait autour de sa prison dans l'Utah. Il eût été forcé de la répudier et de la perdre elle aussi. Il avait déjà perdu Charles à la guerre, et James, déporté au Japon, dont il n'espérait plus recevoir de nouvelles. Les parents de Boyd Anderson, immigrants suédois de première génération, installés à Omaha, avaient gagné leur vie dans l'exploitation d'une laiterie ; ruinés dans les années trente, ils avaient fini par administrer un cimetière. C'étaient des gens d'une honnêteté indiscutable, très religieux, tolérants, mais ils ne pouvaient entendre parler de Megumi avant qu'elle n'ait accepté de porter l'alliance.

Tous les lundis, Boyd commençait une lettre et ajoutait des paragraphes chaque jour, inspirés de *L'Art d'écrire des lettres d'amour*, un manuel en vogue parmi les soldats de retour du front, qui avaient laissé leur fiancée sous d'autres latitudes, et il postait son courrier le vendredi. Deux samedis par mois, cet homme méthodique essayait de téléphoner à Megumi, ce qui ne marchait pas toujours, et le dimanche il pariait à l'hippodrome. Il ne souffrait pas de l'irrésistible compulsion du joueur, les caprices du hasard le rendaient nerveux et affectaient son ulcère à l'estomac, mais il avait découvert sa bonne étoile inopinément, dans les courses de chevaux, et il en profitait pour augmenter ses maigres revenus. Le soir, il étudiait la mécanique, car il espérait abandonner la carrière militaire et ouvrir un atelier à Hawaï, qui lui semblait le lieu idéal pour s'installer. En effet, une abondante population japonaise y vivait, libérée de l'affront dû à l'attaque nipponne. Dans sa correspondance, Boyd tentait de convaincre Megumi des avantages de Hawaï, où leurs enfants pourraient grandir dans un air moins saturé de haine raciale, mais elle ne pensait pas aux enfants. Megumi entretenait une lente et tenace correspondance avec deux médecins chinois pour découvrir les façons d'étudier la médecine orientale, puisque l'occidentale lui était refusée. Elle allait bientôt constater que, même pour cela, le fait d'être femme et d'origine japonaise était un obstacle insurmontable, comme l'en avait averti son mentor, Frank Delillo.

À quatorze ans, Ichimei entra à l'école secondaire. Comme Takao était paralysé par la mélancolie et que Heideko prononçait à peine quatre mots d'anglais, Megumi dut servir de tutrice à son frère. Le jour où elle l'accompagna pour l'inscrire, elle pensa qu'Ichimei serait là-bas comme chez lui, car l'édifice était aussi laid et le terrain aussi inhospitalier qu'à Topaz. Ils furent reçus par la directrice de l'établissement, Miss Brody, qui s'était efforcée, durant les années de guerre, de persuader les politiciens et l'opinion publique que les enfants de familles japonaises, comme tout Américain, avaient droit à l'éducation. Elle avait collecté des milliers de livres pour les envoyer dans les camps. Ichimei en avait lu plusieurs et s'en souvenait parfaitement, car chacun portait une note de Miss Brody sur la couverture. Le garçon imaginait sa bienfaitrice sous les traits de la bonne fée dans le conte de Cendrillon, et il se retrouva devant une femme massive, avec des bras de bûcheron et une voix de crieur public.

— Mon frère a pris du retard dans ses études. Il n'est pas bon en lecture ni en orthographe, et pas plus en arithmétique, lui dit Megumi, embarrassée.

— À quoi es-tu bon alors, Ichimei ? demanda Miss Brody en se tournant vers l'enfant.

— À dessiner et à planter, répondit-il dans un murmure, les yeux cloués sur le bout de ses chaussures.

— Parfait ! C'est justement ce qui nous manque ici ! s'exclama Miss Brody.

La première semaine, les écoliers bombardèrent Ichimei de toutes les épithètes contre sa race diffusées pendant le conflit, mais que le garçon n'avait jamais entendues à Topaz. L'enfant ne savait pas que les Japonais étaient aussi détestés que les Allemands, pas plus qu'il n'avait vu les bandes dessinées où les Asiatiques étaient présentés comme dégénérés et brutaux. Il supporta les railleries avec son équanimité habituelle, mais, la première fois qu'un grand dadais voulut lui mettre la main au collet, il le fit tourner en l'air avec une prise de judo que lui avait enseignée son père, cette même prise avec laquelle il avait montré à Nathaniel Belasco les ressorts des arts martiaux. Pour le punir, on l'envoya au bureau de la directrice. «Bien joué, Ichimei» fut son seul commentaire. Après cette démonstration magistrale, il put suivre ses quatre années de collège en toute tranquillité.

Le 16 février 2005

Je suis allé à Prescott, dans l'Arizona, rendre visite à Miss Brody. Elle venait d'avoir ses quatre-vingt-quinze ans, et beaucoup de ses anciens élèves se sont réunis pour fêter l'événement. Elle est très bien pour son âge : elle m'a reconnu dès qu'elle m'a vu. Imagine-toi ! Combien d'enfants sont passés entre ses mains ? Comment fait-elle pour se souvenir de chacun ? Elle se rappelait que je peignais les affiches pour les fêtes de l'école et que, le dimanche, je travaillais dans son jardin. J'étais un très mauvais écolier dans le secondaire, un désastre, mais elle arrondissait mes notes. Grâce à Miss Brody, je ne suis pas tout à fait analphabète et je peux t'écrire, ma douce amie.

Cette semaine sans nous voir a été très longue. La pluie et le froid ont tout fait pour me rendre particulièrement triste. Et je n'ai même pas trouvé des gardénias pour te les envoyer. Pardonne-moi. Et appelle-moi, s'il te plaît.

Ichi

Boston

La première année de séparation, Alma ne vivait que pour l'arrivée du courrier, mais avec le temps elle s'habitua au silence de son ami, comme elle l'avait fait avec ses parents et avec son frère. Son oncle et sa tante s'efforçaient de la protéger des mauvaises nouvelles en provenance d'Europe, spécialement sur le sort des Juifs. Alma demandait après sa famille, et devait se contenter de réponses tellement fantaisistes que la guerre prenait le ton des légendes du roi Arthur, qu'elle avait lues avec Ichimei dans la pergola du jardin. D'après sa tante Lillian, l'absence de lettres était due à des problèmes de courrier en Pologne et, dans le cas de son frère Samuel, à des mesures de sécurité en Angleterre. Samuel était chargé de missions vitales, dangereuses et secrètes dans la Royal Air Force, disait Lillian ; il était astreint au plus sévère anonymat. Pourquoi aurait-elle raconté à sa nièce encore enfant que l'avion de son frère était tombé en France ? Isaac montrait à la petite fille les percées et les reculs des troupes alliées avec des épingles sur une carte, mais il n'avait pas la force de lui dire la vérité sur ses parents. Depuis que les Mendel avaient été dépouillés de leurs biens et enfermés dans l'infâme ghetto de Varsovie, il était sans nouvelles. Isaac versait de fortes sommes aux organisations qui tentaient de secourir la population du ghetto. Il savait que le nombre de Juifs déportés par les nazis, entre juillet et septembre 1942, dépassait les deux cent cinquante mille, comme il savait que des milliers d'entre eux mouraient chaque jour de faim et de maladies. Le mur couronné de barbelés qui séparait le ghetto du reste de la ville n'était pas complètement imperméable ; tout comme il entrait certains aliments et médicaments de contrebande, tout comme on voyait sortir d'horribles images d'enfants faméliques, il existait des formes de communication. Et si toutes ses tentatives pour localiser les parents d'Alma avaient échoué, si l'avion de Samuel s'était écrasé, on ne pouvait que supposer qu'ils étaient morts tous les trois. Toutefois, aussi longtemps qu'il n'y aurait pas de preuve irréfutable, Isaac Belasco voulait épargner cette douleur à sa nièce.

Alma, qui semblait s'être adaptée à sa nouvelle famille, à ses cousins et à la maison de Sea Cliff, redevint, avec la puberté, la petite fille taciturne qu'elle était à son arrivée en Californie. Elle grandit de façon précoce et la première attaque hormonale coïncida avec l'absence indéfinie d'Ichimei. Elle avait dix ans quand ils s'étaient séparés sur la promesse de rester unis, par le truchement du courrier ; onze ans quand les lettres commencèrent à s'espacer et douze quand la distance devint insupportable et qu'elle se résigna à la perte d'Ichimei. Elle accomplissait ses devoirs sans broncher dans une école qu'elle détestait et se conduisait selon les attentes de sa famille adoptive, tâchant de passer inaperçue pour éviter des questions sentimentales qui auraient déchaîné la tempête, de rébellion et d'angoisse, qui couvait au fond d'elle. Nathaniel était le seul qu'elle n'abusait pas avec son comportement irréprochable. Le garçon avait un sixième sens qui lui révélait quand sa cousine était cachée dans la penderie ; il arrivait sur la pointe des pieds de l'autre bout de la demeure, la sortait de sa cachette en la suppliant tout bas pour ne pas éveiller son père, qui avait l'ouïe fine et le sommeil léger, puis il la bordait dans son lit et veillait à son côté jusqu'à ce qu'elle s'endorme. Lui aussi passait sa vie à marcher sur des œufs et à contenir l'orage qui couvait en lui. Il comptait les mois qui restaient pour achever son cycle secondaire et partir à Harvard, afin d'y étudier les lois, car il n'était pas question pour lui de s'opposer aux volontés de son père. Sa mère souhaitait qu'il intègre l'École de droit de San Francisco, au lieu de courir à l'autre bout du continent. Mais Isaac Belasco soutenait que le jeune homme avait besoin de prendre le large, comme lui-même l'avait fait à son âge. Il devait se convertir en homme de bien, en personne responsable : devenir un *mensch*.

Alma prit la décision de Nathaniel de partir à Harvard comme une offense personnelle, et déclina à son cousin la liste de tous ceux qui l'avaient abandonnée : d'abord, son frère et ses parents, ensuite Ichimei, et à présent lui. Elle en concluait que sa destinée était de perdre tous ceux qu'elle aimait le plus. Elle restait cramponnée à Nathaniel comme au premier jour, sur le quai de San Francisco.

— Je t'écrirai, lui assurait Nathaniel.

— Ichimei disait la même chose, répondait-elle, véhémente.

— Ichimei est dans un camp d'internement, Alma. Moi je serai à Harvard.

— Encore plus loin ? Ce n'est plus Boston ?

— Je reviendrai passer toutes les vacances avec toi, c'est promis.

Tandis qu'il faisait ses préparatifs, Alma le suivait dans la maison comme son ombre, inventant des prétextes pour le retenir. Et comme le stratagème était vain, elle se trouva des raisons de moins l'aimer. À huit ans, elle s'était éprise d'Ichimei avec l'intensité des amours enfantines, et de Nathaniel avec l'amour serein de la vieillesse. Dans son cœur, tous deux remplissaient des fonctions différentes, mais aussi indispensables ; sans Ichimei et sans Nathaniel, elle était convaincue de ne pouvoir survivre. Elle avait aimé le premier avec fougue, elle avait besoin de le voir à chaque instant, de s'esquiver avec lui dans le jardin de Sea Cliff, qui s'étendait jusqu'à la mer, prodigue en cachettes formidables pour découvrir ensemble le langage infaillible des caresses. Depuis l'internement d'Ichimei à Topaz, elle se nourrissait des souvenirs du jardin et des notations de son journal intime, rempli à ras bord de soupirs en caractères minuscules. À cet âge, elle faisait déjà montre d'une ténacité fanatique en amour. Avec Nathaniel, en revanche, il ne lui serait pas venu à l'idée de se cacher dans les taillis. Elle l'aimait jalousement, croyait le connaître comme personne ; ils avaient dormi en se tenant la main les nuits où il l'avait libérée de la penderie ; c'était son confident, son ami intime. La première fois qu'elle découvrit des taches sombres sur ses sous-vêtements, elle attendit, tremblante de terreur, que Nathaniel fût rentré de l'école pour l'entraîner dans la salle de bains et lui montrer la preuve indiscutable qu'elle se vidait de son sang. Nathaniel avait bien une idée approximative de la cause, mais non des solutions pratiques. Et c'est lui qui dut interroger sa mère, car Alma n'osait pas. Le garçon était au courant de tout ce qui concernait la jeune fille. Elle lui avait confié ses codes pour déchiffrer ses journaux, mais il n'avait pas besoin de les lire pour se mettre à la page.

Alma termina ses études secondaires un an avant Ichimei. Ils avaient perdu tout contact, mais elle sentait sa présence : elle lui écrivait dans un monologue ininterrompu de son Journal, moins par fidèle habitude que par nostalgie. Elle s'était résignée à l'idée de ne plus le revoir, et pourtant, à défaut d'autres amis, elle entretenait un amour d'héroïne tragique avec le souvenir des jeux secrets au jardin. Tandis que le garçon travaillait du matin au soir, comme ouvrier agricole, dans un champ de betteraves, elle se prêtait de mauvais gré aux bals de débutantes que lui imposait sa tante Lillian. Il y avait des soirées dans le manoir de ses oncles, d'autres dans le patio de l'hôtel Palace, avec son demi-siècle d'histoire, sa fabuleuse verrière, les énormes lustres de cristal et les palmiers tropicaux dans les jardinières de faïence portugaise. Lillian assumait le devoir de lui trouver un bon parti, pensant que l'affaire serait plus commode que le mariage de ses filles, sans grand charme, mais elle finit par comprendre qu'Alma sabotait ses meilleurs plans. Quant à Isaac Belasco, il s'immisçait fort peu dans la vie des femmes de sa famille. Cette fois, pourtant, il ne put garder le silence.

— Cette chasse au fiancé est indigne, Lillian !

— Que tu es naïf, Isaac ! Penses-tu que tu serais marié avec moi si ma mère ne t'avait glissé un nœud autour du cou ?

— Alma est encore une enfant. La loi devrait interdire de se marier avant vingt-cinq ans.

— Vingt-cinq ! Mais, mon bon ami, à cet âge vous ne trouverez un bon parti nulle part, ils seront tous pris, allégua Lillian.

La nièce voulait partir étudier loin de là, et Lillian finit par céder. Après tout, une ou deux années d'éducation supérieure sont encore un atout, pensa-t-elle. Ils convinrent que la jeune fille s'inscrirait dans un collège universitaire féminin de Boston, où Nathaniel séjournait encore et pourrait la protéger des tentations et des dangers de la ville. Lillian cessa de lui présenter des candidats potentiels et se mit à préparer le trousseau nécessaire de jupes rondes comme des assiettes et d'ensembles avec gilet et sweater en angora, dans les tons pastel, car c'était la mode, même s'ils n'avantageaient pas une fille comme elle, à l'ossature allongée et aux traits fortement marqués.

Alma insista pour voyager seule, en dépit des appréhensions de sa tante, qui cherchait une personne de confiance pour veiller sur elle. Finalement, la jeune fille prit place sur un vol de la Braniff à destination de New York, où elle devait prendre le train pour Boston. Mais Nathaniel l'attendait à l'aéroport. Ses parents l'avaient prévenu par télégramme, et il avait décidé de l'accompagner en train. Les cousins s'embrassèrent avec la tendresse accumulée sept mois durant, depuis la dernière visite du garçon à San Francisco, et se donnèrent en trombe des nouvelles de la famille, tandis qu'un porteur en uniforme noir entassait les bagages sur un chariot pour les suivre jusqu'au taxi. Nathaniel compta les valises et les boîtes à chapeaux, puis demanda à sa cousine si elle avait apporté des vêtements à vendre.

— Tu n'as pas le droit de me critiquer, tu as toujours été un dandy, rétorqua-t-elle.

— Quels sont tes plans, Alma ?

— Ce que je t'ai dit dans mes lettres, cousin. Tu sais que j'adore tes parents, mais j'étouffe dans cette maison. Je dois devenir indépendante.

— Je vois. Avec l'argent de papa ?

Ce détail avait échappé à la jeune fille. Pour elle, le premier pas vers l'indépendance était de décrocher un diplôme, quel qu'il soit. Sa vocation était encore à définir.

— Ta maman veut me trouver un mari. Je n'ose pas lui dire que je vais épouser Ichimei.

— Réveille-toi une bonne fois, Alma, ça fait dix ans qu'il a disparu de ta vie.

— Huit ans. Pas dix.

— Il faut te le sortir de la tête. Même dans le cas, peu probable, où il referait surface et s'intéresserait à toi, tu sais très bien que tu ne peux pas l'épouser.

— Et pourquoi donc?

— Comment ça pourquoi? Il est d'une autre race, d'une autre classe sociale, d'une autre culture, d'une autre religion, d'un autre niveau économique. Tu veux d'autres raisons?

— Alors je resterai célibataire. Et toi, tu as une petite amie, Nat?

— Non, mais si j'en trouve une, tu seras la première à le savoir.

— C'est mieux ainsi. Nous pourrions faire croire que nous sommes fiancés.

— Et pourquoi cela?

— Pour décourager les idiots qui s'approcheraient de moi.

La cousine avait changé d'allure ces derniers mois: ce n'était plus une lycéenne en chaussettes blanches, ses nouveaux vêtements étaient ceux d'une femme élégante, mais Nathaniel, dépositaire de ses confidences, ne se laissa pas impressionner par la cigarette et la robe bleu marine, pas plus que par le chapeau, les gants ou les chaussures couleur cerise. Alma restait une petite fille gâtée, celle qui s'était rivée à lui, apeurée par la foule et le bruit de New York, et qui ne l'avait pas lâché jusqu'à sa chambre d'hôtel. «Reste dormir avec moi, Nat», implorait-elle, avec cette expression terrorisée de son enfance, dans la penderie aux sanglots, mais lui, aujourd'hui, avait perdu l'innocence, et dormir avec elle aurait pris une autre tournure. Le lendemain, ils prirent l'express de Boston, en se coltinant les kyrielles de bagages.

Alma imaginait le collège de Boston comme une extension plus libre de l'école secondaire, où elle était passée en coup de vent. Elle croyait faire briller les parures de son trousseau, mener la vie de bohème dans les bars et les cafés de la grande ville, avec Nathaniel, et suivre l'un ou l'autre cours pendant son temps libre, pour ne pas décevoir ses oncle et tante. Elle comprit bientôt que personne ne la regardait, qu'il y avait des tas de filles bien plus chic, que son cousin avait toujours une bonne excuse pour la laisser en plan et qu'elle était fort mal préparée pour affronter les études. Le hasard lui fit partager sa chambre avec une fille grassouillette de Virginie qui, dès que l'occasion se présenta, lui montra les preuves bibliques de la supériorité de la race blanche. Les Noirs, les Jaunes et les Peaux-Rouges descendaient des singes ; Adam et Ève étaient blancs ; Jésus pouvait être américain, elle n'en était pas sûre. Elle n'approuvait pas la conduite de Hitler, disait-elle, mais il fallait bien reconnaître que, sur le chapitre des Juifs, il n'avait pas tout à fait tort : c'était une race condamnée, car elle avait tué Jésus. Alma fit une demande pour changer de chambre. La démarche prit deux semaines, et sa nouvelle compagne était un condensé de manies et de phobies, mais au moins elle n'était pas antisémite.

La jeune fille passa le premier trimestre dans la confusion, sans réussir à s'organiser dans les choses les plus simples, comme les repas, la lessive, les transports ou son emploi du temps. D'autres s'en étaient toujours chargés à sa place, d'abord les préceptrices, puis sa dévouée tante Lillian. Elle n'avait jamais fait son lit ni repassé une blouse, les employées à domicile étaient là pour ça ; elle n'avait jamais dû se fixer un budget, puisque chez ses oncles on ne parlait pas d'argent. Elle fut très surprise quand Nathaniel lui expliqua que le montant de sa bourse mensuelle n'incluait pas les restaurants, les salons de thé, la manucure, la coiffeuse ou la masseuse. Une fois par semaine, carnet et crayon en main, son cousin se présentait chez elle avec la liste de ses dépenses. Elle promettait de s'amender, mais la semaine suivante elle avait de nouvelles dettes. Elle se sentait étrangère dans cette ville hautaine et superbe ; ses compagnes l'excluaient, les garçons la dédaignaient, mais elle n'en disait rien dans ses lettres à ses oncles et, chaque fois que Nathaniel lui conseillait de rentrer à la maison, elle répétait que tout était préférable à l'humiliation de s'en retourner Gros-Jean comme devant. Elle s'enfermait dans la salle de bains, comme autrefois dans la penderie, et faisait couler la douche pour que le bruit étouffe les injures dont elle gratifiait sa mauvaise étoile.

Novembre tomba sur Boston avec tout le poids de l'hiver. Alma avait passé les sept premières années de sa vie à Varsovie, mais elle ne gardait aucun souvenir du climat. Rien ne l'avait préparée à ce qui l'attendait : fouettée par la grêle, les bourrasques et le blizzard, la ville perdit sa couleur ; la lumière disparut, tout devint gris et blanchâtre. La vie s'écoulait à huis clos, en grelottant et en cherchant les radiateurs. Alma avait beau s'emmitoufler, le froid lui fendillait la peau et lui transperçait les os dès qu'elle mettait le nez dehors. Ses mains et ses pieds se gonflaient d'engelures ; la toux et le rhume s'éternisaient. Elle devait mobiliser toutes ses forces pour sortir du lit le matin, s'encapuchonner comme un Esquimau, défier les intempéries pour passer d'un bâtiment à l'autre au collège, collée aux murs pour ne pas être soufflée par le vent, traînant les pieds sur la glace. Les rues devenaient impraticables, les véhicules disparaissaient sous des monceaux de neige, que les conducteurs devaient attaquer avec des pics et des pelles ; les passants étaient pliés en deux, couverts de laine et de fourrures ; les enfants, les oiseaux et les animaux domestiques avaient disparu.

Quand Alma, finalement, reconnut sa défaite et accepta de faire appel à ses oncles pour échapper à la banquise, elle rencontra pour la première fois Vera Neumann, la plasticienne qui avait mis son art à la portée de tout un chacun sur des foulards, des draps, des nappes, des assiettes, des vêtements, bref, sur toute chose qui pouvait se peindre ou être imprimée. Vera avait déposé sa marque en 1942 et, en quelques années, elle avait créé un marché. Alma se rappelait vaguement que sa tante Lillian rivalisait avec ses amies pour être la première à porter les nouveaux modèles de foulards ou de robes dessinés par Vera, mais elle ne savait rien de l'artiste. Elle assista à l'une de ses causeries sur un coup de tête, pour oublier le froid entre deux cours, et se retrouva au fond d'une salle comble, aux murs tapissés de toiles peintes. Toutes les couleurs qui avaient fui l'hiver de Boston étaient captives de ces murs : audacieuses, capricieuses, fantastiques.

Le public se leva pour acclamer la conférencière et, une fois encore, Alma prit la mesure de son ignorance. Elle n'aurait jamais imaginé que la créatrice des foulards de sa tante était une célébrité. Vera Neumann ne s'imposait pas par sa présence : elle mesurait un mètre cinquante, elle était timide et se cachait derrière d'énormes lunettes aux verres fumés, qui lui mangeaient la moitié du visage, mais dès qu'elle ouvrait la bouche personne ne doutait de sa grandeur. Alma arrivait à peine à la voir sur l'estrade, mais elle buvait toutes ses paroles, l'estomac noué, dans l'intuition claire et nette que ce moment, pour elle, était décisif. Une heure et quinze minutes avaient suffi à cette petite femme excentrique, brillante, féministe et minuscule pour émouvoir son auditoire avec le récit de ses inlassables voyages, sources d'inspiration pour ses diverses collections : Inde, Chine, Guatemala, Islande, Italie... et tout le reste de la planète. Elle parla de sa philosophie, des techniques qu'elle utilisait, de la commercialisation et de la diffusion de ses produits, des obstacles surmontés tout au long du chemin.

Ce soir-là, Alma téléphona à Nathaniel pour lui annoncer son avenir avec des cris d'enthousiasme : elle suivrait les pas de Vera Neumann.

— De qui ?

— De la personne qui a dessiné les draps et les nappes de tes parents, Nat. Je ne vais pas continuer à gaspiller mon temps avec des cours qui ne me serviront à rien. J'ai décidé d'étudier le design et la peinture à l'université. Je vais assister aux ateliers de Vera, puis je voyagerai de par le monde, comme elle.

Quelques mois plus tard, Nathaniel terminait ses études de droit et rentrait à San Francisco. Mais Alma refusa de l'accompagner, malgré les pressions de sa tante pour qu'elle retourne en Californie. Elle supporta quatre hivers supplémentaires à Boston, sans faire allusion au climat, en dessinant et peignant infatigablement. Elle n'avait pas la facilité d'Ichimei pour le dessin, ni l'audace de Vera Neumann dans la couleur, mais elle combla les lacunes de son talent avec bon goût. Elle voyait clairement la direction à suivre. Son design serait très différent de celui de Vera, car son intention n'était pas de satisfaire les goûts populaires et de s'imposer sur le marché, mais de créer pour le plaisir. Travailler pour vivre ne lui était jamais venu à l'esprit. Il n'était pas question de foulards à dix dollars, ni de draps et de serviettes en gros ; elle voulait uniquement peindre ou imprimer certains types de vêtements, toujours sur une soie de la meilleure qualité, et en signant chaque pièce. Ce qui sortirait de ses mains aurait une telle marque d'exclusivité, et un tel prix que les amies de sa tante allaient devoir tuer pour l'acquérir. Elle triompha peu à peu de la paralysie dont elle souffrait dans cette ville imposante ; elle apprit à se remuer, à boire des cocktails sans perdre la tête et à nouer des amitiés. Et elle se sentit finalement si bostonienne que, de retour en vacances en Californie, elle se crut dans le pays reculé d'un autre continent. Elle fit aussi la conquête de quelques admirateurs sur les pistes de danse, où la pratique frénétique des rythmes endiablés de son enfance, avec Ichimei, porta ses fruits, et elle connut sa première relation sexuelle, sans cérémonie, derrière un buisson, au cours d'un pique-nique... Ce qui refroidit sa curiosité et apaisa son complexe d'être toujours vierge à vingt ans passés. Elle fit deux ou trois rencontres similaires avec différents garçons, mais rien de mémorable. Le tout confirma sa décision d'attendre Ichimei.

Résurrection

Deux semaines avant de recevoir son diplôme, Alma appela Nathaniel à San Francisco pour organiser en détail le voyage des Belasco à Boston. C'était la première femme de la famille à décrocher un titre universitaire, et que ce fût en design et en histoire de l'art, disciplines relativement obscures, ne lui ôtait pas tout mérite. Martha et Sarah elles-mêmes assisteraient à la cérémonie, en partie dans l'intention de poursuivre vers New York, et d'y faire les boutiques, mais l'oncle Isaac serait absent. Son cardiologue lui avait interdit de prendre l'avion. L'oncle se préparait à désobéir, car Alma était plus proche de lui que ses propres filles, mais Lillian ne le permit pas. Dans la conversation avec son cousin, Alma signala au passage qu'elle avait l'impression d'être épiée depuis quelques jours. Elle ne donnait pas à tout cela beaucoup d'importance, ajouta-t-elle, c'était sans doute le fruit de son imagination, les examens de fin d'études la rendaient nerveuse, mais Nathaniel insista pour en savoir plus. Il y avait d'abord eu deux coups de téléphone anonymes, où une voix masculine, avec un accent étranger, avait demandé si c'était bien elle, pour couper aussitôt ; puis la désagréable sensation d'être observée, et suivie ; enfin, la présence d'un homme, qui avait enquêté à son sujet parmi ses condisciples et, à la description qu'en donnaient ses amies, c'était peut-être le même qu'elle avait vu à diverses reprises, quelques jours plus tôt, dans un amphithéâtre, dans les couloirs, dans la rue. Avec sa méfiance d'avocat, Nathaniel lui avait conseillé de prévenir la police du campus, par écrit, à titre de mesure légale de précaution : si quelque chose devait arriver, les soupçons seraient confirmés. Il lui enjoignit encore de ne pas sortir seule le soir. Mais Alma n'en faisait qu'à sa tête.

C'était la saison des fêtes extravagantes où les étudiants prenaient congé de l'université. Entre danse, musique et alcool, Alma oublia l'ombre sinistre qu'elle avait imaginée, jusqu'au vendredi précédant la remise des diplômes. Elle avait passé une bonne partie de la nuit dans une fête surexcitée, en buvant beaucoup et en se maintenant debout à la cocaïne, deux choses qu'elle tolérait mal. À trois heures du matin, un bruyant groupe de jeunes, dans une voiture décapotable, la laissa à l'entrée de sa résidence universitaire. Chancelante, ébouriffée, les chaussures à la main, Alma, en cherchant sa clé, tomba à genoux et vomit tout ce qu'elle avait ingurgité. Les nausées à sec continuèrent de longues minutes, tandis que des larmes inondaient son visage. À la fin, trempée de sueurs froides, avec des spasmes à l'estomac, claquant des dents, elle réussit à se relever, gémissant de désolation. Et soudain, une paire de griffes se clouèrent dans ses bras, elle se sentit soulevée de terre, soutenue en l'air : « Alma Mendel, tu devrais avoir honte ! » Elle ne reconnut pas la voix du téléphone. Elle se pencha, vaincue à nouveau par les nausées, mais les griffes la serraient plus encore. « Lâchez-moi, lâchez-moi », bredouillait-elle, pantelante. Une tape sur le visage lui permit de recouvrer un peu de lucidité, et elle aperçut vaguement un homme, au visage sombre, rayé comme par des cicatrices, et au crâne rasé. De manière inexplicable, elle éprouva un immense soulagement, ferma les yeux et se laissa envahir par la misère de l'ivresse comme elle s'abandonnait, incertaine, à l'étreinte de fer de l'inconnu qui venait de la frapper.

Le samedi à sept heures, Alma se réveilla couverte d'une grossière couverture, qui lui grattait la peau, sur le siège arrière d'une voiture. L'air sentait l'urine, le vomi, la cigarette et l'alcool. Elle ignorait où elle se trouvait et ne se souvenait plus du tout de la soirée de la veille. Elle s'assit, essaya d'arranger ses vêtements et se rendit compte qu'elle avait perdu sa robe et son jupon : elle était en soutien-gorge, en slip et porte-jarretelles, les bas fichus, les pieds nus. Des cloches sans pitié carillonnaient dans sa tête, elle avait froid, la bouche sèche et terriblement peur. Elle se recroquevilla sur le siège, gémissante, appelant Nathaniel.

Quelques instants plus tard, elle sentit qu'on la secouait. Elle ouvrit péniblement les paupières et, en essayant de fixer son regard, elle distingua une silhouette masculine qui ouvrait la portière et se penchait vers elle.

— Du café et de l'aspirine. Cela t'aidera un peu,

lui dit l'homme, en lui passant un gobelet en papier et deux comprimés.

— Laissez-moi, je dois m'en aller, répondit-elle, la bouche pâteuse et s'efforçant de se lever.

— Tu n'iras nulle part dans ces conditions. Ta famille sera là dans quelques heures. La cérémonie a lieu demain. Bois ton café. Et, si cela t'intéresse, je suis ton frère Samuel.

Ainsi ressuscita Samuel Mendel, onze ans après sa mort dans le nord de la France.

Après la guerre, Isaac Belasco avait obtenu des informations fiables sur le sort réservé aux parents d'Alma, prisonniers d'un camp d'extermination près du village de Treblinka, au nord de la Pologne. Contrairement aux Américains, les Russes ne consignaient pas les circonstances détaillées de la libération des camps. Officiellement, on en savait donc fort peu sur les événements survenus dans cet enfer, mais l'Agence juive avait calculé que huit cent quarante mille personnes y avaient péri entre juillet 1942 et octobre 1943, parmi lesquelles figuraient huit cent mille Juifs. Quant à Samuel Mendel, Isaac avait vérifié que son avion avait été abattu au nord de la ligne de démarcation, donc dans la zone occupée par les Allemands et, selon les sources des registres militaires britanniques, il n'y avait pas eu de survivant. Pour lors, Alma était sans nouvelles de sa famille depuis des lustres, et elle avait tenu ses parents pour morts bien avant les confirmations de son oncle. En apprenant le détail de ce qu'il s'était passé, Alma ne pleura pas sur ses proches comme on pouvait s'y attendre : elle avait tellement réprimé ses sentiments qu'elle était devenue incapable de les exprimer. Isaac et Lillian estimèrent qu'il fallait mettre un point final à cette tragédie. Ils emmenèrent Alma en France. Dans le cimetière du hameau où l'avion de Samuel était tombé, ils firent apposer une plaque commémorative avec son nom, les dates de sa naissance et de sa mort. Ils ne reçurent pas l'autorisation de visiter la Pologne, sous contrôle soviétique. (Alma devait effectuer ce pèlerinage beaucoup plus tard.) La guerre était terminée depuis quatre ans seulement, l'Europe était encore en ruines et des masses de populations déplacées erraient de-ci de-là, en quête d'une patrie. Alma en conclut qu'une seule vie ne lui suffirait pas à payer le privilège d'être l'unique survivante de la famille.

Ébranlée par la déclaration de l'inconnu qui se présentait comme Samuel Mendel, Alma se dressa sur le siège et avala le café avec les aspirines en trois gorgées. Cet homme n'avait rien à voir avec le jeune rougeaud, à l'expression enjouée, dont elle avait pris congé sur le quai de Dantzig. Son véritable frère était ce souvenir flou, non l'individu qui se tenait devant elle, sec et décharné, les yeux durs, la bouche cruelle, la peau brûlée par le soleil, le visage creusé par de longues rides et marqué par deux cicatrices.

— Et comment puis-je savoir que tu es mon frère ?
— Tu ne peux pas. Mais moi, je ne perdrais pas mon temps avec toi si je ne l'étais pas.
— Où est ma robe ?

— Au nettoyage. Elle sera prête dans une heure. Nous avons le temps de parler.

Samuel lui raconta que la dernière chose qu'il avait vue, quand il était tombé avec son avion, c'était le monde depuis là-haut, tournant et tourbillonnant. Il n'avait pas pu s'éjecter en parachute, ça, il en était sûr, sinon les Allemands l'auraient découvert, et il ne pouvait s'expliquer comment il avait échappé à la mort quand la machine s'était enflammée comme une torche. Il supposait que la chute l'avait arraché à son siège et qu'il avait atterri dans la cime des arbres, où il était resté accroché. La patrouille ennemie trouva la dépouille de son copilote et ne chercha pas davantage. Lui-même fut recueilli par des membres de la Résistance française. Il était amnésique et souffrait de multiples fractures. Comme il était circoncis, on le confia à un groupe de la Résistance juive. Il fut caché pendant des mois, dans des caves, des étables, des souterrains, des usines abandonnées, ou chez des habitants bienveillants et disposés à l'aider, changeant fréquemment de lieu, jusqu'à sa guérison. Quand il cessa d'être une charge pour les autres, il intégra les groupes de combat. Mais la brume qui enveloppait son esprit mit beaucoup plus de temps à se dissiper que ses blessures à guérir. Par l'uniforme qu'il portait quand on l'avait trouvé, il savait qu'il venait d'Angleterre. Il comprenait l'anglais et le français, mais répondait en polonais ; des mois devaient passer avant qu'il ne recouvre les autres langues qu'il maîtrisait. Ignorant son nom, ses compagnons d'armes le baptisèrent le Balafré, du fait de ses cicatrices, mais lui choisit pour surnom Jean Valjean, à cause du roman de Victor Hugo qu'il avait lu pendant sa convalescence. Il combattit avec ses camarades dans une guerre d'escarmouche qui semblait sans but et sans fin. Les forces allemandes étaient tellement puissantes, leur orgueil si monumental, leur soif de sang et leur appétit de pouvoir tellement insatiables, que les opérations de sabotage du groupe de Samuel n'arrivaient pas à érafler la cuirasse du monstre. Les résistants vivaient dans l'ombre, s'agitant comme des rats désespérés, dans une constante sensation d'échec et d'inutilité, mais ils continuaient car il n'y avait pas d'alternative. Ils se saluaient d'un seul mot : Victoire. Ils se séparaient de la même façon : Victoire. La fin était prévisible : capturé au cours d'une opération, Samuel fut déporté à Auschwitz.

À la fin de la guerre, rescapé des camps de concentration, Jean Valjean s'était embarqué, clandestin, pour la Palestine, où abordaient des marées de réfugiés juifs, malgré la Grande-Bretagne qui contrôlait la région et tentait d'empêcher ces arrivées massives pour éviter un conflit avec les Arabes. La guerre l'avait transformé en loup solitaire, qui ne baissait jamais la garde. Il se contentait de liaisons passagères, jusqu'au jour où l'une d'entre elles, combattante du Mossad, le service israélien d'espionnage où il était entré, lui annonça qu'il allait être père. C'était une recrue minutieuse et audacieuse. Elle s'appelait Anat Rákosi, elle avait émigré de Hongrie avec son père : ils étaient les seuls survivants d'une famille nombreuse. Elle avait avec Samuel une relation cordiale, sans idylle ni projet, qui leur convenait à tous deux et n'aurait pas changé sans cette nouvelle inattendue. Anat se croyait stérile à cause de la faim, des coups, des viols et des « expériences » médicales dont elle avait souffert. En apprenant que ce n'était pas une tumeur qui lui gonflait le ventre, mais un enfant, elle se dit que c'était une plaisanterie de Dieu. Elle n'en révéla rien à son amant avant le sixième mois. « Tiens donc ! Moi qui pensais que tu allais enfin grossir un peu », dit-il en guise de commentaire, mais il ne pouvait dissimuler son enthousiasme. « La première chose à faire serait de vérifier qui tu es, afin que cet enfant sache d'où il vient. Ton surnom de Valjean est trop mélodramatique », répliqua-t-elle. Il avait différé d'année en année la décision de rechercher son identité, mais Anat se mit au travail aussitôt, avec cette même ténacité qui lui avait permis de découvrir, au service du Mossad, les cachettes des criminels nazis qui avaient échappé aux procès de Nuremberg. Elle commença par Auschwitz, la dernière étape de Samuel avant l'armistice, et elle remonta le fil de l'histoire pas à pas. Malgré sa grossesse, elle se rendit en France pour interroger un des derniers membres de la Résistance juive qui restaient encore dans ce pays. Il l'aida à localiser les combattants qui avaient secouru le pilote de l'avion britannique. Mais ce ne fut pas commode, car dans l'après-guerre tous les Français semblaient devenus des héros de la Résistance. Anat acheva son enquête à Londres, dans les archives de la RAF, où elle trouva diverses photographies de jeunes gens qui présentaient une ressemblance avec son amant. Elle ne pouvait s'accrocher à rien d'autre. Elle téléphona à Samuel et lui cita cinq noms. «Cela te dit quelque chose?», demanda-t-elle. «Mendel! J'en suis sûr. Mon nom est Mendel», dit-il en contenant à peine les sanglots qui se pressaient dans sa gorge.

— Mon fils a quatre ans, il s'appelle Baruj, comme notre père. Baruj Mendel, confiait à présent Samuel à Alma, assis à côté d'elle sur le siège arrière de la voiture.

— Tu t'es marié avec Anat?

— Non. Nous essayons toujours de vivre ensemble, mais ce n'est pas facile.

— Voilà quatre ans que tu as de mes nouvelles, et tu te décides seulement à venir me voir? lui reprocha Alma.

— Pourquoi t'aurais-je cherchée plus tôt? Le frère que tu as connu est mort dans un accident d'avion. Il ne reste rien du garçon qui s'est engagé comme pilote en Angleterre. Je connais bien l'histoire, car Anat ne cesse de me la répéter, mais j'ai l'impression que ce n'est pas moi, que tout cela est vide de sens. La vérité est que je ne me souviens pas de toi, et pourtant je suis certain que tu es ma sœur, car Anat ne se trompe pas dans ce genre de choses.

— Moi je me rappelle que j'avais un frère qui jouait avec moi et se mettait au piano, mais tu ne lui ressembles pas.

— On s'est perdus de vue pendant tant d'années et, je te l'ai dit, je ne suis plus le même.

— Pourquoi venir me voir maintenant?

— Je ne suis pas venu pour toi, je suis en mission, mais je ne peux pas t'en parler. J'ai profité du voyage pour venir à Boston car Anat pense que Baruj a besoin d'une marraine. Le père d'Anat est mort il y a deux mois. Il ne reste personne de sa famille ni de la mienne, sauf toi. Je ne prétends rien t'imposer, Alma, je veux seulement que tu saches que je suis en vie et que tu as un neveu. Anat t'a envoyé ceci.

Il lui tendit une photo en couleur de l'enfant avec ses parents. Anat Rákosi était assise, son fils sur les genoux. C'était une femme très mince, au teint pâle, aux lunettes rondes. Samuel avait pris place à leurs côtés, les bras croisés sur la poitrine. Le petit avait les traits forts, et les cheveux noirs et bouclés de son père. Au dos de la photo, Samuel avait noté une adresse à Tel-Aviv.

— Viens nous voir, Alma, tu feras la connaissance de Baruj, dit-il en prenant congé, après avoir récupéré la robe au pressing et reconduit sa sœur à son domicile.

L'épée des Fukuda

Son agonie dura des semaines. Les poumons rongés par le cancer, respirant entre deux râles comme un poisson hors de l'eau, Takao Fukuda avait beaucoup de mal à mourir. À peine pouvait-il parler. Il était si faible que ses efforts pour communiquer par écrit restaient vains : ses mains gonflées, tremblantes, ne pouvaient tracer les délicats idéogrammes japonais. Il refusait de se nourrir et profitait du premier moment d'inattention de ses proches ou des infirmières pour arracher la sonde alimentaire. Il s'enfonça bientôt dans une lourde somnolence, mais Ichimei, qui se relayait avec sa mère et sa sœur pour lui tenir compagnie à l'hôpital, savait qu'il était conscient et angoissé. Il arrangeait les oreillers pour le maintenir sur son séant, séchait la sueur sur son visage, humectait sa peau squameuse avec une lotion, lui donnait des petits morceaux de glace sur la langue, lui parlait de plantes et de jardins. Dans un de ces moments d'intimité, il remarqua que les lèvres de son père bougeaient en répétant quelque chose, un nom qui ressemblait à une marque de cigarettes, mais la seule idée qu'il voulait encore fumer dans pareilles circonstances lui parut si insensée qu'il l'écarta aussitôt. Il passa l'après-midi à tenter de déchiffrer ce que Takao essayait de lui transmettre. « Kemi Morita ? C'est ça que vous dites, père ? Vous souhaitez la voir ? » demanda-t-il enfin. Takao acquiesça avec le peu d'énergie qui lui restait. Il s'agissait du chef spirituel du mouvement Oomoto, une femme qui avait la réputation de converser avec les esprits, et que connaissait Ichimei car elle voyageait souvent pour rendre visite aux petites communautés de sa religion.

— Papa voudrait que nous appelions Kemi Morita, dit Ichimei à Megumi.

— Mais cette femme vit à Los Angeles, Ichimei.

— Combien nous reste-t-il de côté ? Nous pourrions lui acheter le billet.

Quand arriva Kemi Morita, Takao ne remuait plus et n'ouvrait plus les yeux. L'unique signe de vie était le ronronnement de l'appareil respiratoire. Le vieil homme était suspendu dans les limbes, dans la dernière attente. Megumi se fit prêter une voiture par une camarade de travail à l'usine et alla chercher la prêtresse à l'aéroport. La femme avait l'air d'un enfant de dix ans, dans un pyjama blanc. Ses cheveux grisonnants, ses épaules voûtées et la façon dont elle traînait les pieds contrastaient avec son visage lisse, sans une ride, un masque de sérénité couleur bronze.

Kemi Morita s'approcha du lit à petits pas et prit la main de Takao. Il entrouvrit les paupières et tarda un peu à reconnaître sa guide spirituelle. Alors, un mouvement quasi imperceptible anima son visage éprouvé. Ichimei, Megumi et Heideko reculèrent dans le fond de la chambre, tandis que Kemi murmurait une longue prière ou récitait un poème en japonais ancien. Puis elle approcha son oreille de la bouche du moribond. Au bout de quelques longues minutes, elle embrassa Takao sur le front et se retourna vers la famille.

— Voici la mère, le père et les grands-parents de Takao. Ils sont venus de très loin pour le guider de l'Autre Côté, dit-elle en japonais, en montrant le pied du lit. Takao est prêt à partir, mais il doit d'abord livrer un message à Ichimei. En voici la teneur : « La *katana* des Fukuda est enterrée dans un jardin qui donne sur la mer. Cette épée ne peut rester là. Ichimei, tu dois la récupérer et la déposer où il convient, sur l'autel des aïeux de notre famille. »

Ichimei reçut le message avec une profonde inclinaison du buste et en portant les mains jointes à son front. Il ne se souvenait pas bien de la nuit où ils avaient enterré l'épée des Fukuda, les années avaient estompé la scène, mais Heideko et Megumi savaient où était ce jardin.

— Takao demande aussi une dernière cigarette, ajouta Kemi Morita avant de se retirer.

À son retour de Boston, Alma put constater que, pendant ses années d'absence, la famille Belasco avait changé bien plus que ne le reflétait la correspondance entretenue. Les premiers jours, elle se sentit de trop, comme une visiteuse de passage. Elle se demandait quelle était sa place dans cette famille et ce qu'elle allait bien pouvoir faire de sa vie. San Francisco lui semblait provinciale ; pour se faire un nom avec son travail, elle devrait aller à New York, où se trouvaient les artistes reconnus, et plus près de l'influence européenne.

Trois petits-enfants étaient nés chez les Belasco : le fils de Martha, âgé de trois mois, et les jumelles de Sarah qui, par une erreur d'aiguillage des lois de la génétique, avaient l'air de Scandinaves.

Nathaniel gérait la firme de son père, il vivait seul dans un *penthouse* avec vue sur la baie, où il passait son temps libre à bord d'un voilier. Il parlait peu et avait peu d'amis. À vingt-sept ans, il résistait encore aux assauts répétés de sa mère pour lui trouver une épouse convenable. Les candidates ne manquaient pas, car Nathaniel appartenait à une bonne famille, il avait de la fortune et il était joli garçon. C'était le *mensch* que souhaitait son père, et toutes les filles à marier de la colonie juive avaient l'œil sur lui. La tante Lillian n'avait guère changé, c'était toujours la même femme bienveillante et active, mais la surdité s'était accentuée, elle parlait à grands cris. Ses cheveux avaient blanchi et elle refusait de les teindre : elle ne désirait pas avoir l'air plus jeune, au contraire. Quant à son mari, deux décennies lui étaient tombées dessus brutalement, et les quelques années qui les séparaient semblaient avoir triplé. Isaac avait souffert d'une crise cardiaque et, bien que rétabli, il demeurait affaibli. Par discipline, il se rendait à son bureau deux heures par jour, mais il confiait le travail à Nathaniel. Il délaissait complètement les relations sociales, qui ne l'avaient jamais attiré ; il lisait beaucoup, se délectait du paysage de la mer et de la baie, cultivait des pépinières dans la serre, étudiait les textes de lois et de botanique. Il s'était attendri avec l'âge, et les émotions les plus insignifiantes lui humectaient les yeux. Lillian était hantée par la peur, elle sentait comme des coups à l'estomac. «Jure-moi que tu ne mourras pas avant moi, Isaac», exigeait-elle alors, le souffle coupé, et il fallait la porter jusqu'à son lit, où elle tombait aussi blanche que les draps, les os comme paralysés. Lillian ne connaissait rien en cuisine, elle avait toujours compté sur un chef, mais, depuis que son mari avait commencé à décliner, elle préparait elle-même des soupes irrésistibles avec des recettes que sa mère lui avait laissées, annotées dans un cahier. Elle avait obligé son mari à voir une douzaine de médecins, elle l'accompagnait en consultation pour éviter qu'il ne dissimule ses ennuis, et lui administrait les médicaments. Elle avait aussi des ressources ésotériques. Elle invoquait Dieu, non seulement matin et soir, comme il se doit, mais toute la sainte journée : *Shemá Ysrael, Adonai Eloeinu, Adonai Ejad*. En guise de protection, Isaac dormait avec un œil de verre turc et une main de Fatima en laiton peint, suspendus à la tête du lit. Sur sa commode, il y avait toujours une bougie allumée, à côté d'une bible hébraïque, d'une bible chrétienne et d'un flacon d'eau bénite, que l'une des employées à domicile avait rapportée de la chapelle de Saint-Jude.

— Qu'est-ce que cela ? demanda Isaac le jour où apparut un squelette portant un chapeau sur sa table de nuit.

— C'est le Baron Samedi. Figure-toi qu'il m'a été

envoyé de La Nouvelle-Orléans. C'est la déité de la mort et de la santé, lui répondit Lillian.

Le premier mouvement d'Issac fut de balayer d'un revers de main les fétiches qui envahissaient sa chambre, mais l'amour pour sa femme l'emporta. Mieux valait fermer les yeux si tout cela pouvait aider Lillian, qui glissait inexorablement sur la pente de la peur panique. Il ne pouvait lui offrir d'autre consolation. Il tombait des nues devant sa propre déchéance physique, car il avait longtemps connu la force et la santé : il se croyait indestructible. Une horrible fatigue lui rongeait les os, et seule une volonté farouche lui permettait de remplir les responsabilités qu'il s'était imposées. Et d'abord celle de rester en vie, pour ne pas abandonner sa femme.

L'arrivée d'Alma lui donna un regain d'énergie. Il ne se livrait pas aux démonstrations sentimentales, mais ses problèmes de santé l'avaient rendu vulnérable, et le torrent de tendresse qu'il portait au fond de lui risquait souvent de le submerger. Lillian seule, dans les moments d'intimité, entrevoyait cet aspect de la personnalité de son mari. Leur fils Nathaniel était le bâton de vieillesse d'Isaac, son meilleur ami, son confident et son associé, mais ils n'avaient jamais ressenti le besoin de l'exprimer. Tous deux considéraient ces sentiments comme allant de soi ; en parler simplement les aurait fait rougir. Isaac avait pour Martha et Sarah l'affection d'un patriarche bienveillant ; toutefois, en secret, il avait avoué à Lillian que ses filles ne lui plaisaient pas, il les trouvait mesquines. Lillian non plus ne les appréciait pas beaucoup, même si elle ne voulait l'admettre sous aucun prétexte. Quant aux petits-enfants, Isaac les admirait de loin. « Attendons qu'ils grandissent un peu, ce ne sont pas encore des personnes », disait-il sur un ton badin, en guise d'excuse, mais au fond il le croyait. Pour Alma, en revanche, il avait toujours eu une faiblesse.

Quand sa nièce était arrivée de Pologne à Sea Cliff en 1939, il s'était pris d'une telle affection pour elle qu'il en était venu à ressentir une joie coupable en apprenant la disparition de ses parents, qui lui offrait l'occasion de les remplacer dans le cœur de la fillette. Il ne s'était jamais proposé de l'éduquer, comme ses propres fils, mais seulement de la protéger, ce qui lui donnait la liberté de l'aimer. Il laissait à Lillian le soin de répondre à ses besoins d'adolescente, tandis qu'il se plaisait à la défier sur le plan intellectuel et à partager ses passions pour la botanique et la géographie. Et c'était justement un jour où il montrait à Alma ses livres sur les jardins qu'il avait eu l'idée de créer la Fondation Belasco. Ils avaient passé des mois à envisager diverses possibilités, avant que l'idée ne se concrétise, et c'était sa nièce, alors âgée de treize ans, qui avait songé à planter des jardins dans les quartiers les plus démunis de la ville. Isaac admirait Alma ; il observait, fasciné, l'évolution de son esprit, comprenait sa solitude et s'émouvait de la voir rechercher sa compagnie. La petite s'asseyait à son côté, une main posée sur son genou, pour regarder la télévision ou étudier les ouvrages sur l'art des jardins, et le poids et la chaleur de cette petite main étaient un précieux cadeau. Il lui caressait la tête quand elle passait tout près et qu'il n'y avait personne d'autre, et lui achetait des friandises pour les laisser sous son oreiller. La jeune femme qui était revenue de Boston, avec une coupe de cheveux géométrique, les lèvres rouges et le pas très assuré, n'était plus l'Alma timorée de naguère, qui dormait avec le chat par peur de rester seule, mais une fois surmonté le malaise de part et d'autre, ils avaient renoué avec la relation délicate qu'ils avaient entretenue pendant plus de dix ans.

— Tu te souviens des Fukuda ? demanda Isaac à sa nièce, quelques jours plus tard.

— Si je m'en souviens ! s'exclama-t-elle en sursautant.

— Un des fils m'a téléphoné hier.

— Ichimei ?

— Oui. C'est le plus jeune, n'est-ce pas ? Il m'a demandé s'il pouvait venir me voir. Il doit me parler. Ils vivent en Arizona, tu sais ?

— Mon oncle, Ichimei est mon ami et je ne l'ai plus revu depuis que la famille a été internée. Je peux assister à cette entrevue, s'il te plaît ?

— Il m'a laissé entendre qu'il s'agissait d'une question privée.

— Quand vient-il ?

— Je te préviendrai, Alma.

Quinze jours plus tard, Ichimei se présentait au manoir de Sea Cliff, vêtu d'un complet foncé ordinaire avec une cravate noire. Alma l'attendait avec le cœur battant la chamade et, avant même qu'il n'atteigne la sonnette, elle lui ouvrit la porte et tomba dans ses bras. Elle était toujours plus grande que lui et faillit le renverser. Ichimei était doublement déconcerté, parce qu'il ne s'attendait pas à la voir et que les manifestations publiques de sentiments sont mal vues des Japonais. Il ne savait comment répondre à une telle effusion, mais elle ne lui laissa pas le temps d'y penser : elle le prit par la main, l'entraîna à l'intérieur en répétant son nom, les yeux humides, et à peine avaient-ils franchi le seuil qu'elle l'embrassait à pleine bouche. Isaac Belasco était dans la bibliothèque, assis dans son fauteuil favori, avec sur les genoux le chat d'Ichimei, Neko, qui avait déjà seize ans. L'oncle pouvait apercevoir la scène et, bouleversé, il se cacha derrière son journal. Finalement, Alma conduisit Ichimei jusqu'à lui, les laissa seuls et referma la porte.

En peu de mots, Ichimei relata à Isaac Belasco le sort qui avait été réservé à sa famille. Le vieil homme était au courant : depuis le coup de téléphone du jeune homme, il avait cherché toutes les informations possibles sur les Fukuda. Il n'avait pas seulement appris la mort de Takao et de Charles, la déportation de James et la pauvreté où se trouvaient la veuve et les deux enfants restants ; il avait déjà pris des dispositions à cet égard. La seule nouveauté que lui apportait Ichimei était le message de Takao concernant l'épée.

— Je regrette vivement le décès de Takao. C'était mon ami, et mon maître. Et je suis attristé par ce que je sais de Charles et de James. Personne n'a touché à l'endroit où se trouve la *katana* de ta famille, Ichimei. Tu peux l'emporter quand tu voudras, mais l'épée a été enterrée au cours d'une cérémonie et je crois que ton père aurait aimé qu'elle fût exhumée avec la même solennité.

— Certainement, monsieur. Pour l'instant, je ne sais pas où la déposer. Est-ce que je peux la laisser ici ? J'espère qu'il n'y en aura pas pour longtemps.

— Cet objet honore notre maison, Ichimei. Es-tu pressé de le récupérer ?

— Sa place est sur l'autel de mes aïeux. Mais pour l'heure nous n'avons ni maison ni autel. Avec ma mère et ma sœur, nous vivons dans une pension.

— Quel âge as-tu, Ichimei ?

— Vingt-deux ans.

— Tu es majeur, et chef de famille. C'est à toi que revient la charge des affaires que je dirigeais avec ton père.

Et, devant Ichimei stupéfait, Isaac Belasco se mit à expliquer comment, en 1941, il avait monté avec Takao une société de pépinières de fleurs et de plantes décoratives. La guerre en avait empêché la réalisation, mais l'engagement qu'ils avaient pris, leur parole demeurait. Il existait un terrain adéquat à Martínez, à l'est de la baie de San Francisco, qu'il avait acquis à bon prix : deux hectares de terrain plat, fertile et bien irrigué, avec une maison modeste, mais convenable, où les Fukuda pourraient vivre avant de trouver mieux. Cela dit, Ichimei devrait travailler très durement pour mettre l'affaire sur pied, comme convenu avec Takao.

— Nous avons donc la terre, Ichimei. Je vais investir le capital de départ pour préparer les opérations, le reste est ton affaire. Avec les ventes, tu pourras payer ta part comme bon te semblera, sans intérêts et sans hâte. Le moment venu, nous mettrons la société à ton nom. Actuellement, le terrain appartient à la Société Belasco, Fukuda et Fils.

Ce qu'il ne lui dit pas, c'est que l'achat du fonds de commerce et la création de la société s'étaient effectués en moins d'une semaine. Et Ichimei le découvrit seulement quatre ans plus tard, lorsque l'affaire fut enregistrée à son nom.

Les Fukuda rentrèrent en Californie et s'installèrent à Martínez, à quarante-cinq minutes de San Francisco. En travaillant sans relâche, Ichimei, Megumi et Heideko réussirent une première récolte de fleurs. Ils vérifièrent que la terre et le climat offraient tout ce que l'on pouvait désirer ; restait à écouler les produits sur le marché. Heideko avait montré qu'elle avait plus de force et de ténacité que tous les autres membres de sa famille. À Topaz, elle avait développé son esprit combatif et son sens de l'organisation ; et en Arizona, elle subvenait aux besoins des siens, car Takao pouvait à peine respirer entre les cigarettes et les quintes de toux. Elle avait aimé son mari avec la loyauté féroce de celle qui ne remet pas en cause son destin d'épouse. Mais le veuvage avait été une libération. Quand elle retourna avec ses enfants en Californie et se retrouva devant deux hectares de possibilités, elle prit la tête de l'entreprise sans un instant d'hésitation. Au début, Megumi dut s'incliner, prendre la pelle et le râteau pour travailler aux champs, mais son esprit vaquait dans un avenir très éloigné de l'agriculture. Ichimei, de son côté, aimait la botanique et avait une volonté de fer dans les rudes besognes, mais il manquait de sens pratique et n'avait pas le coup d'œil pour les affaires. Il était idéaliste, rêveur, cultivait un penchant pour le dessin et la poésie. Il était moins enclin au commerce qu'à la méditation. Il ne songea même pas à vendre leur magnifique récolte de fleurs à San Francisco avant que sa mère ne lui ordonne de se curer les ongles, de revêtir un costume, une chemise blanche et une cravate de couleur (surtout rien qui évoque le deuil), de charger la camionnette et de rouler vers la ville.

Megumi avait dressé une liste des fleuristes les plus élégants, et Heideko, le papier entre les doigts, les visitait un par un. En fait, elle restait dans le véhicule, bien consciente de son aspect de paysanne japonaise et de son anglais exécrable, tandis qu'Ichimei, les oreilles rouges de honte, proposait sa marchandise. Tout ce qui avait trait à l'argent le mettait mal à l'aise. Megumi jugeait que son frère n'était pas fait pour vivre en Amérique : il était discret, austère, humble et passif. S'il n'avait dépendu que de lui, il aurait vagabondé couvert d'un pagne et mendiant sa nourriture avec une écuelle, comme les saints et les prophètes de l'Inde.

Ce soir-là, Heideko et Ichimei revinrent de San Francisco avec leur camionnette vide. « Première et dernière fois que je t'accompagne, fils. Tu es responsable de ta famille. Nous ne pouvons manger les fleurs, il faut que tu apprennes à les vendre », lui déclara Heideko. Ichimei essaya bien de refiler ce rôle à sa sœur, mais elle avait déjà mis un pied dans la porte. Il n'était pas difficile d'écouler les fleurs à bon prix et ils calculèrent que quatre ou cinq ans leur suffiraient pour payer la terre, à supposer qu'ils vivent du minimum et à l'abri du malheur. De surcroît, Isaac Belasco, ayant vu la récolte, leur promit un contrat avec l'hôtel Fairmont pour la fourniture des bouquets de fleurs fraîches, spectaculaires, qui ornaient le hall et les salons, et qui contribuaient à la réputation de l'établissement.

Enfin, la famille commençait à prospérer, après treize années de guigne. C'est alors que Megumi annonça que ses trente ans avaient sonné et qu'il était l'heure de suivre son propre chemin. À cette époque, Boyd Anderson s'était marié et avait divorcé, il était père de deux enfants et, de nouveau, il avait proposé à Megumi de le rejoindre à Hawaï, où son atelier de mécanique et sa flottille de camions marchaient du tonnerre. « Oublie Hawaï. Si tu veux être avec moi, ce sera uniquement à San Francisco », lui avait-elle répondu. Elle voulait entreprendre des études d'infirmière. À Topaz, elle avait assisté à divers accouchements et, chaque fois qu'elle avait pris dans ses bras un nouveau-né, elle avait éprouvé une sensation d'extase, au plus près d'une révélation divine telle qu'elle pouvait l'imaginer. Depuis peu, cet aspect de l'obstétrique, jusque-là dominée par médecins et chirurgiens, commençait à être confié aux sages-femmes, et elle voulait se trouver à l'avant-garde de la profession.

On accepta sa candidature dans un programme sur le métier d'infirmière et la santé féminine, qui avait l'avantage d'être gratuit. Et, au cours des trois années suivantes, Boyd Anderson continua de la courtiser de loin, avec parcimonie, persuadé qu'une fois son diplôme obtenu, elle pourrait l'épouser et le rejoindre à Hawaï.

Le 27 novembre 2005

C'est à ne pas croire, Alma : Megumi a décidé de prendre sa retraite. Son diplôme lui avait coûté tant d'efforts, et elle aime tellement son métier, que nous pensions qu'elle n'arrêterait jamais. Nous avons calculé que, sur quarante-cinq ans, elle a mis au monde environ cinq mille cinq cents nourrissons. C'est son apport à l'explosion démographique, comme elle dit. Elle vient d'avoir quatre-vingts ans, elle est veuve depuis une décennie et elle a cinq petits-enfants : il serait temps qu'elle se repose, mais elle s'est mis en tête de monter une épicerie. Personne ne comprend dans la famille, imagine, ma sœur est incapable de cuire un œuf. J'ai trouvé quelques heures libres pour peindre. Mais cette fois je ne vais pas recréer le paysage de Topaz, comme je l'ai tant fait. Je suis en train de peindre un sentier dans les montagnes au sud du Japon, près d'un temple isolé, très ancien. Nous devons retourner ensemble au Japon, j'aimerais te le montrer.

Ichi

L'amour

1955 ne fut pas seulement une année d'efforts et de sueur pour Ichimei ; ce fut aussi la saison de ses amours. Alma abandonna son projet de retourner à Boston, de se convertir en seconde Vera Neumann et de visiter le vaste monde. Elle n'avait qu'un but dans la vie : être auprès d'Ichimei. Ils se retrouvaient presque tous les soirs, quand s'achevaient les travaux des champs, dans un motel sur la route à neuf kilomètres de Martínez. Alma était toujours la première, elle payait la chambre à un employé pakistanais qui la toisait de la tête aux pieds avec un profond mépris. Elle le regardait droit dans les yeux, fière et insolente, jusqu'à ce qu'il baisse la tête et lui remette les clés. La scène se répétait invariablement, du lundi au vendredi.

Chez elle, Alma annonça qu'elle prenait des cours du soir à l'université de Berkeley. Pour Isaac Belasco, qui se targuait de ses opinions avancées et qui avait fait du commerce avec son jardinier, dont il cultivait l'amitié, il eût été impensable qu'un membre de la famille entretînt des relations intimes avec un Fukuda. Quant à Lillian, elle pensait qu'Alma épouserait un *mensch* de la colonie juive, comme l'avaient fait Martha et Sarah : cela ne souffrait aucune discussion. Le seul à partager le secret d'Alma était Nathaniel, qui ne l'approuvait pas davantage. Alma ne lui avait rien dit de l'hôtel, et lui ne posait aucune question, préférant ne pas connaître les détails. Il ne pouvait continuer à sous-estimer Ichimei et à ne voir en lui qu'une passade ou un caprice de sa cousine, dont elle guérirait dès que lui serait de retour. Mais il espérait que, finalement, elle comprendrait qu'ils n'avaient rien en commun. Il ne se souvenait plus de sa propre relation avec Ichimei, dans leur enfance, hormis les cours d'arts martiaux dans la rue Pine. Depuis qu'il avait entamé ses études secondaires et qu'ils avaient mis fin aux petits spectacles dans le théâtre du grenier, il l'avait très peu revu, même si Ichimei se rendait souvent à Sea Cliff pour jouer avec Alma. Quand les Fukuda étaient revenus à San Francisco, il avait eu l'occasion de le croiser l'une ou l'autre fois, lorsque son père l'envoyait lui remettre de l'argent destiné à la pépinière. Mais il ne comprenait pas du tout ce que sa cousine pouvait lui trouver : c'était un type sans envergure, qui passait sans laisser de trace, tout le contraire de l'homme fort et sûr de soi, capable de gérer, pensait-il, une femme aussi compliquée qu'Alma. Il était persuadé que son opinion sur Ichimei n'aurait pas varié d'un pouce s'il n'avait pas été japonais ; la race n'avait rien à voir, pensait-il, c'était une question de caractère. Ichimei manquait de cette dose d'ambition et d'agressivité indispensables aux hommes et que lui-même avait dû développer à grand renfort de volonté. Il revoyait parfaitement ses années de peur, le cauchemar de l'école, et son effort colossal pour étudier une profession qui supposait une malignité dont il était dépourvu. Et il savait gré à son père de l'avoir incité à suivre ses pas. Comme avocat, en effet, il s'était endurci, il avait acquis une cuirasse de caïman pour s'en sortir et se débrouiller tout seul. « C'est ce que tu crois, Nat, mais tu ne connais pas Ichimei, et tu ne te connais pas non plus », répondait Alma quand il lui exposait ses théories sur la masculinité.

Le souvenir des mois bénis où elle retrouvait Ichimei dans ce motel, où ils ne pouvaient éteindre la lumière à cause des cafards qui sortaient des coins, devait soutenir Alma de longues années, quand elle s'efforça de déraciner, avec une rigueur extrême, l'amour et le désir, pour les remplacer par la pénitence de la fidélité. Avec Ichimei, elle avait découvert les multiples subtilités de l'amour et du plaisir, depuis la passion impatiente et effrénée, jusqu'à ces moments sacrés où l'émotion les élevait et où ils restaient immobiles, couchés face à face, se regardant longuement dans les yeux, emplis de gratitude envers le destin et d'humilité pour avoir touché au plus profond de leurs âmes, purifiés car détachés de tout artifice. Et ils demeuraient ainsi, sans défense, dans une telle extase qu'ils ne distinguaient plus la jouissance de la tristesse, l'exaltation de la vie de cette douce tentation de mourir là même pour n'être plus jamais séparés. Isolée du monde par la magie de l'amour, Alma pouvait ignorer les voix intérieures qui la rappelaient à l'ordre et aux principes de la prudence en la mettant en garde contre les conséquences. Ils ne vivaient que pour se retrouver, il n'y avait ni veille ni lendemain, seule importait cette chambre miteuse avec sa fenêtre bloquée, son odeur de moisi, ses draps usés et le ronflement perpétuel de la ventilation. Eux seuls existaient, et le premier baiser avide en franchissant le seuil, avant de tourner la clé, et les caresses debout, les vêtements qui restaient là où ils tombaient, les corps nus, tremblants, et sentir la chaleur, la saveur et l'odeur de l'autre, la texture de la peau, la merveille de se perdre dans le désir jusqu'à l'épuisement, de dormir enlacés un moment et de renaître à la flamme, au rire, au jeu et aux confidences, au prodigieux univers de l'intimité. La main verte d'Ichimei, capable de redonner vie à une plante squelettique ou de réparer une montre dans le noir, révélait à Alma sa propre nature sauvage et affamée. Elle s'amusait à le surprendre, à le défier, à le voir rougir, à la fois gêné et amusé. Elle était audacieuse, il était prudent ; elle avait l'orgasme très expressif, il lui couvrait la bouche. Elle égrenait un chapelet d'adjectifs romantiques, passionnés, de petits mots flatteurs ou cochons qu'elle lui soufflait à l'oreille ou lui écrivait dans des lettres brûlantes ; et lui maintenait la réserve propre à son caractère et à sa culture.

Alma s'abandonnait à l'inconsciente allégresse de l'amour. Elle se demandait comment personne ne percevait l'éclat sur sa peau, l'obscurité sans fond de ses yeux, la légèreté de son pas, la langueur dans sa voix, l'ardente énergie qu'elle ne pouvait ni ne voulait contrôler. Elle écrivait dans son Journal qu'elle flottait en marchant, qu'elle sentait comme des bulles d'eau minérale sur sa peau, qui en avait la chair de poule ; que son cœur s'était agrandi comme un globe et qu'il allait éclater, mais que seul Ichimei pouvait tenir dans ce cœur immense, le reste du monde s'était estompé ; qu'elle s'étudiait nue devant le miroir, en imaginant Ichimei de l'autre côté de la glace, admirant ses longues jambes, ses mains fortes, ses seins fermes aux mamelons foncés, son ventre lisse avec la ligne ténue de la toison noire du nombril au pubis, ses lèvres peintes, sa peau de bédouine ; qu'elle dormait le visage enfoui dans une chemisette du jeune homme, imprégnée de son odeur de jardinier, d'humus et de sueur ; qu'elle se bouchait les oreilles pour évoquer la voix lente et douce d'Ichimei, son rire hésitant, qui contrastait avec celui de la jeune fille, excessif, éclatant, les conseils de précautions qu'il prodiguait, ses explications sur les plantes, ses mots d'amour en japonais, car en anglais ils lui semblaient superficiels, ses exclamations éblouies devant les dessins qu'elle lui montrait et son ambition d'imiter Vera Neumann, sans même s'arrêter une seconde pour regretter le fait que lui-même, qui avait vraiment du talent, trouvait difficilement quelques heures pour peindre après son travail abrutissant, et avant qu'elle n'apparaisse dans sa vie pour dévorer tout son temps libre et avaler l'air qu'il respirait. Le besoin d'Alma de se savoir aimée était insatiable.

Traces du passé

Au début, Alma Belasco et Lenny Beal, l'ami fraîchement débarqué à Lark House, se proposèrent de profiter de la vie culturelle à San Francisco et à Berkeley. Ils fréquentaient les cinémas, les théâtres, assistaient aux concerts et visitaient les expositions, essayaient les restaurants exotiques et promenaient la chienne. Ainsi, pour la première fois depuis trois ans, Alma retrouva la loge familiale à l'opéra, mais son ami s'embrouilla dans l'intrigue du premier acte et s'endormit dans le second, avant que la Tosca ne parvienne à planter un couteau de cuisine dans le cœur de Scarpia. Ils laissèrent tomber le *bel canto*. Lenny avait une voiture plus pratique que celle d'Alma, et ils sillonnaient souvent la vallée de Napa pour admirer le paysage bucolique des vignobles et goûter les vins, ou bien ils allaient à Bolinas pour aspirer l'air iodé et manger des huîtres, mais au bout du compte, ils se fatiguèrent de ces efforts pour rester jeunes et actifs, et ils cédèrent à la tentation du repos. Au lieu de multiplier les sorties, qui impliquaient de se déplacer, de trouver des places de stationnement, de rester debout, ils regardaient des films à la télévision, écoutaient de la musique dans leurs appartements respectifs ou rendaient visite à Cathy, avec du champagne rosé pour accompagner le caviar gris que la fille de Cathy, hôtesse de l'air de la compagnie Lufthansa, rapportait de ses voyages. Lenny collaborait à la clinique antidouleur en apprenant aux patients à confectionner des masques, pour le théâtre d'Alma, avec du papier mâché et du ciment dentaire. Ils passaient les après-midi à lire dans la bibliothèque, le seul espace commun plus ou moins silencieux. Car le bruit était l'un des inconvénients de la vie en communauté. Faute de mieux, ils dînaient au restaurant de Lark House, dévisagés par les autres femmes du lieu, qui enviaient la bonne fortune d'Alma. Irina se sentait de trop, même quand ils l'invitaient à sortir ; elle n'était plus indispensable pour Alma. «Tu te fais des idées, Irina. Lenny ne rivalise pas du tout avec toi», disait Seth pour la consoler. Mais il s'inquiétait un peu lui-même car, si sa grand-mère décidait de réduire le nombre d'heures de travail hebdomadaires d'Irina, il aurait moins l'occasion de la voir.

Ce jour-là, dans l'après-midi, Alma et Lenny étaient assis au jardin, évoquant le passé comme ils en avaient l'habitude, tandis que, tout près d'eux, Irina lavait Sofía avec le tuyau d'arrosage. Deux jours plus tôt, sur Internet, Lenny avait découvert une organisation qui portait secours aux nombreux chiens perdus de Roumanie, qui erraient dans les rues en meutes pathétiques. Ils étaient transférés à San Francisco pour être adoptés par des âmes enclines à ce type de charité. La tête de Sofía, avec sa tache noire sur l'œil, le conquit aussitôt et, sans y penser davantage, il remplit le formulaire en ligne, expédia les cinq dollars requis et, le lendemain, alla chercher l'animal. La description avait oublié de mentionner qu'il manquait une patte à la petite chienne. Avec les pattes restantes, elle menait une vie normale. L'unique séquelle de l'accident était qu'elle déchiquetait une extrémité à toute chose qui en comptait quatre, à commencer par les tables et les chaises, mais Lenny, pour régler le problème, lui fournissait une réserve inépuisable de pantins en plastique. Dès que la chienne laissait l'un d'eux boiteux ou manchot, Lenny lui en offrait un autre, et ainsi de suite. La seule faiblesse de caractère de cet animal était son manque de loyauté envers son maître. Elle s'était entichée de Catherine Hope et profitait de la moindre seconde d'inattention pour courir, comme une fusée, à sa recherche et sauter sur ses genoux. Et elle aimait circuler en fauteuil roulant.

Donc, ce jour-là, Sofía se tenait tranquille sous le jet du tuyau d'arrosage, tandis qu'Irina lui parlait en roumain pour cacher le fait qu'elle prêtait l'oreille à la conversation d'Alma et de Lenny, afin d'en rapporter la teneur à Seth. Elle savait – car Alma le lui avait raconté – que l'amitié de sa patronne avec Lenny remontait à 1984, l'année de la mort de Nathaniel Belasco, et qu'elle avait à peine duré quelques mois. Mais les circonstances lui avaient donné une telle intensité que, dès leurs retrouvailles à Lark House, ils avaient renoué leur relation comme si rien, jamais, ne les avait séparés. Et à ce moment-là, précisément, Alma expliquait à Lenny qu'à l'âge de soixante-dix-huit ans elle avait renoncé à son rôle de matriarche des Belasco, lassée de répondre aux gens et aux obligations, comme elle l'avait fait depuis sa jeunesse. Elle vivait à Lark House depuis trois ans et cela lui convenait chaque jour davantage. Elle s'était imposé ce séjour comme une pénitence, disait-elle, une manière de payer pour les privilèges de sa vie, d'expier la vanité et le matérialisme. L'idéal eût été de passer le reste de ses jours dans un monastère zen, mais comme elle n'était pas végétarienne et que la méditation lui donnait mal au dos, elle s'était décidée pour Lark House, au grand dam de son fils et de sa belle-fille, qui auraient préféré la voir, avec le crâne rasé, à Dharamsala. Il faut dire que le choix de Lark House était commode : elle n'avait renoncé à rien d'essentiel, et, en cas de besoin, elle était à une demi-heure de Sea Cliff, même si elle ne retournait plus dans la demeure patriarcale – qu'elle n'avait jamais considérée comme sienne, car elle avait d'abord appartenu à ses beaux-parents, puis à son fils et à sa bru – en dehors des déjeuners de famille. Au début, elle ne parlait avec personne à Lark House ; c'était comme de se retrouver seule dans un hôtel de seconde catégorie, mais avec le temps elle avait tissé quelques amitiés et, depuis l'arrivée de Lenny, elle se sentait très bien accompagnée.

— Tu aurais pu choisir quelque chose de mieux, Alma.

— Il ne m'en faut pas plus. Tout ce qui me manque, c'est une cheminée en hiver. J'aime regarder le feu, c'est comme la houle de la mer.

— Je connais une veuve qui vient de passer les six dernières années à faire des croisières. Dès que le bateau jette l'ancre pour la dernière escale, sa famille lui offre un billet pour un autre tour du monde.

— Comment se fait-il que mon fils et sa femme n'aient pas songé à cette solution ? demanda-t-elle en riant.

— C'est d'autant plus avantageux que, si tu péris en haute mer, le capitaine jette le cadavre par-dessus bord et la famille peut s'épargner les obsèques.

— Je suis bien ici, Lenny. Je découvre peu à peu qui je suis, dépouillée de mes atours et de tout l'attirail. C'est un processus assez lent, mais fort utile. Tout le monde devrait s'y plier à la fin de sa vie. Si j'étais disciplinée, je tenterais de damer le pion à mon petit-fils et d'écrire mes propres Mémoires. J'ai du temps, ma liberté et du silence, toutes choses qui m'ont manqué dans le grabuge de ma vie passée. Je suis en train de me préparer à mourir.

— Tu en es très loin, Alma. Je te trouve splendide.

— Merci. C'est sans doute grâce à l'amour.

— L'amour ?

— Disons que je compte sur quelqu'un. Tu sais qui c'est : Ichimei.

— C'est incroyable ! Depuis combien d'années êtes-vous ensemble ?

— Voyons, laisse-moi calculer… J'ai commencé à l'aimer quand nous avions près de huit ans, mais nous sommes amants depuis 1955, cela fait donc cinquante-huit ans, avec quelques interruptions prolongées.

— Pourquoi as-tu épousé Nathaniel ? demanda Lenny.

— Parce qu'il voulait me protéger et que moi, à cette époque, j'avais besoin de sa protection. Il était

206

d'une telle noblesse, souviens-toi. Nat m'a aidée à accepter qu'il existe des forces plus puissantes que ma volonté, et même plus puissantes que l'amour.

— J'aimerais connaître Ichimei, tu sais, Alma. Dis-moi quand il viendra te voir.

— Notre relation est toujours secrète, répondit-elle, en rougissant un peu.

— Mais pourquoi ? Ta famille comprendrait.

— Ce n'est pas pour les Belasco, mais pour la famille d'Ichimei. Par respect pour sa femme, ses enfants et petits-enfants.

— Après tant d'années, sa femme doit le savoir, non ?

— Il ne le lui a jamais avoué. Et je ne voudrais pas la faire souffrir, Ichimei ne me le pardonnerait pas. De plus, la situation a ses avantages.

— Lesquels ?

— Nous n'avons jamais eu à régler des problèmes domestiques, avec des enfants à charge, ni des problèmes d'argent, parmi tant d'autres que doivent affronter les couples. Nous nous retrouvons pour nous aimer. Par ailleurs, Lenny, une relation clandestine doit être protégée, elle est aussi fragile que précieuse. Tu le sais mieux que quiconque.

— Nous sommes tous les deux nés avec un demi-siècle de retard, Alma. Nous sommes experts en relations interdites.

— Une occasion s'est présentée pour Ichimei et pour moi, quand nous étions très jeunes. Mais je n'ai pas osé franchir le pas. Je ne pouvais renoncer à la sécurité, et j'ai été piégée par les conventions. C'était dans les années cinquante, le monde était si différent. Tu te souviens ?

— Et comment donc ! À cette époque, une telle relation était quasiment impossible, tu l'aurais beaucoup regrettée. Les préjugés auraient fini par vous détruire et tuer votre amour.

— Ichimei le savait : il ne m'a jamais demandé d'essayer.

Ils observèrent une longue pause, absorbés dans la contemplation des colibris butinant dans un massif de fuchsias. Et tandis que Irina faisait exprès de s'attarder à sécher Sofía avec une serviette et à la brosser, elle entendait Lenny confier à Alma qu'il regrettait de l'avoir perdue de vue durant près de trente ans.

— J'ai su par hasard que tu vivais à Lark House. Cette coïncidence me force à croire au destin, Alma, parce que je m'étais inscrit sur les listes d'attente de la maison depuis de longues années, bien avant que tu n'arrives. J'ai différé la décision de te rendre visite parce que je ne voulais pas déterrer des histoires mortes, dit-il.

— Elles ne sont pas mortes, Lenny. Elles sont plus vivantes que jamais. C'est l'âge qui le veut : les histoires anciennes reprennent vie et nous collent à la peau. Je me réjouis que nous passions ensemble les années qui nous restent.

— Ce ne seront pas des années, Alma, juste des mois. J'ai une tumeur au cerveau, incurable, je n'ai que peu de temps avant l'apparition des symptômes les plus notoires.

— Mon Dieu ! Lenny, comme je le regrette !

— Pourquoi ? J'ai vécu bien assez. Un traitement

agressif pourrait faire durer les choses un peu plus longtemps, mais ça ne vaut pas la peine de s'y soumettre. Je suis lâche, je crains la douleur.

— C'est étonnant qu'ils t'aient accepté à Lark House.

— Personne ne sait ce que j'ai et il ne faut pas le divulguer, car je ne resterai pas ici longtemps. J'en finirai quand ma situation s'aggravera.

— Et comment le sauras-tu ?

— Pour l'instant, j'ai des maux de tête, des moments de faiblesse, un peu de confusion. C'est pourquoi je ne me risque plus à bicyclette. C'était la passion de ma vie, mais je suis tombé plusieurs fois. Sais-tu que j'ai traversé à vélo, à trois reprises, les États-Unis depuis le Pacifique jusqu'à l'Atlantique ? Je voudrais profiter du temps qui me reste. Puis viendront les nausées, les difficultés pour marcher, pour parler, les problèmes de vue, et les convulsions… Mais je n'attendrai pas jusque-là. Je dois agir tant que j'ai toute ma tête.

— Comme la vie nous file entre les doigts, Lenny !

Irina était surprise par la déclaration de celui-ci. Certes, la mort volontaire se discutait librement parmi les résidents les plus lucides de Lark House. Alma était d'avis qu'il y avait trop de vieux sur la planète, qui vivaient plus qu'il ne fallait en termes de biologie et plus qu'on ne le pouvait en termes d'économie, il était insensé de les contraindre à rester prisonniers d'un corps souffrant ou d'un esprit désespéré. « Peu de vieux sont satisfaits, Irina. Beaucoup souffrent de pauvreté, ils n'ont ni famille ni bonne santé. C'est l'étape la plus fragile et difficile de la vie, bien plus que l'enfance, parce que la situation empire au long des jours et qu'il n'y a pas d'autre issue que la mort». Irina en avait parlé avec Cathy, qui soutenait que bientôt on pourrait opter pour l'euthanasie : ce ne serait plus un crime, mais un droit. Cathy n'ignorait pas que diverses personnes, à Lark House, avaient ce qu'il fallait pour hâter une sortie digne et, tout en comprenant leurs raisons, elle n'avait pas l'intention de s'en aller de cette manière. «Je vis avec une douleur permanente, Irina ; mais si je me distrais, c'est supportable. Le plus dur, c'était la rééducation, après les opérations. Même la morphine ne calmait pas la douleur, mais je savais que cela ne pourrait durer toujours : tout est temporaire». Irina supposait que Lenny, du fait de son ancienne profession, pouvait compter sur des drogues plus expéditives que celles en provenance de Thaïlande, emballées dans du papier marron et sans étiquetage.

— Je suis tranquille, Alma, poursuivait Lenny. Je profite de la vie, surtout du temps que nous passons ensemble. Je me prépare depuis longtemps, je ne suis pas pris au dépourvu. J'ai appris à écouter mon corps. Il nous informe de tout, il suffit de l'écouter. Je connaissais la maladie avant d'entendre les diagnostics, et je sais que tout traitement serait inutile.

— As-tu peur ?

— Non. Je suppose qu'après la mort, c'est comme avant de naître. Et toi ?

— Un peu... J'imagine qu'après la mort il n'y a plus de contact avec ce monde, ni souffrance, ni personnalité, ni mémoire : comme si Alma Belasco n'avait jamais existé. Peut-être quelque chose transcende-t-il :

l'esprit, l'essence de l'être. Mais je t'avoue que je crains de me détacher de mon corps, j'espère qu'Ichimei sera avec moi ou que Nathaniel viendra me chercher.

— Si l'esprit n'a aucun contact avec ce monde, comme tu dis, je ne vois pas comment Nathaniel pourrait venir te chercher.

— En effet. C'est une contradiction, dit Alma en riant. Nous sommes tellement accrochés à la vie, Lenny ! Tu dis que tu es lâche, mais il faut un sacré courage pour dire adieu à tout et franchir un seuil dont nous ignorons sur quoi il donne.

— C'est pourquoi je suis venu, Alma. Je ne crois pas pouvoir le faire seul. J'ai pensé que tu étais la seule personne à pouvoir m'aider, la seule à qui je puisse demander d'être à mes côtés quand viendra le moment de partir. Est-ce trop te demander ?

Le 22 octobre 2002

Hier, Alma, quand enfin nous avons pu nous voir pour célébrer notre anniversaire, je t'ai trouvée de mauvaise humeur. Tu m'as dit que soudain, sans savoir comment, nous avions atteint les soixante-dix ans. Tu crains que le corps ne nous lâche et ce que tu appelles la laideur de la vieillesse, mais tu es plus belle aujourd'hui qu'à vingt-trois ans. Nous ne sommes pas vieux parce que nous devenons septuagénaires. Nous commençons à vieillir à l'instant même où nous naissons, nous changeons jour après jour, la vie est un flux continuel. Nous évoluons sans cesse. La seule différence est qu'à présent nous sommes un peu plus près de la mort. Et qu'y a-t-il de mal à cela ? L'amour et l'amitié ne vieillissent pas.

Ichi

Ombre et lumière

L'effort soutenu de mémoire pour le livre de son petit-fils porta ses fruits chez Alma Belasco, dont l'esprit était fragilisé par le grand âge. Auparavant, elle s'égarait en des labyrinthes et, si elle voulait retrouver un fait précis, elle n'y arrivait pas. En revanche, pour apporter à Seth des réponses satisfaisantes, elle se mit à reconstituer le passé dans un certain ordre, au lieu de le faire par sauts et cabrioles, comme elle s'en amusait avec Lenny Beal dans l'oisiveté de Lark House. Elle visualisait des boîtes de différentes couleurs, une pour chaque année de sa vie, et y rangeait ses expériences et ses émotions. Elle empilait les boîtes dans la grande armoire à trois glaces où elle avait pleuré comme une Madeleine quand elle avait sept ans, chez ses oncle et tante. Les boîtes virtuelles débordaient de nostalgies diverses et de quelques remords ; elle y conservait les terreurs et les fantaisies de l'enfance, les incartades de la jeunesse, les deuils, les travaux, les passions et les amours de la maturité. Avec l'esprit léger – car elle s'efforçait de se pardonner ses erreurs, hormis celles qui avaient fait souffrir d'autres personnes –, elle recollait les bribes de sa biographie et les assaisonnait de quelques touches de fantaisie, en se permettant des fabulations ou des exagérations, puisque Seth ne pouvait réfuter le contenu de sa mémoire. Elle le faisait moins par envie de mentir que comme un exercice d'imagination. En revanche, elle gardait Ichimei pour elle seule, sans se douter que, dans son dos, Irina et Seth fouillaient dans la partie la plus secrète et précieuse de son existence. C'était la seule qu'elle ne pouvait révéler, sans quoi Ichimei aurait disparu et elle aurait perdu toute raison de vivre.

Irina servait de copilote dans ce survol du passé. Les photographies et autres documents passaient par ses mains : c'est elle qui les classait et les intégrait aux albums. Ses questions aidaient Alma à retrouver son chemin quand elle se fourvoyait dans des impasses. Ainsi, peu à peu, elle retraçait et éclairait sa vie. Irina se plongeait dans l'existence d'Alma comme dans un roman de l'époque victorienne : la grande aristocrate et sa dame de compagnie assiégées par l'ennui des éternelles tasses de thé dans une maison de campagne. Alma soutenait que chacun possède un jardin intérieur où se réfugier, mais Irina ne souhaitait pas se pencher sur le sien ; elle préférait le remplacer par celui d'Alma, beaucoup plus agréable. Elle connaissait la petite fille mélancolique arrivée de Pologne, la jeune Alma étudiante à Boston, l'artiste et l'épouse ; elle connaissait ses robes et ses chapeaux préférés, le premier atelier de peinture où elle avait travaillé seule, essayant les pinceaux et les couleurs avant de trouver son style, et les vieilles valises au cuir usé, tapissées de décalcomanies qui étaient passées de mode. Ces images et ces expériences étaient nettes et précises, comme si elle-même avait vécu à ces époques et partagé chaque étape du parcours d'Alma. Elle trouvait merveilleux le pouvoir évocateur des mots ou d'une photographie, qui lui permettaient de se les approprier.

Alma Belasco avait été une femme énergique et active, aussi intolérante avec ses faiblesses qu'avec celles des autres. Mais les années avaient adouci son caractère : elle montrait plus de patience envers autrui et envers elle-même. « Si rien ne me fait mal, c'est que je me suis levée morte », disait-elle à son réveil, quand elle devait s'étirer les muscles, peu à peu, pour éviter les crampes. Son corps ne fonctionnait plus comme avant, il fallait recourir à des stratégies pour éviter les escaliers ou deviner le sens d'une phrase quand elle n'écoutait pas ; tout lui prenait plus de temps et d'efforts, il y avait des choses auxquelles elle devait renoncer, comme conduire la nuit, faire le plein d'essence, décapsuler une bouteille, porter les sacs en revenant du marché. Elle avait besoin d'Irina. Mais son esprit était lucide, dans le présent comme dans le passé, à condition de ne pas tomber dans le piège du désordre ; ni l'attention ni le raisonnement ne lui faisaient défaut. Elle pouvait encore dessiner, avait les mêmes intuitions pour la couleur. Elle se rendait à l'atelier, mais peignait peu, car elle se fatiguait et préférait confier le travail à Kirsten et à ses assistantes. Elle ne faisait pas état de ces limitations, elle les affrontait sans manières, mais Irina les connaissait. Alma ne supportait pas la fascination de certains vieux pour leurs maladies et leurs problèmes, une question qui n'intéressait personne, pas même les médecins. «Une croyance très répandue, et que nul n'ose exprimer en public, est que nous, les vieux, nous sommes de trop, et que nous occupons l'espace et utilisons des ressources qui devraient revenir aux personnes productives», disait-elle. Elle n'identifiait plus de nombreux visages sur les photos, des gens sans importance de son passé. C'étaient des clichés que l'on pouvait laisser de côté. Sur d'autres, collés par Irina dans les albums, elle pouvait apprécier les étapes de sa vie, le passage des années, les anniversaires, les fêtes, les vacances, les remises de diplômes, les noces… C'étaient les moments heureux : nul ne photographie les peines. Elle figurait peu sur ces documents, mais Irina, au début de l'automne, put apprécier davantage la femme qu'Alma avait été grâce aux portraits réalisés par Nathaniel. Ils figuraient dans le patrimoine de la Fondation Belasco et on les connaissait désormais dans le petit monde artistique de San Francisco. C'est ainsi qu'un journal avait baptisé Alma «la femme la mieux photographiée de la ville».

Un an plus tôt, à Noël, un éditeur italien avait publié un choix de photographies de Nathaniel Belasco en édition de luxe ; quelques mois plus tard, un agent américain très avisé avait organisé une exposition à New York, et une autre dans la plus prestigieuse galerie d'art de la rue Geary, à San Francisco. Mais Alma refusait de participer à ces projets et de s'entretenir avec la presse. Mieux valait, pour elle, être vue comme la top-modèle au passé que comme la vieille au présent, déclara-t-elle, en avouant à Irina que ce n'était pas vanité de sa part, mais de la prudence. Elle ne se sentait pas la force de revoir cet aspect de son passé ; elle craignait ce qui est invisible à l'œil nu et que l'appareil photo peut révéler. Néanmoins, l'entêtement de Seth finit par avoir raison de sa résistance. Son petit-fils avait visité la galerie plusieurs fois ; il en était sorti impressionné ; il ne pouvait laisser Alma gâcher l'exposition, c'était une insulte à la mémoire de Nathaniel Belasco.

— Faites-le pour le grand-père, qui se retournera dans sa tombe si vous n'y allez pas. Je passerai vous chercher demain. Dites à Irina de nous accompagner. Vous serez surprise.

Il avait raison. Irina avait feuilleté le livre de l'éditeur italien, mais rien ne l'avait préparée à l'effet produit par ces portraits immenses. Et Seth les conduisit dans la lourde Mercedes de la famille, car ils ne tenaient pas tous les trois dans la voiture d'Alma, encore moins sur sa moto à lui. Ils arrivèrent à une heure creuse du milieu de l'après-midi. Il n'y avait qu'un vagabond couché sur le trottoir devant la porte, et un couple de touristes australiens, auxquels la gérante, une poupée chinoise de porcelaine, tentait de vendre quelque chose. Elle ne prêta guère attention aux nouveaux venus.

Nathaniel Belasco avait photographié sa femme de 1977 à 1983 avec un des premiers appareils Polaroid 20 × 24, qui captait des détails infimes avec une étonnante précision. Belasco ne comptait pas parmi les célèbres photographes professionnels de sa génération, lui-même se qualifiait d'amateur, mais il était du petit nombre qui avait les moyens d'acquérir cet appareil. De surcroît, son modèle était exceptionnel. La confiance d'Alma envers son mari avait touché Irina ; en regardant ces portraits, elle éprouvait de la pudeur, comme si elle profanait un rituel intime et dépouillé. Il n'y avait pas de séparation entre l'artiste et son modèle, ils formaient un nœud aveugle. De cette symbiose émanaient des photographies sensuelles, mais sans aucune connotation sexuelle. Alma prenait diverses poses où elle était nue, dans une attitude d'abandon, comme si elle n'avait pas conscience d'être observée. Dans l'atmosphère éthérée, fluide et translucide de certaines images, la figure féminine se perdait dans le songe de l'homme derrière l'appareil ; sur d'autres clichés, plus réalistes, elle lui faisait face avec la curiosité tranquille d'une femme seule devant son miroir, bien dans sa peau, sans réserves, avec des veines visibles sur les jambes, une cicatrice de césarienne et le visage marqué par un demi-siècle d'existence. Irina n'aurait pu expliquer son propre trouble, mais elle comprenait la réticence d'Alma, son refus de se montrer en public à travers la lentille clinique de son mari, à qui elle semblait unie par un sentiment beaucoup plus complexe et ambigu que l'amour entre époux. Sur les murs blancs de la galerie, Alma paraissait à la fois gigantesque et soumise. Et cette femme inspirait une certaine crainte à Irina ; en fait, c'était une inconnue. Irina sentit sa gorge se nouer, et Seth, qui partageait peut-être son émotion, la prit par la main. Pour une fois, elle ne la retira pas.

Les touristes étaient partis sans rien acheter et la poupée chinoise se tourna avec empressement vers les deux visiteurs. Elle s'appelait Meili, dit-elle, et elle se mit à les accabler avec un discours convenu sur les appareils Polaroid, la technique et les intentions de Nathaniel Belasco, le clair-obscur, sans oublier l'influence de la peinture flamande. Alma écoutait, amusée, en observant le silence. Et Meili ne fit aucun rapprochement entre cette dame aux cheveux blancs et le modèle des portraits.

Le lundi suivant, à la fin de son service à Lark House, Irina passa prendre Alma pour la conduire au cinéma et revoir *Lincoln*. Lenny Beal était parti pour quelques jours à Santa Barbara et Irina retrouvait provisoirement son poste d'attachée culturelle, comme l'appelait Alma avant l'arrivée de Lenny qui lui avait usurpé ce privilège. Quelques jours plus tôt, elles étaient sorties au milieu de la projection : Alma avait senti un élancement si douloureux dans la poitrine qu'elle avait poussé un cri et elles avaient dû quitter la salle. Elle avait décliné catégoriquement l'offre du gérant, qui voulait appeler de l'aide, car la perspective de l'ambulance et de l'hôpital lui avait semblé pire que de mourir sur place. Irina l'avait reconduite à Lark House. Depuis quelque temps, Alma lui prêtait les clefs de sa ridicule voiture, car Irina refusait tout simplement de risquer sa vie comme passagère : l'audace d'Alma au milieu du trafic avait augmenté au fur et à mesure que la vue lui manquait et que ses mains tremblotaient. Pendant le trajet de retour, la douleur était passée, mais Alma était arrivée exsangue, le visage gris, les ongles bleutés. Irina l'avait aidée à se coucher et, de sa propre initiative, avait appelé Catherine Hope, en qui elle avait plus confiance que dans le médecin en titre de la communauté. Cathy avait débarqué aussitôt dans son fauteuil roulant : elle avait examiné Alma avec l'attention et le soin qu'elle apportait en toute chose, et avait conclu que son amie devait consulter un cardiologue au plus vite. Cette nuit-là, Irina avait improvisé un lit dans le sofa de l'appartement, qui lui avait paru bien plus confortable que le matelas à même le sol de sa chambre à Berkeley. Alma s'était endormie tranquillement, avec Necko couché à ses pieds, mais au réveil elle n'avait aucune énergie et, pour la première fois depuis qu'Irina la connaissait, elle avait décidé de passer la journée au lit. « Demain, il faudra me forcer à me lever, Irina, tu m'entends ? Pas question de rester couchée avec une tasse de thé et un bon livre. Je ne veux pas finir ma vie en pyjama et en pantoufles. Les vieux qui se mettent au lit ne se relèvent plus. » Fidèle à sa décision, le lendemain elle avait fait l'effort de commencer la journée comme d'habitude, en ne mentionnant plus sa faiblesse des dernières vingt-quatre heures, et bientôt Irina, qui avait d'autres choses en tête, l'avait oubliée. En revanche, Catherine Hope était bien décidée à ne pas laisser Alma en paix tant qu'elle n'aurait pas consulté un spécialiste, mais la vieille dame s'arrangeait pour différer la visite.

Ce jour-là, donc, elles virent le film sans incident et sortirent du cinéma avec le béguin pour Lincoln, comme pour l'acteur qui l'incarnait. Pourtant, Alma était fatiguée. Elles décidèrent de rentrer à l'appartement, au lieu d'aller au restaurant comme convenu. En arrivant à son domicile, Alma, entre deux soupirs, confia qu'elle avait froid et se coucha aussitôt, tandis qu'Irina préparait des céréales au lait en guise de dîner. Appuyée contre ses oreillers, avec un châle de grand-mère sur les épaules, Alma semblait peser dix kilos de moins et compter dix ans de plus que durant les heures précédentes. Irina la croyait invulnérable, et n'avait pas noté combien elle avait changé depuis peu. Non seulement elle avait maigri, mais, sur son visage éprouvé, les cernes violacés lui donnaient l'air d'un raton laveur. Elle ne marchait plus bien droite et d'un pas décidé, elle hésitait à se lever d'une chaise, se suspendait au bras de Lenny dans la rue, s'éveillait parfois effrayée sans raison ou se sentait perdue, comme en pays inconnu. Elle se rendait si peu à l'atelier qu'elle décida de prendre congé de ses assistantes ; elle achetait des bandes dessinées et des caramels à Kirsten pour la consoler en son absence. La sécurité émotionnelle de Kirsten dépendait de ses routines et de ses affections ; tant que rien ne changeait, elle était satisfaite. Elle vivait dans une pièce au-dessus du garage de son frère et de sa belle-sœur, chouchoutée par trois neveux qu'elle avait aidé à élever. Les jours de travail, elle prenait toujours le même bus à midi, qui la laissait à deux rues de l'atelier. Elle ouvrait avec sa clé, aérait, nettoyait, s'asseyait dans le fauteuil du metteur en scène de cinéma qui portait son nom et que lui avaient offert ses neveux pour ses quarante ans, et mangeait alors le sandwich au poulet ou au thon qu'elle avait apporté dans son sac à dos. Puis elle préparait les toiles, les brosses et les peintures, elle mettait l'eau à bouillir pour le thé et attendait, les yeux fixés sur la porte. Si Alma ne pensait pas la rejoindre, elle l'appelait sur son portable et, après avoir bavardé un instant, elle lui confiait quelque tâche pour l'occuper jusqu'à cinq heures. Et Kirsten n'avait plus qu'à fermer l'atelier et à regagner l'arrêt d'autobus pour rentrer chez elle.

Un an plus tôt, Alma estimait qu'elle pourrait vivre sans grands changements jusqu'à quatre-vingt-dix ans. À présent, elle en était moins sûre : elle soupçonnait les approches de la mort. Auparavant, elle la sentait errer dans le quartier, puis elle avait écouté son murmure dans les coins de Lark House ; maintenant, elle la voyait se profiler dans son appartement. À soixante ans, elle avait vu la mort comme une chose abstraite, qui ne la concernait pas ; à soixante-dix, elle l'avait considérée comme un parent éloigné, facile à oublier car on n'en parlait pas, mais qui, immanquablement, viendrait rendre visite. Après le cap des quatre-vingts ans, cependant, elle commença à se familiariser avec elle et à la commenter avec Irina. Elle l'apercevait par-ci, par-là, sous la forme d'un arbre déraciné dans le parc, d'une personne chauve atteinte d'un cancer, ou de son père et de sa mère traversant la rue. Elle pouvait les reconnaître car ils n'avaient pas changé depuis la photo de Dantzig. Ou bien c'était son frère Samuel, mort pour la seconde fois, paisiblement, dans son lit. Son oncle Isaac Belasco lui apparaissait, aussi vigoureux qu'à la veille de sa défaillance cardiaque, mais sa tante Lillian venait la saluer, de temps à autre, dans la somnolence de l'aube comme elle était à la fin de sa vie, une petite vieille vêtue de couleur lilas, aveugle, sourde et heureuse, car elle croyait que son mari la conduisait par la main. «Regarde cette ombre sur le mur, Irina; ne dirait-on pas la silhouette d'un homme? Ce doit être Nathaniel. Ne t'en fais pas, petite, je ne suis pas folle, je sais que c'est seulement dans mon imagination.» Elle lui parlait de Nathaniel, de sa bonté, de son habileté à résoudre les problèmes et à traiter les difficultés, de son côté ange gardien.

— C'est une façon de parler, Irina, les anges personnels n'existent pas.

— Mais bien sûr que si! Je serais déjà morte si je n'en avais pas deux, ou j'aurais peut-être commis un crime et je serais sous les verrous.

— Quelle drôle d'idée, Irina! Dans la tradition juive, les anges sont des messagers de Dieu, ce ne sont pas des gardes du corps, mais je peux compter sur le mien: Nathaniel. Il a toujours pris soin de moi, d'abord comme un grand frère, puis comme un excellent époux. Jamais je ne pourrais lui payer tout ce qu'il a fait pour moi.

— Vous avez été mariés près de trente ans, Alma, vous avez eu un fils et des petits-enfants, vous avez travaillé ensemble à la Fondation. Puis, quand il est tombé malade, c'est vous qui l'avez soigné et soutenu jusqu'à la fin. Il pensait sûrement comme vous, qu'il ne pourrait jamais vous payer tout ce qu'il vous devait.

— Nathaniel méritait beaucoup plus d'amour, Irina.

— Que voulez-vous dire, que vous l'aimiez plus comme un frère que comme un mari?

— Ami, cousin, frère, mari… Je ne vois pas la

différence. Quand on s'est mariés, certains ont jasé car nous étions cousins, et on parlait d'inceste, on en parle encore. Je suppose que notre amour a toujours été incestueux.

L'agent Wilkins

Le deuxième vendredi d'octobre, Ron Wilkins fit son apparition à Lark House. Il cherchait Irina Bazili. C'était un agent du FBI, un Afro-Américain de soixante-cinq ans, corpulent, aux cheveux gris et au geste expressif. Fort étonnée, Irina lui demanda comment il l'avait retrouvée, et Wilkins lui rappela que l'information était indispensable à son travail. Ils ne s'étaient pas vus pendant trois ans, mais ils avaient l'habitude de se téléphoner. Wilkins l'appelait de temps à autre pour prendre des nouvelles. «Je vais bien, soyez tranquille. Le passé est derrière moi, je ne m'en souviens même plus», répondait invariablement la jeune fille, mais aucun des deux n'en aurait juré. Quand Irina l'avait connu, Wilkins semblait sur le point de faire craquer son costume, avec ses muscles d'haltérophile. Onze ans plus tard, les muscles s'étaient transformés en graisse, mais il donnait toujours la même impression d'énergie et de solidité. Il lui confia qu'il était grand-père et lui montra la photographie de son petit-fils âgé de deux ans, à la peau plus claire que son aïeul. «Son père est hollandais», dit Wilkins en guise d'explication, alors qu'Irina ne lui demandait rien. Il ajouta qu'il avait l'âge de prendre sa retraite, que c'était pratiquement une obligation au sein de l'Agence, mais qu'il restait vissé à son siège. Il ne pouvait se retirer, il continuait à poursuivre le crime comme il l'avait fait durant la majeure partie de sa vie.

L'agent était arrivé à Lark House en milieu de matinée. Ils prirent place sur un banc de bois dans le jardin pour boire ce café dilué que l'on trouvait toujours à la bibliothèque et qui ne plaisait à personne. Une légère vapeur se levait de la terre humidifiée par la rosée, et l'air commençait à s'adoucir sous le pâle soleil d'automne. Ils pouvaient deviser en paix, ils étaient seuls. Certains résidents assistaient déjà aux classes matinales, mais les autres se levaient généralement plus tard. Seul Víctor Vikashev, le jardinier en chef, un Russe aux allures de guerrier tartare, chantonnait dans le potager, et Cathy passa en vitesse dans son fauteuil électrique, en direction de la clinique antidouleur.

— J'ai de bonnes nouvelles pour toi, Elisabeta, annonça Wilkins à Irina.

— Il y a longtemps qu'on ne m'appelle plus ainsi.

— Bien sûr. Pardonne-moi.

— Rappelez-vous que désormais je suis Irina Bazili. Vous-même m'avez aidée à choisir ce nom.

— Raconte-moi, petite : comment se passe ta vie ? Tu es en thérapie ?

— Soyons sérieux, agent Wilkins. Vous savez combien je gagne ? Je n'ai même pas de quoi payer un psychologue. Le Comté prend seulement en charge trois séances et j'ai déjà tout dépensé, mais vous le voyez, je ne me suis pas suicidée. Je mène une vie normale, je travaille et je pense prendre des cours sur Internet. Je veux étudier la kinésithérapie : c'est un bon métier pour des gens aux mains robustes comme moi.

— Tu es sous surveillance médicale ?

— Oui. Je prends un antidépresseur.

— Où habites-tu ?

— À Berkeley, dans une chambre assez spacieuse et pas trop chère.

— Ce travail te convient, Irina. Ici, tu es tranquille, on ne te dérange pas, tu es en sécurité. On m'a dit beaucoup de bien de toi. J'ai eu une conversation avec le directeur, et il m'a confié que tu étais sa meilleure employée. Tu as un petit ami ?

— J'en avais un, mais il est mort.

— Oh, mon Dieu ! Il ne manquait plus que ça, ma petite. Je le regrette beaucoup. Comment est-il mort ?

— De vieillesse, je crois ; il avait plus de quatre-vingt-dix ans. Cela dit, il y a d'autres vieux messieurs tout disposés à devenir mes fiancés.

Mais cela n'amusait pas Wilkins. Ils gardèrent le silence un instant, en soufflant et avalant le café servi dans les gobelets de carton. Irina se sentit soudain accablée par la tristesse et la solitude, comme si les pensées de cet homme de bonne volonté l'avaient envahie, se mêlant aux siennes, et elle eut la gorge serrée. Comme dans une communication télépathique, Ron Wilkins passa un bras autour de ses épaules et l'attira vers sa poitrine. Il avait un parfum d'eau de Cologne douceâtre, incongrue chez un homme baraqué comme lui. Elle sentit la chaleur qui émanait de lui, l'âpre texture de sa veste contre sa joue, le poids réconfortant de son bras, et elle se reposa deux minutes, à l'abri, respirant son parfum de vieille gourgandine, tandis qu'il lui donnait de petites tapes dans le dos, comme il eût fait pour consoler son petit-fils.

— Quelles sont ces nouvelles que vous m'apportez ? demanda Irina quand elle se fut un peu ressaisie.

— Ta compensation, Irina. Il existe une vieille loi, que tout le monde a oubliée, qui donne droit aux victimes comme toi de recevoir une compensation. Avec ça, tu pourras payer ta thérapie, dont tu as réellement besoin, tes études et, avec un peu de chance, tu pourras même verser la caution pour un petit appartement.

— Tout ça en théorie, monsieur Wilkins.

— Certaines personnes ont bel et bien reçu une compensation.

Il lui fit comprendre que, même si l'affaire n'était pas récente, un bon avocat pouvait établir qu'elle avait subi de graves dommages, qu'elle souffrait d'un syndrome post-traumatique, et qu'elle avait besoin d'une aide psychologique et de médicaments. Mais Irina lui rappela que le coupable n'avait rien qui pût être confisqué à titre de compensation.

— Ils ont arrêté d'autres membres du réseau, Irina. Des hommes qui ont du pouvoir et de l'argent.

— Mais ces hommes ne m'ont rien fait. Il n'y a qu'un seul coupable, monsieur Wilkins.

— Écoute bien, petite. Tu as dû changer d'identité et de domicile, tu as perdu ta mère, tes camarades d'école et tous ceux que tu connaissais, tu vis pratiquement en cachette dans un autre pays. Ce qui s'est passé n'est pas du passé… on peut dire que cela continue et qu'il y a de nombreux coupables.

— Je le pensais autrefois, monsieur Wilkins, mais je ne veux plus être une victime pour toujours, j'ai tourné la page. À présent, je suis Irina Bazili et j'ai une autre vie.

— Cela m'embête de te le rappeler, mais tu restes une victime. Certains accusés paieraient volontiers une indemnisation pour se débarrasser du scandale. Est-ce que tu m'autorises à révéler ton nom à un avocat spécialisé dans ces questions ?

— Non. À quoi bon réveiller cette affaire ?

— Penses-y, petite. Réfléchis bien et appelle-moi à ce numéro, lui dit l'agent en lui tendant sa carte.

Irina raccompagna Ron Wilkins jusqu'à la sortie et garda la carte de visite sans y penser. Elle s'était débrouillée toute seule, elle n'avait pas besoin de cet argent, qu'elle trouvait immonde et qui impliquerait de supporter à nouveau les interrogatoires et de signer des déclarations avec les détails les plus scabreux. Elle ne voulait pas attiser les braises du passé dans des tribunaux, car elle était majeure et aucun juge ne lui éviterait la confrontation avec les accusés. Et que dire de la presse ? Elle était horrifiée à l'idée d'un tel déballage devant des personnes qui comptaient pour elle, ses quelques amis, ou les petites vieilles de Lark House, sans parler d'Alma et, surtout, de Seth Belasco.

À six heures du soir, Cathy appela Irina sur son portable et l'invita à prendre le thé à la bibliothèque.

Elles s'installèrent dans un coin à l'écart, près d'une fenêtre et loin du va-et-vient des visiteurs. Cathy n'aimait pas le thé sous préservatif, comme elle appelait les petits sachets en usage ; elle avait sa propre théière, des tasses de porcelaine et une réserve inépuisable de thé en vrac d'une marque française et de galettes au beurre. Irina se rendit à la cuisine pour remplir la théière d'eau bouillante, mais elle ne chercha pas à aider Cathy pour le reste des préparatifs, car celle-ci veillait à accomplir ce rituel malgré les mouvements spasmodiques qui affectaient ses bras. Elle ne pouvait porter les tasses délicates à ses lèvres, elle devait utiliser une tasse en plastique et une paille, mais elle prenait plaisir à voir la vaisselle héritée de sa grand-mère dans les mains de ses invitées.

— Qui était ce grand Noir qui t'a embrassée dans le jardin ce matin ? demanda Cathy, après qu'elles eurent commenté le dernier épisode d'une série télévisée sur des femmes en prison, qu'elles suivaient toutes deux scrupuleusement.

— Juste un ami que je ne voyais plus depuis quelque temps, balbutia Irina en se resservant du thé pour cacher son trouble.

— Je ne te crois pas, Irina. Voilà longtemps que je t'observe et je sais que quelque chose te ronge de l'intérieur.

— Moi ? Vous vous faites des idées, Cathy ! Je vous l'ai dit, c'est un ami, rien d'autre.

— C'est Ron Wilkins. On m'a donné son nom à la réception. J'ai demandé qui était venu te voir, car il m'a semblé que sa visite t'avait perturbée.

Les longues années d'immobilité et de terribles

efforts pour survivre avaient réduit la taille de Cathy, qui avait l'air d'une petite fille dans un volumineux fauteuil électrique, mais il en émanait une grande force, adoucie par la bonté qu'elle avait toujours eue et que son accident avait encore accrue. Son sourire permanent et ses cheveux très courts lui donnaient un petit air espiègle, qui contrastait avec une sagesse de moine millénaire. La souffrance physique l'avait libérée des convenances et lui avait taillé l'esprit comme un diamant. Les épanchements dus à l'attaque cervicale n'avaient pas affecté son intelligence, mais, comme elle le confiait, ils avaient transformé le circuit électrique, ce qui avait éveillé son intuition et lui permettait de voir l'invisible.

— Approche-toi, Irina.

Les mains de Cathy, menues, froides, aux doigts déformés par les fractures, s'agrippèrent au bras de la jeune fille.

— Sais-tu ce qui apporte le plus grand secours dans le malheur, Irina ? La parole. Nul ne peut aller tout seul en ce monde. Pourquoi crois-tu que j'ai monté cette clinique antidouleur ? Parce que la souffrance partagée est plus supportable. La clinique sert les patients, mais elle me sert aussi. Nous avons tous des démons dans les sombres recoins de l'âme, mais si nous les sortons au grand jour, les démons se ratatinent, ils s'affaiblissent, ils se taisent et, finalement, nous laissent en paix.

Irina cherchait à se dégager de ces doigts comme des tenailles, mais en vain. Les yeux gris de Cathy se clouèrent longuement dans les siens, avec un tel mélange de compassion et d'affection qu'elle ne put s'en écarter. Elle s'agenouilla sur le sol, appuya la tête sur les genoux noueux de la vieille dame et se laissa caresser par ses mains toutes raidies. Personne ne l'avait touchée ainsi depuis qu'elle avait quitté ses grands-parents.

Cathy lui déclara que la tâche la plus importante dans la vie était de purifier ses propres actes, de s'engager totalement dans le réel, de mettre toute son énergie dans le présent et d'agir au plus tôt, immédiatement. On ne peut pas attendre : elle l'avait appris depuis son accident. Dans la condition qui lui était faite, elle avait du temps pour approfondir sa pensée, pour mieux se connaître. Être, et être là, aimer la lumière du soleil, et les gens, et les oiseaux. La douleur allait et venait, les nausées venaient et passaient, mais toujours, pour une raison ou pour une autre, cela ne l'absorbait pas longtemps. En revanche, elle était pleinement lucide pour jouir de chaque goutte d'eau sous la douche, pour apprécier les mains amies qui lui lavaient les cheveux, ou la fraîcheur délicieuse d'une limonade par un jour d'été. Elle ne songeait pas au futur, juste à cet instant-là.

— Ce que j'essaie de te dire, Irina, c'est que tu ne dois pas rester ancrée dans le passé, ni avoir peur du futur. Tu n'as qu'une seule vie, mais, si tu la vis bien, c'est suffisant. Le seul réel est l'instant même, aujourd'hui. Qu'attends-tu pour commencer à être heureuse ? Chaque jour compte. J'en sais quelque chose !

— Le bonheur n'est pas fait pour tout le monde, Cathy.

— Bien sûr que si. Nous naissons tous heureux.

Puis la vie est souillée par la poussière du chemin, mais nous pouvons la purifier. Le bonheur n'est pas exubérant ni tapageur, comme le plaisir ou la joie. Il est silencieux, doux et tranquille, c'est une disposition intérieure de satisfaction qui commence par s'aimer soi-même. Tu devrais t'aimer comme je t'aime et comme le font tous ceux qui te connaissent, à commencer par le petit-fils d'Alma…

— Seth ne me connaît pas.

— Ce n'est pas sa faute, voilà des années que ce pauvre garçon tente de s'approcher de toi, comme n'importe qui peut le voir. S'il n'y arrive pas, c'est que tu te caches. Parle-moi de ce Wilkins, Irina.

Irina Bazili avait une histoire officielle de son passé, qu'elle avait élaborée avec l'aide de Ron Wilkins et qu'elle récitait pour répondre à la curiosité des autres, quand elle ne pouvait l'éviter. Elle contenait une part de vérité : juste la part tolérable. À quinze ans, les tribunaux l'avaient confiée aux soins d'une psychologue, pendant quelques mois. Mais Irina ne voulait plus entendre parler de ce qu'elle avait subi : elle avait décidé de prendre un autre nom, de changer de vie et de lieu de résidence autant de fois qu'il le faudrait. La psychologue l'avait mise en garde : les traumatismes ne disparaissent pas parce qu'on les dédaigne ; c'est comme une Méduse qui guette dans l'ombre et qui, à la première occasion, attaque avec sa chevelure de serpents. Au lieu de livrer bataille, Irina s'était échappée. Son existence avait été une fuite perpétuelle, jusqu'à son arrivée à Lark House. Elle trouvait refuge dans le travail, ou dans les mondes virtuels des jeux vidéo et de la littérature fantastique, où elle n'était plus Irina Bazili, mais une vaillante héroïne douée de pouvoirs magiques. Néanmoins, l'apparition de Wilkins avait suffi pour faire s'effondrer, une fois de plus, ce fragile édifice chimérique. Les cauchemars du passé ressemblaient à la poussière accumulée sur le chemin : il suffisait d'un souffle pour éveiller les tourbillons. Épuisée, elle comprit enfin que seule Catherine Hope, avec son bouclier en or, pouvait effectivement l'aider.

Elle avait dix ans en 1997, quand ses grands-parents avaient reçu cette lettre de Radmila qui avait changé son destin. Sa mère avait regardé une émission de télévision sur les trafics sexuels et avait appris que des pays comme la Moldavie approvisionnaient en chair fraîche les émirats d'Arabie et les bordels d'Europe. Prise de frissons rétrospectifs, elle avait revu le temps où elle était aux mains de souteneurs brutaux en Turquie. Pour éviter à sa fille de subir le même sort, elle avait convaincu son mari, le technicien américain qu'elle avait rencontré en Italie et qui l'avait emmenée au Texas, d'apporter son secours à la petite fille pour émigrer aux États-Unis. Irina aurait tout ce qu'elle voudrait, promettait la lettre : la meilleure éducation, les hamburgers et les frites, les glaces, et même un voyage à Disneyland… Les grands-parents avaient recommandé à Irina de ne rien dire à personne, afin d'éviter les jalousies et le mauvais œil qui punissent toujours les présomptueux, tandis qu'ils effectuaient les démarches pour obtenir le visa. L'affaire dura deux ans. Quand le passeport et les billets arrivèrent enfin, Irina avait douze ans, mais elle avait l'air d'une enfant mal nourrie de huit ans : elle était petite, très maigre, avec les cheveux pâles et rebelles. À force de rêver de l'Amérique, elle avait pris conscience de la misère et de la laideur qui l'entouraient. Jusque-là, elle n'avait rien remarqué, à défaut de points de comparaison. Son hameau semblait avoir souffert d'un bombardement, la moitié des habitations étaient en ruine ou murées, des meutes de chiens affamés erraient dans les rues boueuses, des poules échappées fouillaient les ordures, et les vieux restaient assis sur le seuil de leur masure, à fumer du tabac noir en silence, car tout était dit.

En deux ou trois jours, Irina avait pris congé des arbres, un par un, des collines, de la terre et du ciel qui, selon ses grands-parents, étaient comme à l'époque du communisme et resteraient ainsi pour toujours. En silence, elle avait dit adieu aux voisins et aux enfants de l'école, à l'âne et à la chèvre, au chien et aux chats qui avaient accompagné son enfance. Puis elle s'était séparée de Costea et Petruta.

Les grands-parents avaient préparé une caisse en carton, solidement ficelée, avec les vêtements d'Irina et une nouvelle image de sainte Parascève qu'ils avaient achetée au magasin d'objets de piété du village le plus proche. Peut-être pressentaient-ils tous les trois qu'ils ne se reverraient jamais. À dater de ce jour, Irina avait pris l'habitude, où qu'elle se trouvât et ne fût-ce que pour une nuit, de dresser un petit autel où elle déposait la sainte et l'unique photographie qu'elle avait de ses grands-parents. Retouchée à la main, elle avait été prise le jour de leurs noces : ils portaient le costume traditionnel, Petruta, une jupe brodée et une coiffe de dentelle, Costea, des culottes jusqu'aux genoux, une courte veste avec une large ceinture en tissu. Ils étaient raides comme des bouts de bois, et impossibles à reconnaître, car les rudes travaux ne leur avaient pas encore brisé les reins. Il ne se passait pas un jour sans que la petite leur adresse ses prières, car ils étaient aussi miraculeux que sainte Parascève : ils étaient ses anges gardiens, comme disait Alma.

D'une certaine façon, la petite était arrivée toute seule de Chisinau à Dallas. Elle n'avait voyagé qu'une seule fois auparavant : en prenant le train avec sa grand-mère pour rendre visite à Costea dans la ville la plus proche, où on l'avait opérée de la vésicule. Pour le reste, elle n'avait jamais vu un avion de près, juste dans les airs, et tout son anglais se résumait aux chansons à la mode, qu'elle avait mémorisées rien qu'à les entendre et sans comprendre les paroles. La compagnie aérienne lui avait pendu au cou une enveloppe en plastique avec son nom, son passeport et son billet. Pendant les onze heures de vol, Irina n'avait rien mangé, rien bu, car elle ignorait que la nourriture était gratuite, et l'hôtesse de l'air ne lui avait rien expliqué. La même situation l'attendait à l'aéroport de Dallas, où elle avait passé quatre heures sans argent. La porte d'entrée du rêve américain était cet énorme lieu confus. Sa mère et son beau-père s'étaient trompés dans l'heure d'arrivée des avions, lui avaient-ils dit en venant finalement la chercher. Irina ne les connaissait pas. Mais ils aperçurent une petite fille très blonde assise sur un banc avec une caisse en carton à ses pieds, et ils l'identifièrent car ils avaient sa photographie. De cette rencontre, Irina n'avait retenu que le fait qu'ils sentaient l'alcool tous les deux, cette odeur aigre qu'elle connaissait bien car ses grands-parents et les habitants de son hameau noyaient leurs désillusions dans le vin du cru.

Radmila et son mari, Jim Robyns, conduisirent la petite dans leur maison, qui lui parut luxueuse, alors que c'était une habitation ordinaire, en bois, très négligée, dans un quartier ouvrier au sud de la ville. Sa mère avait fait l'effort de décorer une des deux chambres avec des coussins en forme de cœur et un ours en peluche avec le fil d'un ballon rose attaché à une patte. Elle avait conseillé à Irina de se planter devant le téléviseur le plus souvent possible : c'était la meilleure manière d'apprendre l'anglais. Et sa fille l'avait écoutée. Quarante-huit heures plus tard, elle était inscrite dans une école publique, avec une majorité d'élèves noirs et latinos, deux races que la petite n'avait jamais vues. Irina mit un mois pour apprendre quelques phrases en anglais, mais elle avait une bonne oreille et bientôt elle suivit tous les cours. Un an plus tard, elle parlait sans accent.

Jim Robyns était électricien. Il était affilié au syndicat, touchait le salaire maximum de l'heure et bénéficiait d'une protection en cas d'accident ou d'autres désagréments, mais il n'avait pas toujours du travail. Les contrats étaient répartis à tour de rôle, en suivant l'ordre des inscrits sur la liste des membres. Celui qui finissait un contrat se retrouvait au bout de la liste et devait parfois attendre des mois avant d'être embauché à nouveau. Sauf s'il entretenait de bonnes relations avec le chef du syndicat. Radmila travaillait au rayon des vêtements pour enfants dans un magasin ;

il lui fallait une heure et quart d'autobus pour arriver, et autant pour revenir. Quand Jim Robyns avait du boulot, on le voyait très peu, car il en profitait pour travailler jusqu'à l'épuisement ; on le payait le double ou le triple pour les heures supplémentaires. Durant ces périodes, il ne buvait pas et ne prenait pas de drogues, car il aurait pu s'électrocuter à la moindre négligence. Mais pendant ses longs intervalles d'oisiveté, il s'imbibait d'alcool et faisait de tels mélanges de drogues qu'il était surprenant de le voir tenir debout. «Mon Jim a la résistance d'un taureau, rien ne peut l'abattre», disait fièrement Radmila. Elle l'accompagnait dans des virées de bringue jusqu'à épuisement, mais elle n'avait pas la même résistance et soudain elle s'effondrait.

À peine Irina avait-elle posé le pied en Amérique que son beau-père lui fit comprendre ses «règles», comme il disait. Sa mère n'en savait rien, ou feignait de l'ignorer, jusqu'à ce que, deux ans plus tard, Ron Wilkins sonne à la porte et lui montre sa plaque du FBI.

Secrets

Irina l'en avait tellement suppliée que, malgré ses nombreuses hésitations, Alma accepta de diriger le Groupe de techniques de détachement dont la jeune femme avait eu l'idée. Elle avait constaté, en effet, que parmi les hôtes de Lark House, les personnes âgées qui se cramponnaient à leurs biens s'angoissaient, alors que ceux qui possédaient moins étaient plus sereins. Elle avait vu Alma se détacher de tant de choses qu'elle en arrivait à craindre d'avoir à lui prêter sa brosse à dents. Elle avait donc pensé à elle pour animer ce groupe. La première réunion allait se tenir dans la bibliothèque. Cinq personnes s'étaient inscrites, dont Lenny Beal, qui s'étaient présentées à l'heure dite, mais Alma n'arrivait pas. On attendit un quart d'heure supplémentaire, puis Irina partit à sa recherche. Elle trouva l'appartement vide, avec un mot dans lequel Alma annonçait qu'elle s'absenterait quelques jours et demandait que l'on se charge de Neko. Le chat avait été malade et ne pouvait rester seul. Mais les animaux étaient interdits dans l'immeuble d'Irina et elle avait dû l'introduire en douce, dissimulé dans un sac à provisions.

Dans la soirée, Seth l'appela sur son portable pour lui demander des nouvelles de sa grand-mère. Il était passé la voir à l'heure du dîner, ne l'avait pas trouvée et se montrait préoccupé. Il pensait qu'Alma ne s'était pas complètement rétablie depuis l'épisode du cinéma. Irina lui expliqua que la vieille dame s'était rendue à l'un de ses rendez-vous galants et qu'elle en avait oublié son engagement auprès du Groupe de techniques de détachement. Du reste, Irina venait d'y passer un mauvais moment… Seth avait rejoint un client dans le port d'Oakland et, comme il était près de Berkeley, il invita Irina dans un restaurant de sushis. Après tout, c'était la cuisine la plus appropriée pour parler de l'amant japonais. Irina était au lit avec le chat à ses pieds ; elle jouait à Elder Scrolls V, son jeu vidéo favori, mais elle s'habilla et sortit aussitôt. Le restaurant était un havre de paix oriental, entièrement décoré de bois clair, avec des compartiments séparés par des cloisons de papier de riz, éclairés de globes rouges dont la chaude lumière était une invitation à la détente.

— À ton avis, où peut bien être Alma quand elle disparaît ? lui demanda Seth après avoir passé la commande.

Irina lui remplit de saké le petit bol de céramique. Alma lui avait expliqué que la correction, au Japon, voulait que l'on serve son compagnon de table et que l'on attende que l'autre soit prêt à vous écouter.

— Dans une auberge de Point Reyes, à une heure et quart environ de San Francisco. Ce sont des chalets rustiques face à la mer, un endroit assez retiré, avec de bons poissons et des fruits de mer, un sauna, une belle vue et des chambres romantiques. À cette époque il y fait froid, mais chaque pièce a sa cheminée.

— Comment sais-tu tout ça ?

— Grâce aux reçus de la carte de crédit d'Alma. Puis j'ai cherché l'auberge sur Internet. Je suppose qu'elle y retrouve Ichimei. Tu n'as pas l'intention de la déranger, Seth !

— Tu as de ces idées ! Elle ne me le pardonnerait jamais. Mais je pourrais charger un de mes enquêteurs d'y jeter un œil…

— Non !

— Bien sûr que non. Cela dit, reconnais que c'est inquiétant, Irina. Ma grand-mère est très faible, elle pourrait avoir une autre attaque.

— Mais elle est toujours maîtresse de sa vie, Seth. As-tu appris du neuf sur les Fukuda ?

— Oui. J'ai pensé à interroger mon père et il se trouve qu'il se souvient d'Ichimei.

Larry Belasco avait douze ans en 1970, quand ses parents avaient rénové la demeure de Sea Cliff et acquis le terrain adjacent pour agrandir le jardin, qui était déjà vaste mais ne s'était jamais entièrement relevé de la gelée de printemps qui l'avait détruit à la mort d'Isaac Belasco, ni de l'abandon qui s'était ensuivi. D'après Larry, un jour, un homme aux traits asiatiques était venu, en bleu de travail et casquette de base-ball. Il n'avait pas voulu entrer dans la maison, prétextant que ses bottes étaient couvertes de boue.

C'était Ichimei Fukuda, propriétaire de la pépinière de fleurs et de plantes qu'il avait acquise avec Isaac Belasco et dont il était devenu le seul propriétaire. Larry devina que sa mère et cet homme se connaissaient. Son père déclara à Fukuda qu'il ne savait strictement rien de l'art des jardins et que c'était Alma qui prenait les décisions. Cela étonna le jeune homme, car Nathaniel dirigeait la Fondation Belasco et devait donc, en théorie du moins, connaître la question. Étant donné la taille de la propriété et les plans grandioses d'Alma, le projet mit plusieurs mois à se concrétiser. Ichimei mesura le terrain, examina la qualité du sol, la température et la direction des vents. Puis il traça des lignes et des chiffres sur un bloc-notes, suivi de près par Larry, intrigué. Peu après débarqua une équipe de six ouvriers, tous japonais, et un premier camion de matériaux. Ichimei était un homme tranquille, aux gestes mesurés. Il observait attentivement, ne semblait jamais pressé, parlait peu et, quand il le faisait, sa voix était si basse que Larry devait s'approcher pour l'entendre. Il entamait rarement la conversation et ne répondait guère aux questions personnelles. Mais, comme il avait remarqué l'intérêt de Larry pour la terre, il lui parlait de la nature.

— Mon père m'a dit une chose très curieuse, Irina. Il m'a assuré qu'Ichimei est doté d'une aura.

— Une quoi ?

— Une aura, un halo invisible. C'est un disque de lumière derrière la tête, comme en ont les saints dans les peintures religieuses. Celui d'Ichimei est visible. Mon père m'a dit qu'on ne le voyait pas toujours, que cela dépendait de la lumière.

— Tu charries, Seth…

— Mon père ne plaisante pas, Irina. Ah oui ! autre chose : cet homme doit être une espèce de fakir, car il contrôle son pouls et sa température, il peut réchauffer une main comme si elle brûlait de fièvre, et congeler l'autre. Ichimei l'a démontré plusieurs fois à mon père.

— Larry te l'a dit ou bien tu l'inventes ?

— Je te jure qu'il me l'a dit. Mon père est un sceptique, Irina, il ne croit en rien qu'il ne puisse vérifier par lui-même.

Ichimei Fukuda finalisa le projet et ajouta, en guise de cadeau, un petit jardin japonais, qu'il dessina spécialement pour Alma. Puis il s'en remit aux autres jardiniers. Larry ne le voyait qu'une fois par saison, quand il venait superviser les travaux. Il remarqua que le maître jardinier ne discutait jamais avec Nathaniel, seulement avec Alma. Leur relation semblait purement formelle, du moins en sa présence. Ichimei arrivait à la porte de service avec un bouquet de fleurs, retirait ses chaussures et saluait d'une brève inclinaison. Alma l'attendait toujours dans la cuisine et lui répondait avec le même salut. Elle mettait les fleurs dans un vase, il acceptait une tasse de thé et, pendant un instant, ils partageaient ce lent et silencieux rituel, une pause dans leurs vies à tous deux. Au bout de deux ans, quand Ichimei cessa de se rendre à Sea Cliff, la mère de Larry lui expliqua qu'il était en voyage au Japon.

— Tu crois qu'ils étaient amants à cette époque, Seth ?

— Je ne peux pas le demander à mon père. D'ailleurs, il n'en saurait rien. Nous ne savons presque rien de nos propres parents. Mais nous pouvons supposer qu'ils étaient amants en 1955, comme l'a confié ma grand-mère à Lenny Beal, qu'ils se sont séparés quand Alma a épousé Nathaniel, qu'ils se sont retrouvés en 1962, et qu'ils sont ensemble depuis lors.

— Pourquoi en 1962 ?

— C'est une supposition, je n'ai aucune certitude. C'est l'année où est mort mon arrière-grand-père Isaac.

Il lui raconta les deux enterrements d'Isaac Belasco et comment la famille avait alors pris conscience du bien que le patriarche avait accompli tout au long de sa vie, en défendant gratuitement les gens comme avocat, en donnant ou prêtant de l'argent à ceux qui traversaient une période critique, en assurant l'instruction de nombreux enfants et en soutenant de belles causes. Seth avait découvert que les Fukuda devaient de nombreuses faveurs à Isaac Belasco, qu'ils le respectaient et l'aimaient. Il en déduisait qu'ils avaient sans doute assisté à l'une des deux cérémonies. Selon la légende familiale, peu avant la mort d'Isaac, les Fukuda avaient exhumé une épée ancienne qu'ils avaient enterrée à Sea Cliff. Il y avait encore une plaque dans le jardin : Isaac l'avait fait apposer pour indiquer l'endroit. Il était fort probable qu'Alma et Ichimei s'étaient retrouvés à ce moment.

— De 1955 à 2013, cela fait plus de cinquante ans et correspond plus ou moins à ce qu'Alma a confié à Lenny, calcula Irina.

— Si mon grand-père Nathaniel soupçonnait que sa femme avait une liaison, il a fait mine de l'ignorer.

Dans ma famille, les apparences comptent plus que la vérité.

— Pour toi aussi ?

— Non. Mais je suis le mouton noir. Et je suis amoureux d'une fille pâle comme un vampire de Moldavie.

— Les vampires sont en Transylvanie, Seth.

Le 3 mars 2004

Ces derniers jours j'ai beaucoup songé à don Isaac Belasco, parce que mon fils Mike vient d'avoir quarante ans et que j'ai décidé de lui remettre le katana des Fukuda ; c'est à lui qu'il revient d'en prendre soin. Ton oncle Isaac m'avait appelé au début de 1962 pour me confier que le moment était peut-être venu de récupérer l'épée enterrée depuis vingt ans dans le jardin de Sea Cliff. Il se doutait sûrement qu'il était fort malade et que sa fin approchait. Les derniers membres de notre famille y sont tous allés : ma mère, ma sœur et moi. Nous étions en compagnie de Kemi Morita, le chef spirituel du mouvement Oomoto. Le jour de la cérémonie dans le jardin, tu étais en voyage avec ton mari. Peut-être ton oncle avait-il choisi justement cette date pour éviter une rencontre entre nous. Que savait-il de notre histoire ? Peu de chose, sans doute, mais c'était un rusé renard.

Ichi

Tandis qu'Irina accompagnait les sushis de thé vert, Seth buvait du saké chaud plus qu'il n'en pouvait supporter. Le contenu du petit bol disparaissait d'un coup, et Irina, distraite par la conversation, le remplissait chaque fois. Aucun des deux ne remarqua que le serveur, vêtu d'un kimono bleu avec un bandeau sur le front, avait apporté une autre bouteille. Le dessert venu – des glaces au chocolat –, Irina vit l'air éméché et suppliant de Seth. Elle comprit qu'il fallait prendre congé, avant que la situation ne devienne délicate, mais elle ne pouvait laisser le jeune homme dans cet état. Le serveur proposa d'appeler un taxi, Seth refusa. Il sortit en trébuchant, prenant appui sur Irina, mais l'air frais augmentait l'effet du saké.

— Je crois que je ne devrais pas conduire… Je peux passer la nuit avec toi ? balbutia-t-il d'une voix pâteuse.

— Que feras-tu de la moto ? On peut te la voler par ici.

— Je m'en fous de la moto !

Il y avait une dizaine de pâtés de maisons jusqu'à l'immeuble d'Irina, et ils marchèrent près d'une heure car Seth avançait comme les crabes. Elle avait vécu dans des endroits bien pires, mais elle eut soudain honte, avec lui, de cette vieille bâtisse, sale et miteuse. Elle partageait les lieux avec quatorze locataires qui s'entassaient dans des chambres délimitées par des cloisons de bois aggloméré, parfois sans fenêtre ni ventilation. C'était un de ces immeubles de Berkeley soumis à une réglementation qui interdisait la hausse des loyers, et les propriétaires ne se fatiguaient pas à l'entretenir. De la peinture extérieure il ne restait que de grosses taches, les persiennes étaient sorties de leurs gonds et, dans la cour, s'entassaient les rebuts : pneus crevés, carcasses de bicyclettes, une cuvette de toilettes couleur avocat mûr qui traînait là depuis trois lustres. L'intérieur empestait un mélange d'encens, de patchouli et de soupe au chou-fleur rance. Personne ne nettoyait les couloirs ni les installations sanitaires communes. Irina se douchait à Lark House.

— Pourquoi vis-tu dans cette porcherie ? demanda Seth, scandalisé.

— Parce que ce n'est pas cher.

— Alors, tu es beaucoup plus pauvre que je ne le croyais, Irina.

— J'ignore ce que tu imaginais, Seth. Presque tout le monde est plus pauvre que les Belasco.

Elle l'aida à retirer ses chaussures et à s'étendre sur le matelas qui servait de lit. Les draps étaient propres, comme tout dans cette chambre. Irina avait appris de ses grands-parents que la pauvreté n'excusait pas la crasse.

— Qu'est-ce que c'est ? demanda Seth en désignant une clochette au mur, attachée par une ficelle qui passait par un trou dans la chambre voisine.

— Rien, ne t'en fais pas.

— Comment ça, rien ? Qui vit de l'autre côté ?

— Tim, mon ami de la cafétéria, mon associé pour soigner les chiens. Parfois je fais des cauchemars et, si je commence à crier, il tire sur la ficelle, et la clochette me réveille. C'est un accord entre nous.

— Tu souffres de cauchemars, Irina ?

— Bien sûr. Pas toi ?

— Non. Mais je fais des rêves érotiques, ça oui. Tu veux que je t'en raconte un ?

— Endors-toi, Seth.

En moins de deux minutes, Seth dormait. Irina donna son médicament à Neko, se lava avec la bassine et la cruche qu'elle avait dans un coin, ôta son chemisier et son jean, enfila un vieux tee-shirt et se blottit contre la paroi, séparée de Seth par le chat. Elle eut beaucoup de mal à s'endormir, du fait de cette présence à son côté, des bruits de l'immeuble et de l'odeur prégnante de chou-fleur. La seule ouverture sur le monde extérieur, un vasistas, était si haut placée qu'on devinait à peine un quadrilatère de ciel. Il arrivait que la lune vienne saluer brièvement, avant de poursuivre sa course, mais ce n'était pas une de ces nuits bénies.

Irina se réveilla dans la lumière chiche du matin ; Seth n'était plus là. Il était neuf heures et elle aurait dû filer au travail depuis une heure et demie. Elle avait mal au crâne et à tous les os, comme si la gueule de bois l'avait contaminée par osmose.

La confession

Alma ne rentra pas à Lark House ce jour-là ni le suivant, pas plus qu'elle ne téléphona pour prendre des nouvelles de Neko. Le chat n'avait pas mangé depuis trois jours, c'est à peine s'il buvait l'eau qu'Irina lui introduisait dans la gueule avec une seringue ; le médicament était sans effet. Elle allait demander à Lenny Beal de la conduire chez le vétérinaire quand Seth Belasco débarqua à Lark House, frais et rasé de près, avec des vêtements propres et un air contrit, gêné par l'épisode de la nuit précédente.

— Je viens d'apprendre que le saké titre dix-sept degrés d'alcool, dit-il.

— Et ta moto ? l'interrompit Irina.

— Je l'ai retrouvée intacte où nous l'avions laissée.

— Dans ce cas, conduis-moi chez le vétérinaire.

Ils furent reçus par le docteur Kallet, qui avait amputé une patte à Sofía des années plus tôt. Ce n'était pas une coïncidence : le vétérinaire était bénévole dans l'organisation qui s'occupait de l'adoption des chiens venus de Roumanie, et Lenny l'avait recommandé à Alma. Le docteur Kallet diagnostiqua une occlusion intestinale ; le chat devait être opéré immédiatement, mais Irina ne pouvait prendre cette décision et le portable d'Alma ne répondait pas. Seth se chargea de l'affaire, paya la caution de sept cents dollars et confia le chat à l'infirmière. Puis il se rendit avec Irina dans la cafétéria où elle travaillait avant d'entrer au service d'Alma. Ils furent accueillis par Tim, dont la situation n'avait pas progressé depuis trois ans.

Seth avait toujours l'estomac retourné par le saké, mais son esprit était lucide, et était arrivé à la conclusion qu'il devait dès à présent prendre soin d'Irina. Il n'était pas amoureux d'elle comme il avait pu l'être avec d'autres femmes, d'une passion possessive, qui ne laissait pas de place à la tendresse. Il la désirait et avait attendu qu'elle ouvre la voie étroite de l'érotisme, mais sa patience n'avait servi à rien. L'heure était venue d'agir – ou de renoncer définitivement à elle. Quelque chose dans le passé d'Irina la freinait, il ne voyait pas d'autre explication à sa crainte viscérale devant l'intimité. L'idée de recourir à ses enquêteurs l'avait tenté, mais une démarche aussi déloyale était indigne de la jeune fille. Il supposa que l'énigme finirait bien par se résoudre et ravala toutes ses questions, mais il était las de tous ces détours. Le plus urgent était de l'arracher au taudis où elle vivait. Il avait préparé son argumentation comme pour affronter un jury, mais quand elle se trouva devant lui, avec sa tête de lutin et son bonnet de travers, il oublia tout son laïus et lui proposa de but en blanc de vivre chez lui.

— Mon appartement est commode, j'ai des mètres

carrés en trop, tu aurais ta chambre et ta salle de bains privée. Gratis.

— En échange de quoi ? demanda-t-elle, incrédule.

— De travailler avec moi.

— À quoi exactement ?

— Au livre sur les Belasco. Il exige beaucoup de recherches et je n'ai pas le temps.

— Je bosse quarante heures par semaine à Lark House, et douze heures supplémentaires pour ta grand-mère. Je m'occupe des chiens en fin de semaine, et j'ai l'intention de suivre des cours du soir. J'ai moins de temps que toi, Seth.

— Tu pourrais laisser de côté tout ça, sauf ma grand-mère, et te consacrer à mon livre. Tu aurais ton pied-à-terre et un bon salaire. Je voudrais voir ce que cela donnerait de vivre avec une femme. Je ne l'ai jamais fait et rien ne vaut un peu de pratique.

— Je vois que ma chambre t'a un peu surpris. Je ne veux pas que tu t'apitoies sur mon sort.

— Ce n'est pas de la pitié que je sens, mais de la rage.

— Tu voudrais que je quitte mon travail et que je perde mes revenus, ainsi que ma chambre, au loyer bloqué, que j'ai eu tant de mal à dénicher, tout ça pour m'installer dans ton appartement et me retrouver à la rue quand tu seras fatigué de moi. Très pratique.

— Tu ne comprends rien, Irina.

— Je te comprends très bien, Seth. Tu veux une secrétaire avec promotion canapé.

— Irina, je ne vais pas t'implorer à genoux, mais je suis sur le point de faire demi-tour et de disparaître de ta vie. Tu sais ce que j'éprouve pour toi, ça crève les yeux, même pour ma grand-mère.

— Alma ? Que vient-elle faire là-dedans ?

— C'est son idée. Moi, je voulais te proposer qu'on se marie, un point c'est tout, mais elle m'a dit qu'il valait mieux essayer de vivre ensemble un an ou deux. Tu aurais le temps de t'habituer à moi, et mes parents pourraient se faire à l'idée que tu n'es pas juive et que tu es pauvre.

Irina n'essaya pas de contenir ses larmes. Elle enfouit son visage dans ses bras croisés sur la table, sonnée par un mal de tête qui augmentait depuis des heures, et abasourdie par une avalanche d'émotions contradictoires : tendresse et gratitude envers Seth, honte devant ses propres limites, désespoir quant à son avenir. Cet homme lui offrait un amour comme dans les romans, mais ce n'était pas pour elle. Elle pouvait aimer les personnes âgées de Lark House, ou Alma Belasco, ou quelques amis comme son associé Tim, qui l'observait à cet instant précis, soucieux, depuis le comptoir, ou aimer ses grands-parents qui s'étaient installés dans le tronc d'un séquoia, ou Neko, Sofía et les autres animaux de compagnie de la résidence ; elle pouvait aimer Seth plus que n'importe qui dans la vie – mais pas assez.

— Que se passe-t-il, Irina ? demanda Seth, déconcerté.

— Cela n'a rien à voir avec toi. Ce sont des choses du passé.

— Raconte-moi.

— Pourquoi ? C'est sans importance, répondit-elle en se mouchant dans une serviette en papier.

— Au contraire, c'est très important. Hier soir, j'ai voulu te prendre la main et tu as failli me frapper. Tu avais raison, je me suis conduit comme un cochon. Pardonne-moi, cela n'arrivera plus, c'est promis. Je t'aime depuis trois ans, et tu le sais. Qu'est-ce que tu attends pour m'aimer un peu, moi ? Prends garde. Je pourrais faire venir une autre fille de Moldavie, il y en a des centaines qui sont prêtes à se marier pour un visa américain.

— Très bonne idée, Seth.

— Avec moi tu serais heureuse, Irina. Je suis le meilleur gars du monde, parfaitement inoffensif.

— Un avocat américain à moto n'est jamais inoffensif, Seth. Mais je reconnais que tu es un type fantastique.

— Alors tu acceptes ?

— Je ne peux pas. Si tu connaissais mes raisons, tu partirais en courant.

— Voyons si je devine : tu es impliquée dans un trafic d'animaux exotiques en voie d'extinction ? Peu importe. Viens voir mon appartement, après tu décideras.

Dans une bâtisse moderne du quartier de l'Embarcadère, l'appartement, avec concierge et ascenseur aux miroirs biseautés, était tellement impeccable qu'il avait l'air inoccupé. Hormis un canapé de cuir couleur épinard, un téléviseur géant, une table de verre portant des revues et des livres en piles bien ordonnées, et quelques lampes danoises, il n'y avait rien dans ce Sahara aux baies vitrées et aux sombres parquets. Ni coussins ni tableaux, ni décorations ni plantes vertes. Dans la cuisine trônait une table de granit noir, avec une brillante batterie en cuivre, vierge de tout usage : marmites et poêles en ordre de bataille, au bout de crochets pendus au plafond. Irina jeta un œil dans le frigo et vit du jus d'orange, du vin blanc et du lait écrémé.

— Il t'arrive de manger du solide, Seth ?

— Oui, chez mes parents ou au restaurant. Ici, il manque une touche féminine, comme dirait ma mère. Est-ce que tu sais cuisiner ?

— Patates et chou farci.

La chambre qui, selon Seth, attendait Irina était aseptisée et masculine comme le reste de l'appartement. Elle contenait seulement un grand lit, avec une couverture de lin écru et des taies d'oreiller dans trois nuances de couleur café, qui ne contribuaient guère à égayer l'atmosphère, à quoi s'ajoutaient une table de nuit et une chaise métallique. Au mur couleur sable il y avait une des photos d'Alma en noir et blanc prises par Nathaniel Belasco, mais contrairement aux autres portraits qui avaient semblé si révélateurs aux yeux d'Irina, on ne voyait ici qu'un demi-visage endormi dans une brumeuse atmosphère de songe. C'était le seul décor que la jeune fille avait aperçu dans le désert de Seth.

— Depuis combien de temps vis-tu ici ? lui demanda-t-elle.

— Cinq ans. L'endroit te plaît ?

— La vue est impressionnante.

— Mais l'appartement te semble très froid, conclut Seth. Bon, si tu veux changer des choses, il faudra nous mettre d'accord sur les détails. Mais pas de franges ni de couleurs pastel, ils ne cadrent pas avec ma personnalité. Cela dit, je suis ouvert à de légères concessions dans la décoration. Pas tout de suite, bien sûr, mais plus tard, quand tu me supplieras de t'épouser.

— Merci, mais pour l'instant conduis-moi au métro, il faut que je retourne à ma chambre au plus vite. Je dois avoir la grippe, tout le corps me fait mal.

— Non, mademoiselle. Nous allons commander de la cuisine chinoise, regarder un film et attendre que le docteur Kallet nous appelle. Je vais te donner du thé et de l'aspirine, ça aide. Dommage que je n'aie pas du bouillon de poulet, c'est un remède infaillible.

— Excuse-moi, mais pourrais-je prendre un bain ? Je ne l'ai pas fait depuis des années, j'utilise les douches du personnel à Lark House.

C'était un après-midi lumineux et, par la baie vitrée à côté de la baignoire, on appréciait le panorama de la ville fourmillante, la circulation, les voiliers dans la baie, la foule dans les rues, à pied, à bicyclette, en patins, les clients sous les parasols orangés des trottoirs, la tour de l'horloge du Ferry Building. Irina, frissonnante, s'enfonça jusqu'aux oreilles dans l'eau chaude et sentit se dénouer ses muscles crispés, en même temps que se relâchait son corps endolori. Et elle bénit une fois de plus la fortune et la générosité des Belasco. Seth lui annonça à travers la porte que le repas était arrivé, mais elle continua à se prélasser dans le bain pendant une demi-heure. Finalement, elle s'habilla à contrecœur, somnolente et comme étourdie. L'odeur du carton d'emballage avec le porc aigre-doux, le *chow mein* et le canard laqué lui donnait des nausées. Elle se blottit dans le canapé, s'endormit et ne s'éveilla qu'au bout de plusieurs heures, quand la nuit était tombée derrière les fenêtres. Seth lui avait placé un oreiller sous la tête, lui avait apporté une couverture et s'était assis dans l'autre coin du sofa où il visionnait son deuxième film de la soirée – espions, crimes internationaux, et tous les méchants de la mafia russe –, les pieds d'Irina reposaient sur ses genoux.

— Je n'ai pas voulu te réveiller. Kallet a téléphoné : opération réussie, Neko s'en est bien tiré, mais il a une grosse tumeur à la rate et ça, c'est le début de la fin, lui annonça-t-il.

— Le pauvre, j'espère qu'il ne souffre pas trop…

— Kallet ne le laissera pas souffrir, Irina. Comment va ce mal de tête ?

— Je ne sais pas. J'ai terriblement sommeil. Tu n'aurais pas drogué mon thé, par hasard ?

— Si, j'y ai mis de la kétamine. Pourquoi ne te couches-tu pas pour dormir comme il faut ? Tu as de la fièvre.

Il l'emmena dans la chambre du portrait d'Alma, la déchaussa, l'aida à se coucher, la borda et retourna voir la fin de son film. Le lendemain, Irina se réveilla tard, après avoir transpiré et fait tomber la fièvre. Elle se sentait mieux, à part une faiblesse dans les jambes. Elle trouva un mot de Seth sur la table noire de la cuisine : « Le café est prêt, allume la cafetière. Ma grand-mère est rentrée à Lark House. Je lui ai raconté pour Neko. Elle prévient Voigt que tu es malade et que tu n'iras pas travailler. Repose-toi. J'appelle plus tard. Je t'embrasse. Ton futur mari. » Il y avait un autre carton avec un consommé de poulet aux vermicelles, une petite barquette de framboises et un sachet contenant une brioche venue d'une pâtisserie voisine.

Seth fut de retour avant six heures du soir, dès sa sortie des tribunaux, impatient de revoir Irina. Il avait appelé plusieurs fois pour s'assurer qu'elle ne s'était pas envolée, mais il craignait une impulsion de dernière minute. En songeant à elle, la première image qui lui venait était celle d'un lièvre prêt à filer en coup de vent, et la seconde était sa figure pâle, attentive, les yeux tout ronds d'étonnement, écoutant les histoires d'Alma, ou plutôt : les dévorant. Il avait à peine ouvert la porte qu'il sentit la présence de la jeune fille. Il savait qu'elle était là : l'appartement était occupé, le sable des murs avait l'air plus chaud, le sol avait un éclat satiné qu'il n'avait jamais remarqué, l'air même était devenu plus aimable. Elle vint à sa rencontre d'un pas hésitant, les yeux gonflés de sommeil et les cheveux ébouriffés comme une perruque blanc cassé. Il lui ouvrit les bras et elle, pour la première fois, courut s'y réfugier. Ils restèrent enlacés un moment qui, pour elle, dura une éternité, et, pour lui, le temps d'un soupir. Puis il l'entraîna jusqu'au canapé. « Il faut que nous parlions », lui dit-il.

Après avoir écouté la confession d'Irina, Catherine Hope lui avait fait promettre de tout raconter à Seth, non seulement pour arracher cette plante maligne qui l'empoisonnait, mais parce qu'il méritait de connaître la vérité.

À la fin de l'an 2000, l'agent Ron Wilkins avait collaboré avec deux enquêteurs canadiens pour trouver l'origine de centaines d'images qui circulaient sur Internet. On y voyait une petite fille, de neuf ans environ, soumise à de tels excès de dépravation et de violence qu'elle n'avait peut-être pas survécu. C'étaient les images préférées des adeptes de pornographie infantile, qui achetaient les photos et vidéos à titre privé, à travers un réseau international. L'exploitation sexuelle des enfants n'avait rien de nouveau, elle avait sévi en toute impunité pendant des siècles, mais les agents s'appuyaient sur une loi, promulguée en 1978, qui la déclarait illégale aux États-Unis. À partir de cet instant, la production et la distribution de photos et de films de cet ordre diminuèrent, car les bénéfices ne justifiaient pas les risques encourus. Puis survint Internet et le marché se multiplia de façon incontrôlable. On estimait à des centaines de milliers les sites Web consacrés à la pornographie infantile, et à plus de vingt millions les consommateurs, dont une moitié aux États-Unis. Le défi consistait à débusquer les clients, mais le plus dur était de mettre la main sur les producteurs. Le nom de code donné à cette petite fille aux cheveux très blonds, aux oreilles en pointe, avec une fossette au menton, était Alice. Le matériel recueilli était récent. Ils soupçonnaient qu'Alice pouvait être plus âgée qu'il n'y paraissait, car les producteurs cherchaient toujours à rajeunir leurs victimes, pour attirer les consommateurs.

Au bout de quinze mois de collaboration intensive, Wilkins et les Canadiens trouvèrent la trace d'un client, un chirurgien plastique de Montréal. Ils fouillèrent son domicile et sa clinique, confisquèrent les ordinateurs et tombèrent sur plus de six cents images, dont deux photographies et une vidéo d'Alice. Le chirurgien fut arrêté. Contre la promesse d'une condamnation moins sévère, il accepta de collaborer avec les autorités. Quand il eut glané toutes ces informations, Wilkins passa à l'offensive. Ce colosse se décrivait lui-même comme un chien de chasse : une fois qu'il avait reniflé une piste, rien ne pouvait l'en distraire ; il la suivait inlassablement, jusqu'au bout. En se faisant passer pour un amateur, il téléchargea diverses photos d'Alice, les modifia numériquement pour qu'elles semblent originales tout en gommant le visage, que seuls les gens avertis pourraient identifier. Il eut ainsi accès au réseau utilisé par le collectionneur de Montréal. Des amateurs ne tardèrent pas à se manifester. Il avait une première piste : le reste serait une question de flair.

Un soir de novembre 2002, Ron Wilkins sonna à l'entrée d'une maison d'un quartier modeste au sud de Dallas. Alice lui ouvrit la porte. Il l'identifia au premier coup d'œil, il était impossible de la confondre avec une autre. «Je viens parler à tes parents», dit-il dans un soupir de soulagement, car il n'était pas sûr de la retrouver saine et sauve. C'était une de ces périodes bénies où Jim Robyns travaillait dans une autre ville, et la petite était seule avec sa mère. L'agent montra son insigne du FBI et, sans attendre d'y être invité, il poussa la porte et s'introduisit dans la maison, entrant directement au salon. Irina se rappellerait toujours ce moment, comme si elle le vivait sans fin au présent : ce géant noir, son odeur de fleurs douceâtres, sa voix profonde et lente, ses grandes mains fines, aux paumes rosées. «Quel âge as-tu?» demanda-t-il. Radmila entamait sa deuxième vodka et sa troisième bouteille de bière, mais elle se croyait encore très calme et tenta d'intervenir au prétexte que sa fille était mineure et que les questions devaient être posées à sa mère. Wilkins la fit taire d'un geste. «Je vais avoir quinze ans», répondit Alice, la voix brisée, comme prise sur le fait, et l'homme en tressaillit, car sa fille unique, la lumière de sa vie, avait le même âge. Alice avait connu une enfance de privations : avec un régime insuffisant en protéines, elle s'était développée tardivement. Avec sa petite taille et ses os délicats, elle pouvait passer pour une enfant beaucoup plus jeune. Wilkins estima qu'elle paraissait alors avoir douze ans ; donc, on devait lui en donner neuf ou dix quand les premières images avaient circulé sur la toile. «Laisse-moi parler seul avec ta mère», lui demanda Wilkins, gêné. Mais Radmila était entrée dans la phase agressive de l'ébriété ; elle criait que sa fille savait quelque chose que l'agent devait lui dire. «C'est vrai, Elisabeta?» La petite acquiesça, comme hypnotisée, les yeux fixés sur le mur. «Je regrette beaucoup, petite», dit Wilkins en déposant sur la table une demi-douzaine de photos. Et Radmila fut soudain mise en face de ce qu'il s'était passé, sous son propre toit, pendant plus de deux ans, et qu'elle s'était refusée à voir. Et Alice comprit alors que des milliers d'hommes, dans le monde entier, l'avaient vue dans ses «jeux» privés avec son beau-père. Depuis des années, elle se sentait sale, mauvaise et coupable ; en voyant les photos sur la table, elle eut envie de mourir. Il n'y avait plus de salut pour elle.

Jim Robyns lui avait assuré que de tels jeux avec son père ou avec ses oncles étaient normaux, et que beaucoup de petits garçons et de petites filles y participaient de bon gré. Ces enfants étaient spéciaux. Mais personne n'en parlait, c'était un secret bien gardé. Elle ne devait donc jamais le mentionner devant personne, ni ses amies, ni les institutrices, et le docteur encore moins, car les gens lui diraient que c'était un péché, que c'était immonde, et elle se retrouverait seule, sans camarades, et sa mère elle-même la repousserait, car Radmila était très jalouse. Alors, pourquoi résistait-elle, cette petite ? Voulait-elle des cadeaux ? Non ? Alors, on la paierait comme une petite femme adulte, pas elle directement, mais ses grands-parents. D'ailleurs, lui, le beau-père, se chargerait d'envoyer l'argent en Moldavie au nom de leur petite-fille. Elle devait seulement leur écrire une carte postale, qui accompagnerait le versement, mais sans rien dire à Radmila. Ce serait un secret rien que pour eux deux. Ses grands-parents seraient très heureux, car les vieilles personnes ont parfois besoin d'un petit extra, pour réparer le toit ou acheter une autre chèvre. Il n'y avait pas de problème : lui, le beau-père, il avait bon cœur, il comprenait que la vie était difficile en Moldavie, par bonheur Elisabeta avait eu la chance de passer en Amérique, mais il ne fallait pas en faire un précédent, cet argent obtenu gratis, il fallait le gagner, pas vrai ? Elle devait sourire, ça ne coûtait rien, et mettre les vêtements qu'il exigeait, accepter les cordes et les chaînes, boire du gin pour se relaxer, avec du jus de pomme pour ne pas se brûler la gorge, elle s'habituerait vite au goût, voulait-elle plus de sucre ? Malgré l'alcool, les drogues et la peur, à certain moment elle avait aperçu les caméras dans la remise aux outils, leur «petite maison» à eux deux, où personne, pas même sa mère, ne pouvait entrer. Mais Robyns lui avait juré que les photos et vidéos étaient privées et n'appartenaient qu'à lui. Personne ne les verrait jamais, il les garderait comme souvenir pour lui tenir compagnie plus tard, quand elle serait partie à l'université.

Comme elle allait lui manquer !

La seule présence de ce Noir inconnu, avec ses grandes mains, ses yeux tristes et ses photos, prouvait que son beau-père avait menti. Tout ce qu'il s'était passé dans la remise circulait sur Internet et continuerait à circuler, on ne pouvait pas tout récupérer, ni tout détruire, cela existerait pour toujours. À chaque minute, quelque part, quelqu'un la violait, quelqu'un se masturbait avec sa souffrance. Pendant toute sa vie, où qu'elle se trouve, quelqu'un pourrait la reconnaître. Il n'y avait pas d'échappatoire. L'horreur ne finirait jamais. Toujours l'odeur d'alcool et le goût de pomme la reconduiraient dans la remise ; elle sentirait toujours un regard par-dessus son épaule ; elle éprouverait toujours de la répugnance à être touchée.

Ce soir-là, après le départ de Ron Wilkins, la petite s'enferma dans sa chambre, paralysée de terreur et de dégoût, persuadée que son beau-père la tuerait dès son retour, comme il l'en avait menacée si elle disait un seul mot de leurs jeux. Mourir était la seule issue, mais pas aux mains de cet homme, pas de la façon lente et atroce qu'il lui décrivait souvent, et toujours avec de nouveaux détails.

Entre-temps, Radmila avait sifflé le reste de la bouteille de vodka. Elle était tombée, inconsciente, et avait passé dix heures sur le sol de la cuisine. À peine remise de sa cuite, elle s'était jetée sur sa fille, pour gifler cette séductrice, la putain qui avait perverti son mari. Mais la scène avait été interrompue par une patrouille de police, accompagnée d'une assistante sociale envoyée par Wilkins. Radmila avait été arrêtée, et sa fille envoyée dans un hôpital psychiatrique pour enfants, en attendant la décision du tribunal des mineurs. La petite ne devait jamais revoir sa mère ni son beau-père.

Radmila eut le temps de prévenir Jim Robyns qu'il était recherché. Il s'enfuit du pays, mais c'était sans compter sur Ron Wilkins, qui passa quatre années à le traquer, jusqu'à tomber sur lui en Jamaïque. Et il le ramena menotté aux États-Unis. La victime de Robyns ne dut jamais supporter sa vue au tribunal, car les avocats prirent ses déclarations en privé ; quant à la juge, elle l'exempta de se présenter au procès. Sur ce, la jeune fille apprit que ses grands-parents étaient décédés, et que l'argent ne leur avait jamais été envoyé. Jim Robyns fut condamné à dix ans de prison ferme, sans liberté conditionnelle.

— Il ne reste que trois ans et deux mois. Quand il sera libre, il me cherchera et je ne saurai plus où me cacher, conclut Irina.

— Tu n'auras pas à te cacher. Il sera soumis à une obligation d'éloignement. S'il ose s'approcher de toi, il retournera en prison. Je serai à tes côtés et je veillerai à ce que la loi s'applique, répliqua Seth.

— Mais ne vois-tu pas que c'est impossible, Seth ? À tout moment, quelqu'un dans ton entourage, un associé, un ami, un client, ton propre père, peut me reconnaître. À cet instant même je suis sur des milliers et des milliers d'écrans.

— Non, Irina. Tu es une femme de vingt-six ans, celle qui circule sur Internet est Alice, une petite fille qui n'existe plus. Les pédophiles ne s'intéressent plus à toi.

— Tu te trompes. J'ai déjà dû fuir, plusieurs fois, de divers endroits, parce qu'un salopard me poursuit. Que j'aille à la police ne sert à rien, ils ne peuvent empêcher ce type de faire circuler mes photos. Je croyais qu'en me teignant les cheveux en noir, ou avec du maquillage, je passerais inaperçue, mais ce n'est pas le cas. J'ai un visage facile à identifier, et il n'a pas beaucoup changé ces dernières années. Je ne suis pas tranquille, Seth. Si ta famille allait déjà me rejeter parce que je suis pauvre et que je ne suis pas juive… imagine ce qui se passerait s'ils découvraient tout ça !

— Nous leur expliquerons, Irina. Ce sera un peu difficile pour eux, mais je crois qu'ils finiront par t'aimer plus encore du fait de ces épreuves. Ce sont des gens foncièrement bons. Mais tu as souffert bien assez ; maintenant le temps est venu de la guérison et du pardon.

— Du pardon ?

— Sinon, la rancœur te détruira. Presque toutes les blessures se soignent avec la tendresse, Irina. Tu dois t'aimer toi-même… et m'aimer, moi. D'accord ?

— C'est ce que dit Cathy.

— Tu peux t'y fier, cette femme sait beaucoup de choses. Laisse-moi t'aider. Je ne suis pas un sage, mais je suis de bonne compagnie et je ne t'ai pas épargné les preuves de ma ténacité. Je ne m'avoue jamais vaincu. Il faudra t'y faire : je n'ai pas l'intention de te laisser en paix. Tu sens mon cœur ? Il t'appelle, lui dit-il en lui prenant une main et la portant à sa poitrine.

— Il y a encore autre chose, Seth.

— Encore plus ?

— Depuis que l'agent Wilkins m'a sauvée des griffes de mon beau-père, personne ne m'a touchée... Tu sais de quoi je parle. Je suis restée seule et c'est mieux comme ça.

— Eh bien, Irina, il faudra que cela change, mais nous irons tout doucement. Ce qui s'est passé n'avait rien à voir avec l'amour et ne t'arrivera plus jamais. Et cela n'avait rien à voir avec nous. Tu m'as dit un jour que les vieux font l'amour sans hâte... Ce n'est pas mal trouvé. Nous allons nous aimer comme un couple de papi et mamie, qu'en penses-tu ?

— Je crois que ça ne marchera pas.

— Alors il nous faudra une thérapie. Allons, Irina, cesse de pleurer. Tu as faim ? Donne-toi un coup de peigne, nous allons sortir pour manger et parler des nombreux péchés de ma grand-mère, ça nous remonte toujours le moral.

Tijuana

Au cours des mois bénis de 1955 où Alma et Ichimei purent s'aimer librement dans le misérable motel
de Martínez, la jeune femme lui avoua qu'elle était
stérile. Plutôt qu'un mensonge, c'était un souhait, une
illusion. Elle l'avait dit pour préserver leur spontanéité
entre les draps, parce qu'elle se fiait à un diaphragme
pour éviter les surprises et que ses règles avaient toujours été tellement irrégulières que le gynécologue,
chez qui sa tante Lillian l'avait conduite à l'occasion,
avait diagnostiqué des kystes aux ovaires qui affecte-
raient sa fécondité. Comme pour tant d'autres choses,
Alma avait remis l'intervention au lendemain, car la
maternité était bien la dernière de ses priorités. Dans
sa pensée magique, elle ne pouvait tomber enceinte à
cette étape de sa jeunesse. Ces accidents concernaient
des femmes d'autres classes sociales, sans éducation ni
ressources. Bref, elle ne prit conscience de rien jusqu'à
la dixième semaine, car elle ne tenait pas compte des
cycles et, quand elle soupçonna quelque chose, elle
tabla sur la chance pendant une quinzaine supplémen-

taire. Peut-être était-ce une erreur de calcul, pensait-elle. Mais, s'il fallait s'attendre au pire, un exercice violent suffirait sans doute à résoudre le problème. Et elle faisait tous les jours de la bicyclette, en pédalant avec fureur, vérifiant à tout bout de champ si du sang apparaissait sur son linge. L'angoisse augmentait avec les semaines, mais elle retrouvait Ichimei et faisait l'amour avec la même anxiété frénétique, comme lorsqu'elle pédalait pour monter et descendre les côtes. Finalement vaincue par les nausées matinales, les seins gonflés et les sursauts d'appréhension, elle ne se confia pas à Ichimei, mais à Nathaniel, comme elle le faisait depuis leur enfance. Pour éviter tout risque de dévoiler son état à ses oncles, elle rendit visite à Nathaniel au cabinet juridique Belasco & Belasco de la rue Montgomery, dans les bureaux qui existaient depuis le temps du patriarche, inaugurés en 1920, avec leurs meubles solennels et leurs rayonnages de codes reliés en cuir vert foncé, un mausolée de la Loi, où les tapis persans étouffaient les pas et où l'on n'entendait que des murmures confidentiels.

Nathaniel était derrière son bureau, en manches de chemise, la cravate desserrée et les cheveux en bataille, entouré de piles de documents et de registres ouverts. En la voyant, il se leva aussitôt pour l'embrasser. Alma cacha son visage contre son cou, profondément soulagée à l'idée de se décharger de son drame sur cet homme qui l'avait toujours soutenue. «Je suis enceinte», parvint-elle tout juste à lui souffler. Sans la lâcher, Nathaniel la conduisit jusqu'au sofa et ils s'assirent côte à côte. Alma lui parla de son amour, du motel, de cet accident qui n'était pas la faute d'Ichimei, mais la sienne. Si le jeune homme l'apprenait, il insisterait certainement pour l'épouser et assumer la responsabilité de l'enfant à naître. Elle y avait beaucoup réfléchi, elle n'avait pas le courage de renoncer à ce qu'elle avait toujours possédé pour devenir la femme d'Ichimei. Elle l'adorait, mais elle savait que la pauvreté serait fatale à leur amour. Devant ce dilemme, ce choix douloureux entre une vie de difficultés économiques au sein de la communauté japonaise, avec laquelle elle ne partageait rien, et le cocon de son propre monde, elle était envahie par la peur de l'inconnu. Sa faiblesse lui faisait honte, Ichimei était digne d'un amour inconditionnel, c'était un homme merveilleux, un sage, un saint, une âme pure, un amant tendre et délicat dans les bras duquel elle se sentait si heureuse, dit-elle dans un chapelet de phrases qui se bousculaient, en reniflant et se mouchant pour ne pas pleurer, pour garder une certaine contenance. Et d'ajouter qu'Ichimei vivait sur un plan spirituel, qu'il serait toujours un simple jardinier au lieu de développer son énorme potentiel artistique ou de transformer sa pépinière en commerce florissant. Il ne voulait rien de tout cela, il n'avait besoin que du nécessaire pour vivre, il se fichait complètement de la prospérité comme de la réussite, ce qui comptait pour lui, c'était la méditation, la sérénité, mais tout ça ne fait pas bouillir la marmite et elle n'allait pas fonder une famille dans une cabane de planches avec un toit de tôle ondulée, pour vivre au milieu des cultivateurs avec une pelle entre les mains… «Je sais, Nathaniel, pardonne-moi, tu m'as prévenue mille fois et je ne t'ai pas écouté, tu avais raison, comme toujours, je vois bien que je ne peux pas épouser Ichimei, pourtant je ne puis renoncer à l'aimer, ou je me dessécherais comme une plante en plein désert, je mourrais sans lui, mais désormais je ferai attention, nous prendrons nos précautions, cela n'arrivera plus, crois-moi, Nathaniel, c'est promis juré » ; et elle continuait à parler sans s'arrêter, tenaillée par les remords. Nathaniel l'écouta jusqu'au bout, jusqu'à ce que l'air lui manque pour se lamenter et que sa voix ne soit plus qu'un fil ténu.

— Voyons si j'ai bien compris, Alma. Tu es enceinte et tu n'envisages pas de le dire à Ichimei, résuma Nathaniel.

— Je ne peux avoir un enfant sans me marier, Nat. Tu dois m'aider. Tu es le seul sur qui je puisse compter.

— Un avortement ? C'est illégal et dangereux, Alma. Non, ne compte pas sur moi.

— Écoute-moi. J'ai tout vérifié : c'est sûr et sans risque, et ça ne coûterait que cent dollars, mais il faudrait que tu m'accompagnes. C'est à Tijuana…

— À Tijuana ? Mais l'avortement est illégal au Mexique aussi. C'est de la folie !

— Ici, c'est beaucoup plus dangereux, Nat. Là-bas, des médecins le font sous le nez de la police, tout le monde s'en moque.

Et Alma lui montra un bout de papier avec un numéro de téléphone, en expliquant qu'elle avait déjà appelé, pour parler avec un certain Ramón, à Tijuana. Une voix d'homme lui avait répondu dans un anglais exécrable, lui demandant qui l'envoyait, et si elle connaissait les conditions. Elle lui avait donné le nom de son contact, et garanti qu'il aurait la somme en espèces. Il était convenu que, d'ici à deux jours, il passerait la prendre en voiture, à trois heures de l'après-midi, au coin de deux rues qu'il lui avait indiqué.

— Et tu lui as dit, à ce Ramón, que tu serais accompagnée à Tijuana par un avocat? lui demanda Nathaniel, acceptant tacitement le rôle qui lui était assigné.

Le lendemain, à six heures du matin, ils partaient dans la Lincoln noire de la famille, qui se prêtait mieux à un voyage de quinze heures que la voiture de sport de Nathaniel. Furieux de s'être laissé piéger, celui-ci, au début, ne desserra pas les dents. Le sourcil froncé, les mains crispées sur le volant et les yeux rivés sur la route, il se radoucit quand Alma lui demanda de s'arrêter sur une aire de camionneurs pour aller aux toilettes. La jeune femme s'absenta une demi-heure; il était sur le point d'aller la chercher quand elle revint, le visage décomposé. «Je vomis le matin, Nat, mais après ça passe», expliqua-t-elle. Pendant le reste du trajet, il essaya de la distraire et ils finirent par entonner les chansons les plus sirupeuses de Pat Boone, les seules qu'ils connaissaient par cœur, jusqu'à ce qu'elle glisse vers lui, épuisée, la tête sur son épaule, somnolant par intervalles. À San Diego, ils s'arrêtèrent à l'hôtel, pour dîner et se reposer. Les supposant mariés, le réceptionniste leur donna une chambre double et ils se couchèrent en se tenant la main, comme dans l'enfance. Pour la première fois depuis de longues semaines, Alma dormit sans cauchemars, tandis que Nathaniel veillait jusqu'à l'aube, respirant l'odeur de shampooing de sa cousine, et soupesant les risques encourus, nerveux et peiné comme s'il était le père de cet enfant, imaginant les répercussions, se repentant déjà d'avoir accepté cette aventure indigne au lieu de suborner un médecin en Californie, où tout peut s'obtenir en y mettant le prix, comme à Tijuana. Le sommeil l'envahit quand la lumière entra par la fente des rideaux et il ne s'éveilla pas avant neuf heures, en entendant Alma prise de vomissements dans la salle de bains. Ils prirent le temps qu'il fallait pour passer la frontière, avec les retards prévisibles, et se rendre au rendez-vous fixé avec ledit Ramón.

Le Mexique vint à leur rencontre avec les stéréotypes rebattus. Ils n'avaient jamais vu Tijuana et s'attendaient à une localité assoupie. Ils se retrouvèrent dans une ville interminable, stridente et colorée, bondée de gens et saturée de trafic, où des bus démantibulés et des voitures modernes côtoyaient les charrettes et les ânes. Les mêmes commerces proposaient de la nourriture mexicaine et des appareils électroménagers des États-Unis, des chaussures artisanales et des instruments de musique, des meubles et des pièces de rechange pour automobile, des tortillas et des oiseaux en cage. Dans une odeur de friture et de déchets, l'atmosphère vibrait au son de la musique populaire, des envolées de prédicateurs évangéliques et des commentaires de matchs de football à la radio dans les bars et les échoppes à tacos. Il leur fallut du temps pour s'orienter : beaucoup de rues n'avaient pas de noms, ou de numéros, ils devaient demander leur chemin tous les trois ou quatre pâtés de maisons, et ne comprenaient pas les renseignements en espagnol qui se limitaient presque toujours à un geste vague dans une direction quelconque, accompagné d'un « c'est là, juste à côté ». Fatigués, ils laissèrent la Lincoln près d'une station-service et poursuivirent à pied jusqu'au coin convenu qui, en réalité, se trouvait au carrefour de quatre rues. En se tenant par le bras, ils attendirent, minutieusement dévisagés par un chien solitaire et des gamins dépenaillés qui demandaient l'aumône. La seule indication qu'ils avaient, outre le nom d'une rue qui arrivait à ce croisement, était une boutique de vêtements de première communion et d'images de la Vierge et de saints catholiques, qui portait le nom incongru de *Viva Zapata*.

Au bout de vingt minutes, Nathaniel déclara qu'ils devaient s'être trompés, qu'il fallait s'en aller, mais Alma lui rappela que la ponctualité n'était pas une spécialité locale et elle entra dans la boutique. À force de gestes, elle demanda à téléphoner et composa le numéro de Ramón. Il fallut neuf sonneries pour que réponde une voix féminine en espagnol, mais il leur fut impossible de se comprendre. Il était près de quatre heures de l'après-midi, et Alma s'était quasi résignée à partir, quand s'arrêta au coin la Ford 1949 couleur petit pois, aux glaces arrières foncées, que Ramón avait décrite. Ils virent deux hommes sur le siège avant, un jeune marqué par la variole, avec un toupet et des favoris touffus, qui tenait le volant, et un autre qui descendit pour les laisser rentrer, car l'auto n'avait que deux portières. Il se présenta comme étant Ramón. Il avait la trentaine, la moustache soignée, les cheveux gominés plaqués vers l'arrière, une chemise blanche, un jean et des santiags. Ils fumaient tous les deux. «L'argent», demanda l'homme à la moustache dès qu'ils furent assis. Nathaniel lui tendit la liasse, l'autre compta et empocha les billets. Les hommes n'échangèrent pas un seul mot pendant tout le trajet, et le temps semblait long aux deux passagers. Ils étaient persuadés que la voiture faisait des tours et détours pour les désorienter, précaution superflue puisqu'ils ne connaissaient pas la ville. Cramponnée à Nathaniel, Alma se demandait comment elle aurait fait toute seule, tandis que Nathaniel ne craignait qu'une chose : que ces hommes, en possession de l'argent, ne leur tirent dessus avant de les balancer dans un ravin. Ils n'avaient prévenu personne de leur équipée, et des semaines ou des mois pouvaient passer avant que la famille n'apprenne ce qui était arrivé.

La Ford s'arrêta enfin et les deux hommes leur firent signe d'attendre. Le jeune aux favoris se dirigea vers une maison, pendant que l'autre surveillait la voiture. Ils étaient devant une bâtisse aux matériaux bon marché, comme d'autres dans la même rue, dans un quartier que Nathaniel trouvait pauvre et sale, mais qu'il ne pouvait juger avec les paramètres de San Francisco. Deux minutes plus tard, le jeune était de retour. Ils ordonnèrent à Nathaniel de descendre, le fouillèrent de la tête aux pieds, ébauchèrent le geste de le saisir par le bras pour l'emmener, mais il s'écarta brusquement et fit volte-face en les maudissant en anglais. Surpris, Ramón eut un geste conciliant. «Du calme, mon gars, ce n'est rien», et il rit en découvrant deux dents en or. Il offrit une cigarette, que Nathaniel accepta. L'autre aida Alma à descendre et ils entrèrent dans la maison. Ce n'était pas le repaire de brigands

274

que craignait Nathaniel, mais une modeste maison familiale, basse de plafond, aux petites fenêtres ; il y faisait sombre et chaud. Dans la salle de séjour, deux enfants jouaient par terre aux soldats de plomb ; il y avait une table et des chaises, un sofa recouvert de plastique, une lampe à franges prétentieuse et un frigo bruyant comme un canot à moteur. Il émanait de la cuisine une odeur d'oignon frit, et ils purent apercevoir une femme vêtue de noir qui remuait une poêle et montrait aussi peu de curiosité pour les nouveaux venus que pour les gosses. Le jeune homme désigna une chaise à Nathaniel et passa dans la cuisine, tandis que Ramón guidait Alma dans un petit couloir, vers une autre pièce avec un poncho pendu à l'entrée en guise de porte.

— Attendez ! fit Nathaniel en les arrêtant. Qui va se charger de l'intervention ?

— Moi, répliqua Ramón qui, visiblement, était le seul à connaître quelques mots d'anglais.

— Vous vous y connaissez en médecine ? lui demanda Nathaniel, en fixant les longs ongles vernis de l'homme.

De nouveau le rire sympathique et l'éclat doré de ses dents, avec deux phrases baragouinées pour expliquer qu'il avait beaucoup d'expérience et que c'était l'affaire d'un quart d'heure. Pas de problème. « Anesthésie ? Non mon amie, nous n'avons rien de tout ça, mais ceci peut aider », dit-il en tendant à Alma une bouteille de tequila. Comme elle hésitait, en louchant sur la bouteille avec méfiance, Ramón en but une longue rasade, frotta le goulot avec sa manche et l'invita à boire une nouvelle fois. Nathaniel vit une expression de panique sur les traits tirés d'Alma et, le temps d'une seconde, prit la décision la plus importante de sa vie.

— Nous sommes navrés, Ramón. Nous allons nous marier et garder le bébé. Mais vous conservez l'argent.

Alma dut attendre de longues années pour analyser avec soin ses faits et gestes en 1955. Cette date marqua son rude atterrissage dans la réalité, et elle tenta vainement d'atténuer la honte insurmontable qui l'étouffait : elle se reprochait sa stupidité d'être tombée enceinte, s'accusait d'aimer Ichimei moins qu'elle-même, par crainte de la pauvreté, de céder à la pression sociale et aux préjugés de race, d'accepter trop facilement le sacrifice de Nathaniel, de ne pas être à la hauteur de cette amazone moderne qu'elle feignait d'incarner, outre son caractère pusillanime, son côté conformiste et une demi-douzaine d'autres épithètes dont elle s'accablait. Elle s'accusait d'avoir évité l'avortement par peur de la douleur, par crainte de mourir d'hémorragie ou d'infection, et non par respect pour l'être qui se formait en elle. Elle retourna s'examiner devant le grand miroir de la penderie, mais elle ne retrouva pas l'Alma d'autrefois, la jeune fille audacieuse et sensuelle qu'aurait pu surprendre Ichimei, mais une femme lâche, velléitaire et égoïste. Les excuses étaient inutiles : rien ne soulageait le sentiment d'avoir perdu sa dignité. Bien des années plus tard, quand l'amour pour une personne d'une autre race ou le fait d'avoir des enfants hors mariage serait à la mode, Alma pourrait admettre dans son for intérieur que son préjugé le plus enraciné provenait de sa classe sociale, qu'elle n'avait pu surmonter. Malgré l'accablement du voyage à Tijuana, qui avait détruit l'illusion de l'amour et l'avait humiliée au point de se réfugier dans un orgueil sans borne, elle n'avait jamais analysé sa décision de cacher la vérité à Ichimei. Avouer revenait à s'exposer dans toute sa lâcheté.

Au retour de Tijuana, elle donna rendez-vous à Ichimei une heure plus tôt que d'habitude, dans leur motel de toujours. Elle contenait ses larmes sous une allure hautaine et blindée de mensonges. Pour une fois, Ichimei était arrivé le premier. Il l'attendait dans une de ces chambres miteuses, au royaume des blattes, qu'ils éclairaient de leur flamme d'amour. Ils étaient restés cinq jours sans se voir, mais cela faisait des semaines que les instants parfaits de leurs rencontres étaient ternis par quelque chose de trouble, une chose qui les enveloppait, menaçante, et qui pour Ichimei semblait une brume épaisse, mais qu'elle écartait d'un geste frivole, en l'accusant de divagations jalouses. Ichimei avait noté un changement : elle était anxieuse, parlait trop et trop vite, son humeur variait en quelques minutes, passant de la coquetterie et des câlins à un silence sournois ou un caprice inexplicable. À n'en pas douter, elle s'éloignait, même si sa brusque passion et sa véhémence pour atteindre l'orgasme semblaient parfois indiquer le contraire. Quand ils se reposaient après l'étreinte, il lui arrivait d'avoir les joues humides. «Ce sont des larmes d'amour», disait-elle, mais lui, qui ne l'avait jamais vue pleurer, songeait plutôt à des larmes de désillusion, tout comme les acrobaties sexuelles lui apparaissaient comme une tentative de diversion. Avec sa discrétion héréditaire, Ichimei tentait de découvrir le secret d'Alma, mais elle répondait par un rire moqueur ou des provocations de courtisane qui, même en plaisantant, dérangeaient le jeune homme. Alma s'esquivait comme un lézard. Durant ces cinq jours de séparation, qu'elle avait présentés comme un voyage obligé en famille à Los Angeles, Ichimei était entré dans une de ses périodes de repli sur soi. Pendant toute la semaine, il continua de labourer la terre et de cultiver les fleurs avec son abnégation coutumière, mais ses mouvements étaient ceux d'un homme sous hypnose. Sa mère, qui le connaissait mieux que quiconque, évitait de lui poser des questions et portait elle-même la cueillette chez les fleuristes de San Francisco. Penché sur ses parterres, silencieux, le soleil planté dans le dos, Ichimei s'abandonnait à ses pressentiments, qui le trompaient rarement.

Alma le vit à la lumière de cette chambre louée, tamisée par les rideaux rongés, et ressentit au plus profond d'elle-même le déchirement de la faute. Pendant un bref instant elle détesta cet homme, qui l'obligeait à affronter sa plus méprisable facette, mais aussitôt elle fut reprise par cette houle d'amour et de désir qu'elle avait toujours éprouvée en sa présence. Debout près de la fenêtre, Ichimei l'attendait avec sa force intérieure inébranlable, son absence de vanité, sa tendresse, sa délicatesse et son expression sereine. Ichimei avec son corps taillé dans le bois, ses cheveux drus, sa main verte, ses yeux caressants, son rire qui venait de si loin, sa manière de faire l'amour comme si c'était chaque fois la dernière. Elle ne put le regarder en face et simula une quinte de toux pour cacher les bouffées d'angoisse qui la brûlaient. «Qu'y a-t-il, Alma?», demanda Ichimei sans la toucher. Alors elle lui déversa tout le discours qu'elle avait préparé, avec des précautions d'avocaillon, sur la façon dont elle l'aimait et l'aimerait le restant de ses jours, mais que leur relation était sans avenir, que c'était impossible, que la famille et les amis commençaient à poser des questions, qu'ils venaient, elle et lui, de mondes trop différents et que chacun devait accepter son destin et que, d'ailleurs, elle avait décidé de poursuivre ses études artistiques à Londres et qu'ils devraient se séparer.

Ichimei supporta la douche froide avec la fermeté de celui qui s'y est préparé. Un long silence tomba et, pendant cette pause, elle imagina qu'ils pourraient encore faire l'amour, désespérément, une dernière fois, dans un adieu brûlant, un dernier don des sens avant de faire une croix sur l'illusion qu'elle avait cultivée depuis les caresses étourdissantes du jardin de Sea Cliff dans leur enfance. Elle se mit à déboutonner son chemisier, mais il la retint d'un geste.

— Je comprends, Alma, dit-il.

— Pardon, Ichimei. J'ai imaginé mille folies pour continuer à nous voir. Par exemple, disposer d'un refuge au lieu de ce motel répugnant, mais c'est impossible. Je n'en peux plus, notre secret me brise les nerfs. Il faut nous séparer pour toujours.

— Pour toujours, c'est très long, Alma. Je crois que nous nous retrouverons dans de meilleures circonstances ou dans d'autres vies, répondit le jeune homme en essayant de faire bonne contenance, mais une tristesse glacée lui submergeait le cœur, lui coupant la parole.

Dans leur détresse, ils s'étreignirent, comme des orphelins de l'amour. Alma plia les genoux, elle était sur le point de s'effondrer sur la poitrine de son amant, de tout lui avouer, jusqu'aux recoins les plus secrets de sa honte, de le supplier qu'ils se marient, et qu'ils vivent n'importe où, qu'ils élèvent de petits métis, elle allait lui promettre qu'elle serait une épouse soumise, qu'elle renoncerait à ses peintures sur soie et au bien-être de Sea Cliff et à l'avenir éblouissant que lui promettait sa naissance, qu'elle renoncerait à tout pour lui et pour l'amour exceptionnel qui les unissait. Peut-être Ichimei devina-t-il tout cela et eut-il la bonté de lui épargner cette mortification en lui scellant la bouche d'un petit baiser chaste. Sans la lâcher un instant, il la conduisit jusqu'à la porte et, de là, jusqu'à sa voiture. Alors il l'embrassa sur le front et se dirigea vers la camionnette de jardinage, sans se retourner pour un dernier regard.

Le 11 juillet 1969

Notre amour est inéluctable, Alma. Je l'ai toujours su, mais des années durant je me suis rebellé, j'ai tenté de t'arracher à mes pensées, puisque mon cœur ne pouvait le faire. Quand tu m'as quitté sans me donner de raisons, je n'ai pas compris. Je me suis senti floué. Mais au cours de mon premier voyage au Japon, j'ai trouvé le temps de m'apaiser et j'ai fini par accepter de t'avoir perdue en cette vie. J'ai cessé de m'égarer en vaines conjectures sur ce qui nous était arrivé. Je n'espérais pas que le destin parvienne à nous réunir. Aujourd'hui, après quatorze ans passés loin de toi, ayant pensé à toi chaque jour de ces quatorze années, je comprends que nous ne serons jamais mariés, mais que nous ne pouvons renoncer à ce que nous avons éprouvé avec une telle intensité. Je t'invite à vivre ce qui nous appartient comme dans une bulle protégée de tout contact avec le monde et que nous garderons intacte pour le restant de nos jours, et par-delà toute mort. Car c'est de nous qu'il dépend que l'amour soit éternel.

Ichi

Les meilleurs amis

Alma Mendel et Nathaniel Belasco se marièrent au cours d'une cérémonie privée sur la terrasse de Sea Cliff, un jour qui s'était d'abord montré tiède et ensoleillé, puis s'était assombri dans un soudain refroidissement, avec de gros nuages inattendus qui reflétaient l'état d'âme des fiancés. Alma arborait des cernes couleur aubergine : elle avait passé la nuit à veiller, se débattant dans une mer d'hésitations et de doutes. À peine avait-elle vu le rabbin qu'elle avait couru aux toilettes, secouée de peur jusqu'aux tripes, mais Nathaniel l'avait rejointe, lui avait lavé le visage à l'eau fraîche et l'avait sommée de se contrôler, de faire bonne figure. « Tu n'es pas seule, Alma ; je suis à tes côtés et j'y serai toujours », avait-il promis. Comme ils étaient cousins, le rabbin s'était opposé aux noces par principe. Mais il avait dû accepter le fait accompli quand Isaac Belasco, le membre le plus éminent de sa communauté, lui avait expliqué que l'état d'Alma ne souffrait pas d'autre remède que le mariage. Il avait ajouté que ces jeunes s'aimaient depuis leur enfance, que l'affection s'était transformée en passion quand Alma était revenue de Boston, que de tels accidents étaient monnaie courante, que c'était notre condition humaine, et que bon gré mal gré il ne restait plus qu'à les bénir. Pour faire taire les murmures, Martha et Sarah eurent l'idée de forger une histoire, par exemple que les Mendel avaient adopté Alma en Pologne et que, de ce fait, elle n'était pas une parente consanguine, mais Isaac s'y opposa. À la faute commise, on ne pouvait ajouter mensonge aussi grossier. Dans le fond, il se réjouissait de l'union des deux êtres qu'il préférait au monde, après son épouse. Il aimait mille fois mieux voir Alma épouser Nathaniel et demeurer fermement attachée à sa famille que partir de son côté avec un étranger. Lillian lui rappela que les unions incestueuses donnaient des enfants tarés, mais il assura que c'était une superstition populaire, qui n'avait aucun fondement scientifique en dehors des communautés fermées, où la procréation consanguine se répétait de génération en génération. Rien à voir avec Nathaniel et Alma.

À l'issue de la cérémonie, à laquelle étaient seulement conviés le comptable du cabinet juridique et les employés de la maison, un dîner fut offert dans la grande salle à manger du manoir, qui ne servait que pour les occasions exceptionnelles. La cuisinière et son assistante, les bonnes et le chauffeur s'installèrent timidement aux côtés de leurs patrons, servis par deux garçons de chez Ernie's, la plus fine table de la ville, où l'on avait préparé le repas. Isaac avait songé à cette innovation pour souligner officiellement le fait qu'à dater de ce jour, Nathaniel et Alma étaient mari et femme. Pour certains domestiques qui les connaissaient comme membres de la même famille, il n'était pas facile de s'habituer au changement. Ainsi, une bonne au service des Belasco depuis quatre ans pensait qu'ils étaient frère et sœur, car personne n'avait songé à lui dire qu'ils étaient cousins. Le dîner commença dans un silence de mort : tous les convives étaient mal à l'aise, les yeux dans leur assiette, mais ils s'animèrent à la faveur du vin et Isaac multipliait les toasts aux jeunes mariés. Joyeux et expansif, il remplissait son verre et celui des autres, il avait l'air d'une réplique saine et juvénile du vieillard qu'il était devenu les dernières années. Lillian, soucieuse, craignant une défaillance cardiaque de son mari, lui donnait des coups sous la table pour tenter de le calmer. Finalement, les époux découpèrent un gâteau à la crème et à la pâte d'amandes avec le couteau d'argent que Lillian et Isaac avaient utilisé pour le même dessert le jour de leurs noces. Ils prirent congé de tous les hôtes, un par un, et partirent en taxi car le chauffeur avait trop bu : il pleurnichait sur sa chaise en psalmodiant en irlandais, sa langue maternelle.

Les jeunes mariés passèrent la première nuit dans la suite nuptiale de l'hôtel Palace, là même où Alma avait enduré les bals de débutante, avec champagne, fleurs et petits-fours. Le lendemain, ils devaient s'envoler pour New York, puis vers l'Europe pour un voyage de quinze jours. Ils ne le souhaitaient pas, mais Isaac Belasco l'avait imposé. En fait, Nathaniel avait divers dossiers urgents à traiter et ne désirait pas s'absenter, mais son père avait acheté les billets et les avait glissés dans la poche de son fils en lui répétant que la lune de miel était une convention à respecter. Il circulait déjà bien assez de rumeurs sur ce mariage précipité entre cousins… Alma se déshabilla dans la salle de bains et revint dans la chambre vêtue de sa chemise de nuit et de la robe de chambre en soie et en dentelle que Lillian lui avait achetée d'urgence avec le reste d'un trousseau improvisé. Elle fit une entrée théâtrale pour montrer sa tenue à son mari, qui l'attendait tout habillé, assis sur une banquette au pied du lit.

— Regarde bien, Nat, car tu n'auras plus l'occasion de m'admirer. La chemise me serre déjà un peu à la ceinture. Je ne suis pas certaine de pouvoir la remettre.

Son mari observa un tremblement dans sa voix, que le commentaire enjôleur ne pouvait dissimuler. Il l'appela auprès de lui en tapotant sur le siège. Alma s'assit à son côté.

— Je ne me fais pas d'illusions, Alma, je sais que tu aimes Ichimei.

— Et je t'aime aussi, Nat, je ne sais comment te l'expliquer. Il doit y avoir une douzaine de femmes dans ta vie, j'ignore pourquoi tu ne m'en as présenté aucune. Une fois tu m'as dit que le jour où tu tomberais amoureux, je serais la première informée. Après la naissance de l'enfant, nous pourrons divorcer et tu seras libre.

— Je n'ai pas renoncé à une grande histoire d'amour avec toi, Alma. Et je trouve de très mauvais goût que tu me proposes le divorce pour notre lune de miel.

— Ne te moque pas de moi, Nat. Dis-moi la vérité,

est-ce que tu sens de l'attirance pour moi ? Comme femme, je veux dire.

— Jusqu'ici je t'avais toujours considérée comme ma petite sœur, mais la cohabitation pourrait changer les choses. Cela te plairait ?

— Je n'en sais rien. Je suis confuse, triste, fâchée, j'ai une autre histoire en tête et un enfant dans le ventre. Tu as signé un très mauvais contrat en te mariant avec moi.

— Tout ça reste à voir, mais je veux que tu saches que je serai un bon père pour le petit ou la petite.

— Il aura des traits asiatiques, Nat. Comment allons-nous faire ?

— Nous ne donnerons aucune explication et personne n'osera en demander, Alma. Tête haute et bouche cousue : c'est la meilleure tactique. Le seul à pouvoir poser des questions s'appelle Ichimei Fukuda.

— Je ne le reverrai plus, Nat. Merci, mille fois merci pour tout ce que tu fais. Tu es la personne la plus noble au monde et je tâcherai d'être une épouse digne de toi. Il y a quelques jours, je pensais mourir sans Ichimei, mais je crois maintenant pouvoir vivre avec ton aide. Je ne te décevrai pas. Je te serai toujours fidèle, je te le jure.

— Chut… Ne promettons pas ce que nous ne pourrons peut-être pas tenir. Nous allons suivre ce chemin ensemble, pas à pas, jour après jour, avec la meilleure volonté. C'est tout ce que nous pouvons nous promettre.

Isaac Belasco avait rejeté catégoriquement l'idée

que les jeunes mariés aient leur propre foyer : il y avait tellement d'espace à Sea Cliff, le but de ces vastes demeures était justement de permettre à plusieurs générations de vivre sous le même toit. De plus, Alma devait prendre soin d'elle, elle avait besoin de l'attention et de la compagnie de Lillian et de ses cousines. Enfin, conclut Isaac, faire bâtir et diriger une maison exigeaient trop d'efforts. Et, comme argument irréfutable, il ajouta le chantage affectif : il voulait passer avec eux le peu de temps qui lui restait. Ensuite, ils accompagneraient Lillian dans son veuvage.

Nathaniel et Alma acceptèrent la décision du patriarche. Alma continua d'occuper sa chambre bleue. Le seul changement fut que son lit fit place à deux autres, séparés par une table de nuit. Et Nathaniel mit en vente son *penthouse*, et revint au bercail. Dans son ancienne chambre de célibataire, il installa un bureau, ses livres, sa chaîne stéréo et un canapé. À la maison, tout le monde savait que les horaires du couple ne favorisaient pas l'intimité : elle se couchait tôt et se levait à midi ; lui travaillait comme un galérien, rentrait tard de son étude, s'enfermait avec ses livres et ses disques classiques, se couchait après minuit, dormait peu et partait avant le réveil de sa femme ; le week-end, il jouait au tennis, faisait son jogging au mont Tamalpais, sillonnait la baie avec son voilier et revenait brûlé par le soleil, en sueur et en paix. On avait également remarqué qu'il dormait souvent dans le canapé de son bureau, mais c'était sans doute, pensait-on, par égard pour le repos d'Alma. Nathaniel était tellement aux petits soins pour elle, qui dépendait tellement de lui, et il y avait tant de confiance et de bonne humeur entre eux, que Lillian seule voyait anguille sous roche.

— Comment vont les choses entre toi et mon fils ? demanda-t-elle à Alma quinze jours après l'arrivée des jeunes mariés, alors que la grossesse entrait dans son quatrième mois.

— Pourquoi cette question, tante Lillian ?

— Parce que vous vous aimez comme avant, tous les deux, rien n'a changé. Et le mariage sans passion est comme la cuisine sans sel.

— Voudriez-vous que nous étalions notre passion en public ? répliqua Alma en riant.

— Mon amour pour Isaac est le plus précieux de tous, Alma, plus que pour les enfants et les petits-enfants. Et je vous souhaite la même chose : que vous viviez amoureux l'un de l'autre, comme Isaac et moi.

— Et qu'est-ce qui vous fait penser que nous ne le sommes pas, ma tante ?

— Tu es au meilleur moment de ta grossesse, Alma. Entre le quatrième et le septième mois, on se sent forte, pleine d'énergie et de sensualité. Personne n'en parle, les médecins ne le mentionnent guère, mais c'est comme d'être en chaleur. C'était ainsi quand j'attendais mes trois fils : je poursuivais Isaac partout… Un vrai scandale ! Je n'ai pas noté cet enthousiasme entre Nathaniel et toi.

— Comment sauriez-vous ce qui se passe à huis clos ?

— Ne me réponds pas avec des questions, Alma !

À l'autre extrémité de la baie de San Francisco, Ichimei s'était enfoncé dans un mutisme prolongé, enfermé dans la rumination de l'amour trahi. Il s'était abîmé dans le travail, les fleurs bourgeonnaient sous ses mains, plus colorées et parfumées que jamais pour le consoler. Il avait appris le mariage d'Alma, car Megumi feuilletait une revue frivole au salon de coiffure et, dans l'actualité mondaine, elle avait découvert une photo d'Alma et de Nathaniel en tenue de gala, présidant le banquet annuel de la Fondation Belasco. La légende de la photo indiquait qu'ils venaient de rentrer de leur voyage de noces en Italie et décrivait la fête splendide, comme la robe d'Alma, inspirée des tuniques drapées de la Grèce antique. La revue ajoutait que c'était le couple le plus en vogue de l'année. Sans imaginer une seconde qu'elle allait planter une lance dans la poitrine de son frère, Megumi découpa la photo et l'emporta. Ichimei l'examina sans rien manifester. Cela faisait des semaines qu'il s'efforçait en vain de comprendre ce qu'il s'était passé avec Alma dans le motel de leur amour sans mesure. Il croyait avoir vécu une expérience tout à fait hors du commun, une passion digne de la littérature, les retrouvailles de deux âmes destinées à revivre ensemble à travers les âges, mais alors qu'il embrassait cette magnifique certitude, elle organisait son mariage avec un autre. La tromperie semblait monumentale, tellement que son cœur ne pouvait la contenir : il avait du mal à respirer. Dans le cercle d'Alma et de Nathaniel Belasco, le mariage n'était pas seulement l'union de deux personnes, mais une stratégie familiale, économique et sociale. Alma ne pouvait avoir élaboré tous ces préparatifs sans laisser filtrer la moindre intention ; à l'évidence, c'était lui, sourd et aveugle, qui n'avait rien perçu. Maintenant, il pouvait recouper les faits, renouer les fils, s'expliquer les incohérences de la jeune femme ces derniers temps, son caractère imprévisible, ses hésitations, les ruses pour éluder les questions, les détours et stratagèmes pour le distraire, et jusqu'à ses contorsions pour faire l'amour sans le regarder dans les yeux. La duperie était telle, le tissu de mensonges si tortueux, le mal commis tellement irréparable, qu'il devait enfin s'avouer qu'il ne savait rien d'Alma : c'était une étrangère. La femme aimée n'avait jamais existé, il l'avait forgée dans ses rêves.

Fatiguée de voir son fils à l'esprit absent comme un somnambule, Heideko Fukuda estima que l'heure était venue de l'emmener au Japon à la recherche de ses racines et, avec un peu de chance, de lui trouver une fiancée. Le voyage l'aiderait à secouer cette pesanteur qui l'étouffait, dont elle ne pouvait découvrir l'origine, pas plus que sa fille Megumi. Pour fonder une famille, Ichimei était très jeune par le nombre des années, mais non par la maturité. Il fallait intervenir dès que possible pour choisir la future belle-fille, avant que son fils ne se laisse gagner par cette pernicieuse habitude américaine qui confondait le mariage et les mirages de la passion. Megumi se consacrait entièrement à ses études, mais elle accepta de superviser le travail de deux compatriotes engagés pour gérer le commerce de fleurs durant ce séjour au Japon. Elle eut l'idée de demander à Boyd Anderson, comme examen final de son amour, de laisser tout en plan à Hawaï et de revenir dare-dare à Martínez pour cultiver des fleurs, mais Heideko se refusait obstinément à prononcer le nom de ce prétendant tenace et ne pouvait voir en lui qu'un gardien de camp de concentration. Il faudrait attendre cinq années après la naissance de son premier petit-fils, Charles Anderson, fils de Megumi et de Boyd, pour qu'elle accepte d'adresser la parole à ce diable blanc. Heideko planifia le voyage sans demander son avis à Ichimei. Elle lui annonça qu'ils devaient accomplir leur devoir indiscutable d'honorer les ancêtres de Takao, comme elle l'avait promis à son mari sur son lit de mort, pour qu'il puisse partir en paix. De son vivant, Takao n'avait pu s'en acquitter, c'était donc à eux que ce pèlerinage incombait. Ils devraient visiter cent temples pour y faire des offrandes et répandre chaque fois une pincée des cendres de Takao. Ichimei fit valoir une opposition purement rhétorique, car pour lui être là ou ailleurs n'y changeait rien : le lieu géographique n'affecterait pas le processus de purification intérieure qu'il avait entrepris de mener à bien.

À leur arrivée au Japon, Heideko déclara à son fils que son premier devoir n'était pas envers son défunt mari, mais envers ses propres parents, s'ils étaient encore en vie, et envers ses frères, qu'elle n'avait pas vus depuis 1922. Elle n'invita pas Ichimei à l'accompagner. Elle lui dit tranquillement au revoir, comme si elle partait faire des courses, sans un mot pour la manière dont son fils pourrait se débrouiller tout seul. Ichimei lui avait remis tout l'argent qu'ils avaient emporté. Il la vit s'éloigner à bord du train et, abandonnant sa valise à la gare, il se mit en route avec ce qu'il avait sur le dos, une brosse à dents et la poche de toile cirée qui contenait les cendres de son père. Il n'avait pas besoin de carte : il avait mémorisé tout l'itinéraire. Il marcha tout au long de la première journée l'estomac vide et, le soir, il s'arrêta dans un petit sanctuaire shintoïste où il se coucha contre un mur. Il commençait à s'endormir quand s'approcha un moine mendiant qui lui signala que le temple disposait toujours de galettes de riz et de thé pour les pèlerins. Et sa vie se déroula ainsi les quatre mois suivants. Il marchait jusqu'à tomber d'épuisement, jeûnait jusqu'à ce qu'on lui offre de la nourriture, s'endormait là où le surprenait la nuit. Et il n'eut jamais rien à demander, ni besoin d'aucun argent. Il cheminait la tête vide, se délectant des paysages et même de sa propre fatigue, tant que son effort lui arrachait à coups de dents le mauvais souvenir d'Alma. Quand il considéra sa mission de visiter les cent temples terminée, la poche de toile cirée était vide. Et lui s'était dépouillé de tous les sombres sentiments qui l'asphyxiaient au début du voyage.

Le 2 août 1994

Vivre dans l'incertitude, sans aucune sécurité, sans aucun plan ni objectif, en se laissant porter comme un oiseau soutenu par la brise, je l'ai appris au cours de mes pèlerinages. Tu es étonnée qu'à l'âge de soixante-deux ans je puisse encore partir du jour au lendemain, sans itinéraire ni bagage, comme un garçon qui fait du stop, et que je m'en aille pour un temps indéfini, sans t'appeler ni t'écrire, et qu'à mon retour je ne puisse te dire où j'étais. Il n'y a là aucun secret, Alma. Je suis mon chemin, voilà tout. Pour survivre j'ai besoin de si peu. De presque rien. Ah, la liberté !

Je m'en vais, mais je t'emmène toujours en souvenir.

Ichi

Automne

Lenny Beal alla chercher Alma dans son appartement de Lark House lorsque, pour le deuxième jour
consécutif, il ne la trouva pas au rendez-vous sur leur
banc préféré du parc. Irina lui ouvrit : elle venait d'aider sa patronne à s'habiller avant de commencer sa
journée de travail.

— Je t'ai attendue, Alma. Tu es en retard, dit
Lenny.

— La vie est trop courte pour être ponctuel,
répondit-elle dans un soupir.

Cela faisait plusieurs jours qu'Irina passait plus tôt
pour lui donner son petit déjeuner, la seconder dans
la salle de bains et lui trouver ses vêtements, mais
aucune des deux n'y faisait allusion. Sinon, il eût fallu
admettre qu'Alma ne pouvait plus se débrouiller sans
assistance et qu'elle devait s'installer au second niveau
ou retourner dans sa famille à Sea Cliff. Elles préféraient considérer cette soudaine faiblesse comme un
inconvénient passager. Seth avait demandé à Irina de
renoncer à son travail à Lark House et de quitter sa

chambre en location, qu'il appelait le trou à rats, pour s'installer définitivement avec lui. Mais la jeune fille gardait un pied à Berkeley par crainte de la dépendance, un piège qui l'effrayait autant que le second niveau de Lark House aux yeux d'Alma. Quand elle essaya de l'expliquer à Seth, il s'offusqua de la comparaison.

L'absence de Neko avait affecté Alma comme un infarctus : elle avait mal à la poitrine. Depuis longtemps, le chat lui apparaissait à chaque instant sous forme d'un coussin dans le sofa, d'un coin bosselé du tapis, de son manteau mal accroché ou de l'ombre d'un arbre à la fenêtre. Neko avait été son confident pendant dix-huit ans. Pour ne pas monologuer, elle lui parlait, tranquillement, du fait qu'il n'allait pas répondre et comprenait tout avec sa sagesse féline. Ils avaient le même tempérament : fier, paresseux, solitaire. Elle n'aimait pas seulement sa laideur d'animal très ordinaire, mais les ravages du temps dont il avait souffert : ses pelades, sa queue tordue, ses yeux chassieux, sa panse de bon vivant. Elle regrettait son absence dans le lit : sans le poids de Neko à ses côtés ou à ses pieds, elle avait le sommeil difficile. En dehors de Kirsten, cet animal était le seul être qui la caressait. Irina aurait bien voulu essayer, lui faire un massage, lui laver les cheveux ou lui polir les ongles, bref, trouver un moyen de s'en rapprocher physiquement, lui faire sentir qu'elle n'était pas seule, mais Alma ne se prêtait à l'intimité avec personne. Irina, au contraire, trouvait naturel ce genre de contact avec d'autres dames âgées de Lark House, elle commençait même à le souhaiter avec Seth. Pour pallier l'absence de Neko, elle glissa une bouillotte dans le lit d'Alma, mais comme cet absurde succédané rendait le deuil plus pénible, elle lui proposa de la conduire à la Société protectrice des animaux pour y trouver un autre chat. Alma lui fit valoir qu'elle ne pouvait adopter un animal qui vivrait plus longtemps qu'elle. Neko avait été le dernier.

Ce jour-là, Sofía, la chienne de Lenny, attendait sur le seuil, comme elle le faisait du vivant de Neko, quand le chat défendait son territoire, et elle fouettait le sol de sa queue dans la perspective de partir en promenade, mais Alma, épuisée par l'effort de s'habiller, ne put se lever du canapé. « Je vous laisse en de bonnes mains, Alma », avait dit Irina en sortant. Lenny, préoccupé, nota les changements dans l'aspect de son amie comme de son appartement, qui n'avait pas été aéré, sentait le renfermé et les gardénias mourants.

— Que t'arrive-t-il, mon amie ?

— Rien de grave. Peut-être quelque chose à l'oreille, qui me fait perdre l'équilibre. Parfois je sens comme des coups de trompe d'éléphant dans la poitrine.

— Et que dit ton médecin ?

— Je ne veux rien savoir des médecins, des analyses ni des hôpitaux. Une fois tombé là-dedans, on n'en sort plus. Et pas un mot à la tribu des Belasco ! Ils adorent les drames et en feraient tout un cirque.

— Ne t'avise pas de mourir avant moi. Souviens-toi de notre accord, Alma. Je suis venu ici pour mourir dans tes bras, et pas l'inverse, plaisanta Lenny.

— Je n'ai pas oublié. Mais si ça tourne mal pour moi, tu auras Cathy.

Cette amitié, découverte sur le tard et savourée comme un vin de derrière les fagots, donnait un peu de couleurs à une réalité qui, inexorablement, perdait de son éclat pour tous les deux. Alma était d'un naturel si solitaire qu'elle n'avait jamais perçu sa solitude. Elle avait vécu greffée dans la famille Belasco, protégée par ses oncle et tante, dans la vaste demeure de Sea Cliff, d'une façon que certains considéraient – sa belle-mère, le majordome, sa bru – comme une attitude de visiteuse. De tous côtés, elle se sentait différente et déconnectée. Mais, loin d'être un problème, ce sentiment lui causait un certain orgueil, car il contribuait à son idée d'elle-même comme d'un artiste mystérieux et renfermé, vaguement supérieur au reste des mortels. Elle n'avait guère besoin de se confondre avec l'humanité en général, qu'elle jugeait plutôt stupide, cruelle quand l'occasion s'en présentait et sentimentale dans le meilleur des cas, opinions qu'elle se gardait bien d'exprimer en public, mais qui s'étaient renforcées avec la vieillesse. À l'heure des bilans, à quatre-vingts ans passés, elle constatait qu'elle avait aimé peu de personnes, mais toujours intensément, elle les avait idéalisées avec un romantisme farouche qui défiait les pires assauts de la réalité. Elle n'avait pas souffert de ces coups de foudre dévastateurs de l'enfance et de l'adolescence, elle était plutôt en retrait à l'université, elle avait voyagé et travaillé seule, elle n'avait connu ni associés ni compagnons, rien que des subordonnés. Elle avait remplacé tout ça par son amour obsédant pour Ichimei Fukuda et son amitié exclusive avec Nathaniel Belasco, dont elle ne se souvenait pas comme d'un mari, mais comme de son ami le plus intime. Dans la dernière étape de sa vie, elle comptait sur Ichimei, son amant légendaire, sur son petit-fils Seth, sur Irina, Lenny et Cathy : grâce à eux, elle était à l'abri de l'ennui, un des fléaux de la vieillesse. Le reste de la communauté de Lark House était comme le paysage de la baie : elle l'appréciait de loin, sans se mouiller les pieds. Pendant un demi-siècle, elle avait fait partie du petit monde de la haute société de San Francisco : elle se montrait à l'opéra, dans les galas de bienfaisance et les grandes occasions, protégée par l'infranchissable distance qu'elle établissait dès le premier contact. Elle expliquait à Lenny Beal qu'elle ne supportait pas le bruit, ni le bavardage trivial ou les bizarreries du prochain ; que seule une empathie diffuse pour l'humanité souffrante l'avait empêchée de devenir psychopathe. Mais il était commode d'éprouver de la compassion pour des malheureux que l'on ne connaissait pas. Elle n'aimait pas les gens, elle préférait les chats. Les humains, elle les supportait à petites doses. Plus de trois et c'était l'indigestion. Elle avait toujours évité les groupes, les clubs ou les partis, elle n'avait milité pour aucune cause, même quand elle en approuvait le principe, comme le féminisme, les droits civiques ou la paix. « Si je ne sors pas défendre les baleines, c'est pour ne pas me mêler aux écologistes », disait-elle. Elle ne s'était jamais sacrifiée pour une personne ou pour un idéal : l'abnégation n'était pas son fort. Hormis Nathaniel durant sa maladie, elle n'avait dû soigner personne, pas même son fils. La maternité n'avait pas été ce tourbillon d'adoration et d'anxiété confondues qu'éprouvaient, dit-on, les mères, mais une tendresse paisible et durable. Quant à

Larry, c'était une présence solide et inconditionnelle, elle l'aimait avec un mélange de confiance absolue et d'habitude au long cours : un sentiment commode, qui exigeait fort peu de sa part. Enfin, elle avait aimé et admiré Isaac et Lillian Belasco, qu'elle avait continué d'appeler oncle et tante quand ils étaient devenus ses beaux-parents, mais ils ne lui avaient pas transmis leur bonté débordante ni leur sens du dévouement.

— Heureusement, la Fondation Belasco se consacre à planter des espaces verts, non à secourir des mendiants ou des orphelins ; j'ai donc pu faire un peu de bien sans m'approcher des bénéficiaires, avait-elle confié à Lenny.

— Tais-toi. Ceux qui ne te connaissent pas te prendraient pour un monstre de narcissisme.

— Si je ne le suis pas, c'est grâce à Ichimei et à Nathaniel, qui m'ont appris à donner et à recevoir. Sans eux, j'aurais succombé à l'indifférence.

— De nombreux artistes sont des introvertis, Alma. Ils ont besoin de s'abstraire pour créer, dit Lenny.

— Ne me cherche pas d'excuses. La vérité est que, plus je vieillis, plus j'apprécie mes défauts. La vieillesse est le meilleur moment pour être et faire ce que l'on aime. Bientôt, plus personne ne me supportera. Dis-moi, Lenny, as-tu des regrets ?

— Bien sûr. Pour les folies que je n'ai pas faites, et d'avoir arrêté la cigarette et les margaritas, d'être végétarien et de m'être tué à faire de l'exercice. Je mourrai quand même, mais en pleine forme, s'esclaffa Lenny.

— Je ne veux pas que tu meures…

— Moi non plus, mais ce n'est pas une option facultative.

— Quand je t'ai connu, tu buvais comme un cosaque.

— Et je suis sobre depuis trente ans. Je crois que je buvais beaucoup pour ne pas penser. J'étais hyperactif, c'est à peine si je pouvais m'asseoir pour me couper les ongles des doigts de pied. Dans ma jeunesse, j'étais un animal grégaire, toujours entouré de bruit et de tas de gens, mais je me sentais très seul. La peur de la solitude a marqué mon caractère, Alma. J'avais besoin d'être d'accepté, d'être aimé.

— Tu parles à l'imparfait. Ce n'est plus vrai aujourd'hui ?

— J'ai changé. J'ai passé ma jeunesse à l'affût de l'aventure, et à chercher l'approbation, jusqu'à ce que je tombe amoureux pour de bon. Puis j'ai eu le cœur brisé et j'ai passé dix ans à essayer de recoller les morceaux.

— Tu as réussi ?

— Disons que oui, grâce à un *smösgasbörd* de psychologie : thérapie individuelle, thérapie de groupe, gestalt, biodynamique, bref, tout ce que j'avais sous la main, sans oublier la thérapie du cri primal.

— Qu'est-ce que c'est que ce machin ?

— Je m'enfermais avec la psychologue pour crier comme un possédé et donner des coups de poing dans un gros coussin pendant cinquante-cinq minutes.

— Je ne te crois pas.

— Mais si. Et je payais pour ça, figure-toi. J'ai fait de la thérapie des années durant. Ce fut un chemin semé d'embûches, Alma, mais j'ai appris à me connaître et à regarder la solitude en face. Elle ne m'effraie plus.

— Nous aurions eu besoin de quelque chose de ce genre, Nathaniel et moi, mais nous n'y avons pas songé. Dans notre milieu, cela ne se faisait pas. Quand la psychologie est devenue à la mode, c'était un peu tard pour nous

Subitement, les caisses de gardénias anonymes que recevait Alma tous les lundis cessèrent de lui parvenir, quand elles l'auraient justement comblée de joie, mais elle fit semblant de n'avoir rien vu. Depuis sa dernière escapade, elle sortait peu. Sans la présence d'Irina et de Seth, de Lenny et de Cathy, qui secouaient son apathie, elle aurait vécu recluse comme un anachorète. Elle perdit tout intérêt pour la lecture, les séries télévisées, le yoga, le potager cultivé par Víctor Vikashev et autres passe-temps qui avaient rempli ses heures. Elle mangeait sans envie et, en l'absence d'Irina qui veillait au grain, elle aurait survécu des jours durant avec des pommes et du thé vert. Elle ne confiait à personne que souvent son cœur s'emballait, que sa vue se brouillait et qu'elle se trompait dans les gestes les plus simples. Son habitation, qui s'ajustait comme un gant à ses besoins, augmenta soudain de volume, la disposition des espaces s'altéra et, quand elle se croyait devant la salle de bains, elle sortait dans le couloir qui s'était allongé et enroulé de telle sorte qu'elle peinait à retrouver sa propre porte, elles étaient toutes pareilles ; le sol ondulait et elle devait s'appuyer au mur pour se maintenir debout ; les interrupteurs changeaient de place et elle ne les retrouvait pas dans le noir ; il surgissait de nouveaux tiroirs, de nouvelles étagères, où s'égaraient les objets quotidiens ; les photographies s'emmêlaient dans les albums sans intervention de quiconque. Elle ne retrouvait plus rien ; pas de doute, la femme de ménage et Irina lui cachaient les choses.

Elle ne croyait pas vraiment que l'univers lui jouait des tours ; sans doute le cerveau manquait-il d'oxygène. Elle ouvrait la fenêtre et faisait les exercices respiratoires conseillés par un manuel qu'elle sortait de sa bibliothèque, mais elle différait le rendez-vous avec le cardiologue que lui avait recommandé Cathy ; elle continuait de croire qu'avec le temps presque tous les problèmes se règlent tout seuls.

Elle allait sur ses quatre-vingt-deux ans, elle était vieille, mais elle refusait de franchir le seuil de la retraite. Elle ne voulait pas s'asseoir à l'ombre des années, le regard fixé sur le néant, l'esprit plongé dans un passé hypothétique. Elle était tombée deux ou trois fois, sans autre conséquence que des bleus ; l'heure était venue d'accepter d'être parfois soutenue par le coude pour avancer, mais elle nourrissait encore de miettes les restes de sa vanité et luttait contre la tentation de s'abandonner à une paresse commode. Elle était horrifiée à l'idée d'un passage au second niveau, où il n'y aurait plus de vie privée, où des soigneurs mercenaires l'aideraient dans ses besoins les plus intimes. « Bonne nuit, la Mort », disait-elle avant de s'endormir, dans le vague espoir de ne plus se réveiller. C'était la façon la plus élégante de s'en aller, comme de s'endormir pour toujours dans les bras d'Ichimei après l'amour. Mais en vérité elle ne croyait pas mériter ce cadeau ; elle avait eu une bonne vie, il n'y avait pas de raison pour que sa fin le soit aussi. Elle avait perdu la peur de la mort trente ans auparavant, quand la camarde était arrivée comme une amie pour emmener Nathaniel. C'était elle-même qui l'avait appelée, et avait mis son mari dans ses bras. Elle n'en parlait pas avec Seth, qui l'accusait de complaisance morbide, mais avec Lenny le thème était récurrent : ils passaient de longs moments à spéculer sur les possibilités de l'autre côté, sur l'éternité de l'esprit et les spectres inoffensifs qui les accompagnaient. Avec Irina elle pouvait parler de tout, la jeune fille savait écouter, mais elle avait encore l'illusion de l'immortalité, elle ne pouvait pas vraiment communiquer avec ceux qui ont parcouru presque tout le chemin. Irina ne pouvait imaginer tout ce qu'il faut de courage pour vieillir sans trop s'effrayer ; sa connaissance de l'âge était théorique. Comme était fort théorique tout ce qui se publiait sur le prétendu « troisième âge », tous ces gros bouquins si malins ou ces manuels d'auto-assistance écrits par des gens qui n'étaient pas vieux. Même les deux psychologues de Lark House étaient des jeunes femmes. Que savaient-elles, avec leurs nombreux diplômes, de tout ce qui se perd ? Facultés, énergie, indépendance ; mais aussi les lieux, les gens. Même si, au vrai, elle ne regrettait pas les gens, Nathaniel excepté. Elle voyait suffisamment sa famille et lui savait gré de ne pas trop lui rendre visite. Sa belle-fille pensait que Lark House était un repaire d'anciens communistes et de drogués. Alma préférait communiquer avec ses proches par téléphone et les rencontrer sur le terrain plus favorable de Sea Cliff ou des promenades, quand d'aventure ils souhaitaient l'emmener. Elle n'avait pas à se plaindre : sa petite famille, composée seulement de Larry, Doris, Pauline et Seth, ne lui avait jamais fait faux bond. Elle ne pouvait se compter parmi les vieillards abandonnés, comme tant d'autres qui l'entouraient à Lark House.

Elle ne pouvait plus ajourner sa décision de fermer l'atelier de peinture, qu'elle avait conservé pour Kirsten. Elle expliquait à Seth que son assistante avait certaines limites intellectuelles, mais qu'elle avait travaillé avec elle si longtemps, c'était le seul emploi que Kirsten avait eu dans sa vie, et elle avait toujours rempli ses devoirs de façon irréprochable. « Je dois la protéger, Seth, c'est le moins que je puisse faire, mais je n'ai plus la force de gérer tous les détails, cela te revient, tu n'es pas avocat pour rien », lui dit-elle. Kirsten disposait d'une assurance-vie, d'une pension et de son épargne : Alma lui avait ouvert un compte et avait déposé chaque année une certaine somme pour les besoins urgents, mais le cas ne s'était pas présenté et l'argent était bien placé. Seth s'était entendu avec le frère de Kirsten pour lui assurer des revenus, et avec Hans Voigt afin d'engager Kirsten comme assistante de Catherine Hope à la clinique antidouleur. Les réserves du directeur à l'idée d'engager une personne souffrant du syndrome de Down s'étaient dissipées quand on lui avait précisé qu'il n'aurait pas à lui verser de salaire ; Kirsten travaillerait à Lark House comme boursière de la Fondation Belasco.

Gardénias

Le deuxième lundi sans livraison de gardénias, Seth rendit visite à Alma avec trois plans dans une caisse, en souvenir de Neko, dit-il. La mort récente du chat entrait pour beaucoup dans l'inappétence de la vieille dame, et le parfum étouffant des fleurs n'aida pas à la soulager. Seth les mit dans une assiette remplie d'eau, prépara du thé et s'installa avec sa grand-mère dans le canapé du petit salon.

— Que s'est-il passé avec les fleurs d'Ichimei Fukuda, grand-mère ? demanda-t-il d'un ton indifférent.

— Que sais-tu sur Ichimei ? répondit-elle, alarmée.

— Pas mal de choses. Je suppose que votre ami a quelque chose à voir avec les lettres et les fleurs que vous recevez, comme avec vos escapades. Vous faites tout ce que vous voulez, bien sûr, mais peut-être n'avez-vous plus l'âge de sortir seule ou en mauvaise compagnie.

— Tu m'as donc épiée ! Comment oses-tu mettre ton nez dans mes affaires ?

— Je me fais du souci pour vous, grand-mère. Sans doute vous ai-je prise en affection, malgré votre caractère grincheux. Il n'y a rien à cacher, vous pouvez nous faire confiance, à Irina comme à moi. Nous sommes vos complices dans toute sottise dont vous pourriez avoir l'idée.

— Il n'y a là aucune sottise !

— Bien sûr. Pardonnez-moi. Je sais qu'il s'agit d'un amour pour toute la vie. Irina a entendu par hasard une conversation entre vous et Lenny Beal.

Pour l'heure, Alma et les autres Belasco savaient qu'Irina vivait dans l'appartement de Seth, sinon à temps complet, du moins plusieurs jours par semaine. Doris et Larry s'abstinrent de tout commentaire négatif, dans l'espoir que la pathétique immigrante de Moldavie n'était qu'une passade de plus, mais ils la recevaient avec une telle courtoisie glacée qu'elle finit par ne plus assister au déjeuner dominical de Sea Cliff où Alma et Seth s'efforçaient de l'entraîner. Pauline, en revanche, qui s'était opposée à toutes les copines athlétiques de Seth, la reçut à bras ouverts. « Félicitations, mon frère. Irina est rafraîchissante et a plus de caractère que toi. Elle saura te conduire dans la vie. »

— Pourquoi ne pas tout me raconter, grand-mère ? Je ne joue pas les détectives et je n'ai aucune envie de vous surveiller.

La tasse de thé menaçait de se répandre sur les mains tremblantes d'Alma, et son petit-fils l'en débarrassa. La colère initiale de la dame s'était dissipée ; à présent, elle était envahie par une grande lassitude, un profond désir de se soulager, d'avouer ses fautes à son petit-fils, de lui confier qu'elle se sentait rongée de l'intérieur et qu'elle s'en allait peu à peu et à la bonne heure car elle n'en pouvait plus de fatigue, et qu'elle mourrait contente et amoureuse, que pouvait-on demander de plus à quatre-vingts ans et des poussières, après avoir beaucoup vécu, aimé et ravalé ses larmes ?

— Appelle Irina. Je ne veux pas me répéter, dit-elle à Seth.

Irina reçut le message sur son portable alors qu'elle était dans le bureau de Hans Voigt, avec Catherine Hope, Lupita Farías et les deux premières responsables de l'infirmerie et des soins médicaux. Ils discutaient du « décès électif », un euphémisme pour éviter le mot suicide, interdit par le directeur. Sur le bureau de celui-ci, comme une preuve irréfutable, traînait un paquet fatidique intercepté à la réception et en provenance de Thaïlande. Il était adressé à Helen Dempsey, résidente du troisième niveau, âgée de quatre-vingt-neuf ans, atteinte d'une récidive de cancer, sans famille ni le moindre courage pour supporter à nouveau la chimiothérapie. Les instructions accompagnant le colis précisaient que le contenu s'ingérait avec de l'alcool et que la fin venait paisiblement dans le sommeil. « Sans doute des barbituriques », commenta Cathy. « Ou de la mort-aux-rats », ajouta Lupita. Le directeur voulait savoir comment Helen Dempsey avait pu commander ça à l'insu de tous. La maison n'avait-elle plus un personnel attentif ? Si jamais le bruit circulait qu'il y avait des suicides à Lark House, ce serait un désastre pour l'image de l'institution. Dans les cas de mort suspecte, comme celle de Jacques Devine, on veillait à ne pas mener une enquête trop poussée ; il vaut mieux ignorer les détails. Les employés accusaient les fantômes d'Emily et de son fils, qui emmenaient les désespérés car, chaque fois que quelqu'un mourait, que ce fût de cause naturelle ou illégale, Jean Daniel, le soigneur haïtien, tombait par hasard sur la jeune femme aux voiles rosés et son malheureux enfant. La vision lui donnait la chair de poule. Elle avait demandé que l'on engage une de ses compatriotes, coiffeuse par nécessité et prêtresse vaudoue par vocation, pour qu'elle les envoie au royaume de l'autre monde, celui qui leur convenait, mais Hans Voigt ne voulait pas entendre parler de ce genre de dépense : il parvenait tout juste à maintenir la communauté à flot, à force de jongleries financières. Cette affaire n'était pas ce qu'il fallait à Irina, qui pleurnichait depuis quelques jours : elle avait tenu Neko dans ses bras tandis qu'on lui administrait l'injection miséricordieuse qui avait mis fin aux problèmes de son grand âge. Alma et Seth avaient été incapables d'accompagner le chat dans ce moment critique : la première avait trop de peine, le second trop peu de courage. Ils avaient laissé Irina seule dans l'appartement pour recevoir le vétérinaire. Mais le docteur Kallet, retenu par un problème familial de dernière minute, n'était pas venu ; il avait été remplacé par une jeune fille myope et nerveuse, qui avait l'air très fraîchement diplômée. Néanmoins, elle s'était montrée compatissante et efficace : le chat était parti en ronronnant, et sans rien savoir. Seth devait encore porter le cadavre au crématorium des animaux, mais dans l'immédiat, Neko, dans une poche de plastique, avait été placé dans le frigo d'Alma. Lupita Farías connaissait un taxidermiste mexicain qui pouvait lui rendre l'aspect d'un animal vivant, en le remplissant avec de l'étoupe et en lui mettant des yeux de verre, ou encore nettoyer et polir la tête de mort qui, sur un petit socle, pourrait servir d'ornement. Elle proposa donc à Irina et à Seth de faire cette petite surprise à Alma, mais il leur sembla que ce geste ne serait pas dûment apprécié par la grand-mère. « À Lark House, nous sommes tenus de décourager toute tentative de décès électif, est-ce bien clair ? », martela Hans Voigt pour la troisième ou quatrième fois, le regard fermement tourné vers Catherine Hope en guise d'avertissement, car les patients souffrant de douleur chronique, les plus vulnérables, avaient recours à ses soins. Il subodorait, à juste titre, que toutes ces dames en savaient beaucoup plus qu'elles n'étaient disposées à le dire. Quand Irina vit le message de Seth s'afficher sur le petit écran de son portable, elle l'interrompit : « Excusez-moi, monsieur Voigt, c'est une urgence », et s'éclipsa sur-le-champ, laissant le directeur au beau milieu de sa phrase.

Elle trouva Alma assise sur son lit, les jambes enveloppées dans un châle, là même où son petit-fils l'avait installée en la voyant chanceler. Pâle, sans rouge à lèvres, elle était fort diminuée. « Ouvrez la fenêtre. Cet air raréfié de Bolivie me tue », dit-elle. Irina expliqua à Seth que sa grand-mère ne délirait pas : elle se référait à la sensation d'étouffement, au bourdonnement d'oreilles et à l'engourdissement du corps semblables au mal des montagnes qu'elle avait connu à

La Paz, à trois mille six cents mètres d'altitude, de longues années auparavant. Mais Seth soupçonnait que les symptômes n'étaient pas dus à l'air bolivien : plutôt à la présence du chat dans la glacière.

Alma commença par les faire jurer qu'ils ne trahiraient pas ses secrets après sa mort. Puis elle entreprit de leur répéter tout ce qu'elle avait raconté, car il lui semblait plus indiqué de renouer le fil depuis le début : les adieux avec ses parents sur le quai de Dantzig, l'arrivée à San Francisco et comment elle s'était cramponnée à la main de Nathaniel, pressentant peut-être qu'il ne la lâcherait jamais. Elle poursuivit avec l'instant précis où elle avait connu Ichimei Fukuda, le plus mémorable des instants thésaurisés dans le souvenir, puis elle s'avança sur la piste du passé avec une clarté si transparente qu'elle semblait lire à haute voix. Les doutes de Seth sur l'état mental de sa grand-mère s'évanouirent. Au cours des trois années antérieures où il lui avait soutiré le matériel pour son ouvrage, Alma avait démontré sa virtuosité de narratrice, son sens du rythme et son habileté à maintenir le suspense, son art de faire contraster les moments lumineux avec les plus tragiques, ombre et lumière, comme dans les photographies de Nathaniel Belasco, mais jusqu'à cet après-midi-là il n'avait pas eu l'occasion de l'admirer en conteuse marathonienne. En observant quelques pauses pour boire du thé et grignoter des galettes, Alma parla pendant des heures. Et la nuit tomba sans qu'aucun d'eux s'en aperçût. Elle leur relata sa nouvelle rencontre avec Ichimei à l'âge de vingt-deux ans, après douze ans de séparation totale. L'amour endormi de l'enfance les avait foudroyés de nouveau, dès le premier regard, même s'ils le savaient condamné et, de fait, il avait duré moins d'un an. La passion est éternelle et universelle à travers les siècles, dit Alma, mais les coutumes et les circonstances changent sans cesse et il s'avérait difficile de comprendre, soixante ans plus tard, les obstacles insurmontables qu'ils avaient rencontrés. Si elle pouvait rajeunir, commentait-elle, avec tout ce qu'elle savait d'elle-même aujourd'hui, elle agirait de même. Elle n'aurait pas osé franchir le pas définitif avec Ichimei, les conventions l'interdisaient. Elle n'avait jamais été vaillante, elle se conformait aux règles. Elle avait imposé son seul geste de défi à soixante-dix-huit ans, quand elle avait quitté Sea Cliff pour s'installer à Lark House. À vingt-deux ans, soupçonnant que leur temps était compté, Ichimei et elle s'étaient consumés d'amour, mais plus ils tentaient de l'épuiser, plus imprudent se faisait leur désir. Quand on dit que tout feu s'éteint de lui-même tôt ou tard, on se trompe : certaines passions sont des incendies dévorants, jusqu'à ce que le destin, d'un coup soudain, les étouffe, mais il reste des braises qu'un peu d'air suffit à enflammer de nouveau. Elle leur parla de Tijuana, du mariage avec Nathaniel, des sept autres années qui s'étaient écoulées avant qu'elle ne puisse revoir Ichimei aux obsèques de son beau-père, alors qu'elle pensait à lui sans la moindre anxiété, n'espérant plus le revoir, et comment ils avaient attendu sept années encore pour renouer avec la passion qu'ils partageaient toujours.

— Alors, grand-mère, papa n'est pas le fils de Nathaniel ? Dans ce cas, je suis le petit-fils d'Ichimei !

Dis-moi si je suis un Fukuda ou un Belasco ! s'exclama Seth.

— Si tu étais un Fukuda, tu aurais quelque chose de japonais, tu ne crois pas ? Tu es un Belasco.

L'enfant qui ne vint pas au monde

Durant les premiers mois de son mariage, Alma fut tellement absorbée par sa grossesse que la rage d'avoir renoncé à l'amour d'Ichimei se transforma en gêne plus ou moins supportable, comme un petit caillou dans la chaussure. Elle se plongea dans une placidité d'animal ruminant, trouvant refuge dans la tendresse attentionnée de Nathaniel et dans le nid douillet offert par la famille. Alors que Martha et Sarah leur avaient déjà donné des petits-enfants, Lillian et Isaac attendaient ce nouveau-né comme le rejeton d'une maison royale, du fait qu'il s'appellerait Belasco. Ils lui avaient réservé une chambre ensoleillée du manoir, décorée de meubles pour enfant et avec les personnages de Walt Disney peints sur les murs par un artiste spécialement venu de Los Angeles. Et ils s'appliquaient à prendre soin d'Alma, à satisfaire son moindre caprice. Parvenue au sixième mois, elle avait grossi beaucoup trop, sa tension était élevée, elle avait des taches sur le visage, les jambes lourdes, un mal de tête permanent, elle ne pouvait plus se chausser et portait des sandales de plage. Pourtant, dès le premier frémissement de vie dans son ventre elle s'éprit de l'enfant qu'elle portait, et qui n'était ni de Nathaniel ni d'Ichimei : qui était seulement le sien. Elle voulait un fils, pour l'appeler Isaac et donner à son beau-père le descendant qui prolongerait la lignée Belasco. Nul ne saurait jamais qu'il n'était pas du même sang, elle l'avait juré à Nathaniel. Avec des tiraillements de culpabilité, elle pensait que, si Nathaniel n'y avait pas fait obstacle, l'enfant aurait fini dans un égout de Tijuana. Et tandis que grandissait son amour pour cet enfant, elle constatait avec horreur les changements subis par son corps, mais Nathaniel lui assurait qu'elle était radieuse, plus belle que jamais, et contribuait à son surpoids en la gâtant de chocolat fourré à l'orange et d'autres friandises. Les bonnes relations fraternelles se maintenaient. Lui, élégant et soigné, utilisait la salle de bains près de son bureau, à l'autre bout de la maison, et ne se déshabillait jamais devant elle, mais Alma perdait toute pudeur avec lui : s'abandonnant à son changement d'état, elle voulait partager les détails les plus prosaïques, comme ses indispositions, ses crises de nerfs ou les terreurs de la maternité. Elle se livrait comme jamais auparavant. À cette époque, elle transgressa les règles fondamentales que lui avait imposées son père de ne jamais se plaindre, de ne rien demander et de ne se fier à personne. Nathaniel devint le centre de son existence : sous son aile, elle se sentait acceptée, contente et en sûreté. Cela créait entre eux une intimité dissymétrique qui leur semblait naturelle, car elle s'ajustait au caractère de chacun. S'ils mentionnèrent à l'occasion cette distorsion, ce fut pour convenir qu'après la naissance de l'enfant et le temps des relevailles, ils tenteraient de vivre comme un couple normal. Mais aucun des deux ne semblait pressé d'y arriver. En attendant, elle avait découvert l'endroit parfait pour elle sur son épaule à lui, juste sous le menton, pour appuyer la tête et somnoler. « Tu es libre d'aller avec d'autres femmes, Nat. Je te demande seulement d'être discret, pour m'éviter l'humiliation », lui répétait Alma, à quoi il répondait toujours par un baiser assorti d'une plaisanterie. Si elle ne parvenait pas à se libérer de la trace laissée par Ichimei dans son esprit et dans son corps, elle n'en était pas moins jalouse de Nathaniel ; une demi-douzaine de femmes couraient après lui et elle se disait que de le voir marié ne les dissuaderait pas de continuer, bien au contraire.

Ils séjournaient dans la maison familiale du lac Tahoe, où les Belasco se rendaient en hiver pour skier, et buvaient du cidre chaud sur le coup des onze heures du matin, attendant la fin de la tempête pour sortir, quand Alma entra au salon, titubant en chemise de nuit et pieds nus. Lillian accourut pour la soutenir, mais la jeune femme la repoussa, en essayant de concentrer son regard. « Dites à mon frère Samuel de me faire sauter la tête », murmura-t-elle. Isaac s'efforça de l'asseoir dans un canapé, en appelant Nathaniel à grands cris, mais Alma semblait clouée sur place, lourde comme un meuble, se tenant la tête à deux mains et bredouillant des propos incohérents sur Samuel, la Pologne et des diamants cachés dans la doublure d'un manteau. Nathaniel arriva juste à temps pour voir sa femme s'effondrer, prise de convulsions.

L'attaque d'éclampsie se produisit à la vingt-huitième semaine de grossesse et dura une minute et quinze secondes. Aucune des trois personnes présentes ne comprit ce qu'il se passait. Tous crurent à une crise d'épilepsie. Nathaniel réussit à coucher Alma sur le côté, la soutenant pour éviter qu'elle ne se blesse et lui maintenant la bouche ouverte avec une cuillère. Les terribles soubresauts s'apaisèrent soudain. Alma était exsangue et déboussolée : elle ignorait où elle se trouvait et avec qui, et gémissait de douleur, souffrant à la fois de maux de tête et de spasmes dans le ventre. Ils l'enveloppèrent de couvertures et la couchèrent dans la voiture. Patinant sur le verglas, ils arrivèrent à la clinique où le médecin de garde, spécialisé en fractures, foulures et autres contusions de skieurs, ne put faire beaucoup plus que de réduire la pression artérielle. L'ambulance mit sept heures pour aller de Tahoe à San Francisco, défiant la tempête et les obstacles en travers de la route. Quand, finalement, un obstétricien put examiner Alma, il avertit la famille du risque imminent de nouvelles convulsions ou d'une attaque cérébrale. Après cinq mois et demi de gestation, les chances de vie de l'enfant étaient nulles, il fallait attendre six semaines pour provoquer l'accouchement, mais en attendant la mère et le nourrisson pouvaient succomber. Comme s'il avait entendu, quelques minutes plus tard le cœur de l'embryon cessa de battre dans l'utérus, épargnant à Nathaniel une tragique décision. Alma fut conduite aussitôt au pavillon de chirurgie.

Nathaniel fut le seul à voir l'enfant. Tremblant de fatigue et de tristesse, il tendit les mains pour le recevoir, déplia les langes et découvrit un être minuscule, bleuâtre et comme rétréci, avec la peau fine et translucide comme de la pelure d'oignon, complètement formé et les yeux entrouverts. Il l'approcha de son visage et l'embrassa longuement sur la tête. Le froid lui brûla les lèvres et il sentit la rumeur profonde des sanglots réprimés qui lui montait le long des jambes, le secouant tout entier et se fondant en larmes. Et il pleura en croyant pleurer sur l'enfant mort et pour Alma, mais il le faisait sur lui-même, il pleurait sur sa vie conformiste et réglée comme une horloge, sur le poids des responsabilités qu'il ne pourrait jamais secouer, sur la solitude qui l'étouffait depuis la naissance, sur l'amour qu'il regrettait et qu'il n'aurait jamais, sur les cartes truquées qui lui étaient échues et sur toutes les maudites machinations du destin.

Sept mois après la fausse couche, Nathaniel emmena Alma pour un tour en Europe. Il voulait la distraire de la nostalgie accablante qui paralysait sa volonté. Elle lui avait vaguement parlé de son frère Samuel à l'époque où ils vivaient tous deux en Pologne, d'une institutrice qui rôdait dans ses cauchemars, d'une certaine robe de velours bleuté, de Vera Neumann et de ses lunettes de chouette, de deux odieuses camarades d'école, de livres qu'elle avait lus et dont elle avait oublié les titres, mais dont les personnages l'attristaient, et d'autres souvenirs inutiles. Un voyage culturel pourrait réveiller l'inspiration d'Alma et lui rendre goût à ses toiles peintes, pensait Nathaniel. Le cas échéant, il comptait lui proposer de s'inscrire pour un temps à la Royal Academy of Art, la plus ancienne école des beaux-arts de Grande-Bretagne. Il croyait encore que la meilleure thérapie pour elle était de s'éloigner de San Francisco, des Belasco en général et de lui en particulier. Ils n'avaient plus fait allusion à Ichimei, et Nathaniel supposait qu'Alma, fidèle à sa promesse, n'était plus en contact avec lui. Il voulait consacrer davantage de temps à sa femme : il réduisit ses horaires de travail et, dans la mesure du possible, il étudiait les dossiers et préparait ses plaidoiries à domicile. Ils continuèrent de faire chambre à part, mais cessèrent de faire semblant du contraire. Le lit de Nathaniel resta installé définitivement dans sa pièce de célibataire, aux murs tapissés de papier peint avec des scènes de chasse, des chevaux, des chiens et des renards. Comme ils souffraient tous deux d'un sommeil récalcitrant, ils avaient sublimé toute tentation de sensualité. Ils restaient à lire bien après minuit dans l'un des salons, installés dans le même canapé, enveloppés dans la même couverture. Certains dimanches où le temps interdisait la navigation, Nathaniel persuadait Alma de l'accompagner au cinéma, ou bien ils faisaient la sieste côte à côte dans le sofa de l'insomnie, en lieu et place du lit conjugal qu'ils n'avaient jamais eu.

Le voyage devait les conduire du Danemark à la Grèce, outre une croisière sur le Danube et une autre en Turquie. Il devait durer deux mois et culminer à Londres, où ils avaient prévu de se séparer. Au cours de la deuxième semaine, alors qu'ils se promenaient main dans la main dans les ruelles de Rome, après un dîner mémorable et deux bouteilles de chianti, Alma s'arrêta sous un lampadaire, attrapa Nathaniel par la chemise, l'attira brusquement vers elle et l'embrassa sur la bouche. «Je veux que tu dormes avec moi», ordonna-t-elle. Et cette nuit-là, dans le palais décadent transformé en hôtel où ils étaient descendus, ils firent l'amour, ivres de vin et d'été romain, découvrant tout ce qu'ils savaient déjà l'un de l'autre, avec la sensation de commettre un acte prohibé. Alma devait ses connaissances sur l'amour charnel et sur son propre corps à Ichimei, qui palliait son manque d'expérience par une intuition sans défaut, celle-là même qui lui permettait de rendre vie à une plante mélancolique. Dans le motel aux cafards, Alma avait été un instrument de musique dans les mains amoureuses d'Ichimei. Rien de tel avec Nathaniel. Ils firent l'amour en vitesse, troublés et maladroits, comme deux écoliers en faute, sans prendre le temps de se scruter mutuellement, de respirer leurs corps, de rire ou de soupirer ensemble. Puis ils furent envahis d'un immense chagrin, qu'ils ne s'expliquaient pas et qu'ils tentèrent de dissimuler en fumant, silencieux, couverts d'un drap à la clarté jaunâtre de la lune, qui les épiait par la fenêtre.

Le lendemain, ils s'épuisèrent en promenades à travers les ruines, grimpant des escaliers de pierres millénaires, entrevoyant des cathédrales, se perdant entre des statues de marbre et des fontaines redondantes. Et le soir venu ils s'enivrèrent à nouveau et rentrèrent, chancelants, au palais décadent où ils s'étreignirent avec peu de désir, mais avec la meilleure volonté. Et ainsi, jour après jour, nuit après nuit, ils sillonnèrent la cité et naviguèrent sur les eaux de la tournée programmée, en instaurant la routine des époux qu'ils avaient si soigneusement éludée, au point de trouver naturel de partager la baignoire et de se réveiller sur le même oreiller.

Mais Alma ne demeura pas à Londres. Elle rentra à San Francisco chargée de piles de brochures et de cartes postales de musées, de livres d'art et de photographies pittoresques prises par Nathaniel, animée d'un grand désir de reprendre ses peintures. Elle avait la tête emplie de couleurs, de dessins, de modèles de ce qu'elle avait vu : tapis de Turquie, vases de Grèce, tapisseries des Flandres, tableaux de toutes les époques, icônes brodées de pierreries, madones languissantes et saints faméliques ; mais aussi les marchés de fruits et de légumes, les bateaux de pêche, le linge suspendu aux balcons dans les étroites venelles, et les hommes jouant aux dominos dans les tavernes, les enfants sur les plages, les hordes de chiens sans maître, les ânes tristes et les tuiles anciennes dans les villages somnolents de routine et de traditions. Tout devrait se traduire sur ses panneaux de soie, à grands coups de pinceaux et de couleurs radieuses. Elle occupait alors un atelier de huit cents mètres carrés dans la zone industrielle de San Francisco, qui était resté en friche pendant de longs mois et auquel elle voulait d'abord rendre vie. Elle se plongea dans le travail. Elle passait des semaines sans penser ni à Ichimei ni à l'enfant qu'elle avait perdu. À leur retour d'Europe, l'intimité avec son mari s'était réduite à presque rien. Ils avaient chacun leurs aspirations, les nuits d'insomnie se terminaient en lisant dans le canapé, mais ils restaient unis par la tendre amitié dont ils avaient toujours joui. Alma somnolait très rarement à ce point précis entre l'épaule et le menton de son mari, là où elle se sentait en sécurité autrefois. Ils ne partageaient plus les mêmes draps ni le même bain ; Nathaniel s'était replié vers le lit de son bureau et Alma restait seule dans la chambre bleue. S'ils faisaient l'amour à l'occasion, c'était par hasard et avec beaucoup d'alcool dans les veines.

— Je veux t'affranchir de ta promesse de me rester fidèle, Alma. Ce n'est pas juste à ton égard, lui dit Nathaniel une nuit qu'ils admiraient une pluie d'étoiles fugaces depuis la pergola du jardin, en fumant de la marijuana. Tu es jeune et pleine de vie, tu mérites bien plus que je ne suis capable de t'offrir.

— Et toi ? Y aurait-il quelqu'un qui te proposerait davantage ? Voudrais-tu être libre ? Je ne t'en ai jamais empêché.

— Il ne s'agit pas de moi, Alma.

— Tu me libères de ma promesse à un moment qui ne s'y prête guère, Nat. Je suis enceinte et, cette fois, tu es le seul à pouvoir assurer la paternité. Je pensais te le dire quand il n'y aurait plus le moindre doute.

Isaac et Lillian reçurent la nouvelle avec le même enthousiasme que la première fois ; ils rénovèrent la chambre qu'ils avaient préparée pour l'autre enfant et se préparèrent à dorloter le nouveau venu. « Si c'est un garçon et que je ne suis plus en vie à sa naissance, je suppose qu'ils lui donneront mon nom ; mais si je suis vivant, ils ne pourront pas, car cela lui porterait malheur. Dans ce cas, je veux qu'il s'appelle Lawrence Franklin Belasco, à l'image de mon père et du grand président Roosevelt : qu'ils reposent en paix », suggéra le patriarche. Il s'affaiblissait lentement, mais restait debout car il ne voulait pas abandonner Lillian ; sa femme était devenue son ombre. Lillian était presque sourde, mais n'avait pas besoin d'entendre. Elle avait appris à déchiffrer les silences autour d'elle avec précision, il était impossible de lui dissimuler la moindre chose ou de la tromper, elle avait développé une effrayante capacité à anticiper ce qu'on allait lui dire et à répondre avant l'énoncé des questions. Elle avait deux obsessions : améliorer la santé de son mari et parvenir à ce que Nathaniel et Alma s'aiment comme il le fallait. Dans les deux cas, elle faisait appel à des thérapies alternatives, depuis les matelas magnétisés jusqu'aux élixirs de vie et aux aphrodisiaques. À l'avant-garde de la sorcellerie naturaliste, la Californie comptait une variété considérable de marchands d'espérance et de consolation. Isaac s'était résigné à porter des petits miroirs autour du cou, à boire du jus de luzerne et du sirop de scorpion, tout comme Alma et Nathaniel enduraient les frictions à l'huile passionnelle d'ylang-ylang, les soupes chinoises aux ailerons de requin et autres stratégies d'alchimiste avec lesquelles Lillian tentait de réchauffer leur amour un peu tiède.

Lawrence Franklin Belasco naquit au printemps, sans présenter la moindre anomalie anticipée par les médecins du fait de l'éclampsie dont avait souffert la mère. Dès son premier jour au monde, son nom fut trop grand pour lui et tout le monde l'appela Larry. Il devint un gros bébé sain et autosuffisant, qui ne demandait aucun soin particulier, si tranquille et discret qu'il restait à l'occasion endormi sous un meuble sans que nul songe à lui pendant des heures.

Ses parents le confièrent aux grands-parents et aux nourrices successives chargées de l'élever, sans lui prêter beaucoup d'attention car une demi-douzaine d'adultes, à Sea Cliff, étaient aux petits soins autour de lui. Il ne dormait pas dans son lit, mais passait en alternance de celui d'Isaac à celui de Lillian, qu'il appelait papi et mamie ; ses géniteurs portaient l'appellation officielle de père et de mère. Nathaniel n'était pas souvent à la maison : c'était désormais l'avocat le plus connu de la ville, il gagnait de l'argent à foison et passait son temps libre à faire du sport ou à explorer l'art de la photographie. Il attendait que son fils grandisse un peu pour l'initier aux plaisirs de la navigation à voile, sans imaginer une seconde que ce jour ne viendrait jamais. Comme ses beaux-parents choyaient leur petit-fils, Alma s'en éloigna sans culpabilité et se mit à voyager en quête de sujets pour son travail. Au début, elle organisait des circuits plutôt courts, afin de n'être pas trop séparée de Larry, mais elle constata que cela ne changeait rien : à son retour, que son absence fût longue ou non, son fils l'accueillait d'un identique serrement de main courtois, au lieu de l'embrassade euphorique tant attendue. Elle en conclut, vexée, que son fils préférait son chat et elle partit pour l'Extrême-Orient, l'Amérique du Sud et d'autres lointaines latitudes.

Le patriarche

Larry Belasco passa ses quatre premières années entre ses grands-parents et les employés de la maison qui se le disputaient, plus soigné qu'une orchidée, satisfait dans ses moindres caprices. Cette habitude, qui aurait gâté sans remède le caractère d'un enfant moins équilibré, le rendit aimable, serviable et peu enclin à l'hystérie. Son tempérament paisible ne varia guère jusqu'en 1962, quand mourut son grand-père Isaac, un des deux piliers qui soutenaient l'univers de fantaisie dans lequel il baignait. La santé d'Isaac s'était d'ailleurs améliorée à la naissance de son petit-fils favori. « À l'intérieur, j'ai vingt ans, tu sais, Lillian, qu'est-ce qui a bien pu arriver à mon corps ? » Il avait de l'énergie à revendre pour conduire Larry en promenade chaque jour, il lui apprenait les secrets botaniques du jardin, jouait à saute-mouton avec lui et lui offrait les animaux de compagnie dont il avait rêvé dans son enfance : un perroquet criard, des poissons d'aquarium, un lapin, qui disparut pour toujours entre les meubles quand le petit ouvrit la cage, et un chien aux grandes oreilles, le premier de nombreuses portées de cockers dont la famille allait s'entourer à l'avenir. Les médecins ne pouvaient s'expliquer ce rétablissement remarquable du grand-père, mais Lillian l'attribuait aux pratiques de guérisseur et aux sciences ésotériques dans lesquelles elle était devenue experte. Cette nuit-là, donc, Larry était censé dormir dans le lit de son grand-père, au terme d'une heureuse journée. Il avait passé l'après-midi au parc du Golden Gate, où ils avaient loué un cheval. Son grand-père le maintenait en selle devant lui, entre ses bras. Ils revenaient rougis de soleil, couverts de sueur et enthousiasmés à l'idée d'acquérir un cheval et un poney pour chevaucher ensemble. Lillian les attendait : le barbecue était prêt pour cuire les saucisses et la guimauve, le dîner préféré de l'aïeul et de son petit-fils. Après avoir donné son bain à Larry, Lillian le coucha dans la chambre de son mari et lui lut un conte jusqu'à ce qu'il s'endorme. Elle but son petit verre de sherry avec de la teinture d'opium et alla s'étendre à son tour. Elle fut éveillée à sept heures par la petite main de Larry qui lui secouait l'épaule. « Mamie, mamie, papi est tombé. » Ils le trouvèrent étendu dans la salle de bains. Il fallut les efforts combinés de Nathaniel et du chauffeur pour transporter le corps rigide et glacé, qui pesait comme du plomb, et l'étendre sur le lit. Ils voulurent éviter ce spectacle à Lillian, mais elle les poussa hors de la chambre, verrouilla la porte et ne l'ouvrit à nouveau qu'après avoir lavé lentement la dépouille de son mari, enduite de lotion et d'eau de Cologne, passant en revue ce corps qu'elle connaissait mieux que le sien et qu'elle chérissait tant, surprise de voir qu'il n'avait en rien vieilli. Il s'était conservé tel qu'elle l'avait toujours vu, c'était le même jeune homme, grand et fort, qui pouvait la porter dans ses bras en riant, hâlé par ses travaux au jardin, avec l'abondante crinière noire de ses vingt-cinq ans et ses belles mains d'homme bon. Quand elle ouvrit la porte de la chambre, elle était sereine. La famille craignait que Lillian ne fût terrassée par le chagrin en peu de temps, mais sa réaction démontra que la mort même n'est pas un obstacle insurmontable à l'échange entre ceux qui s'aiment vraiment.

Des années plus tard, au cours de sa deuxième séance de psychothérapie, alors que sa femme mena-çait de l'abandonner, Larry devait évoquer l'image de son grand-père effondré dans la salle de bains comme le moment le plus significatif de son enfance, et l'image de son père couvert d'un linceul comme la fin de sa jeunesse et l'atterrissage forcé dans l'âge mûr. Il avait quatre ans lors du premier événement, et vingt-six à l'heure du second. Avec un soupçon de doute dans la voix, le psychologue lui demanda s'il avait d'autres souvenirs de ses quatre ans, et Larry lui cita non seulement tous les noms des employés de mai-son et des animaux domestiques, mais les titres des contes que lui lisait sa grand-mère et la couleur de la robe de chambre qu'elle portait quand elle était deve-nue aveugle, quelques heures après le décès de son mari. Ces quatre premières années sous l'aile de ses grands-parents représentaient l'époque la plus heu-reuse de son existence et il en chérissait chaque détail.

Le diagnostic de Lillian fut une cécité temporaire hystérique, mais aucun des deux adjectifs ne se révéla exact. Larry lui servit d'éclaireur jusqu'à son entrée à l'école, à six ans, ensuite de quoi elle se débrouilla toute seule, car elle ne voulut jamais dépendre de quelqu'un d'autre. Elle connaissait par cœur la demeure de Sea Cliff et tout ce qu'elle contenait, se déplaçait avec aisance et s'aventurait même dans la cuisine pour cuire des gâteaux destinés à son petit-fils. En plus, disait-elle, moitié pour rire, moitié sérieusement, Isaac la tenait par la main. Pour faire plaisir à son invisible mari, elle se mit à porter seulement des teintes lilas, car c'était la couleur de sa robe quand elle l'avait connu en 1914, et parce que cela réglait le problème de choisir des vêtements chaque jour à l'aveuglette. Elle ne se laissa jamais traiter comme une invalide, pas plus qu'elle ne donna des signes de se sentir isolée faute de vue et d'ouïe. Nathaniel disait que sa mère avait le flair d'un labrador et le radar d'une chauve-souris pour s'orienter et reconnaître les gens. Jusqu'à la mort de Lillian, en 1973, Larry fut l'objet d'un amour inconditionnel et, au dire du psychologue qui le sauva d'un divorce, il ne pouvait espérer le même amour de son épouse ; dans le mariage il n'y a rien d'inconditionnel.

La pépinière de fleurs et de plantes vertes des Fukuda figurait au Bottin téléphonique et, à intervalles réguliers, Alma vérifiait que l'adresse n'avait pas changé, mais elle ne céda jamais à la curiosité d'appeler Ichimei. Elle avait eu beaucoup de mal à se relever de son amour frustré, et elle craignait que le seul fait d'entendre la voix de cet homme ne la fasse à nouveau chavirer dans la passion sans frein de jadis. Les années passées depuis lors avaient assoupi ses sens ; en même temps qu'elle surmontait son obsession pour Ichimei, elle avait transféré sur ses pinceaux la sensualité qu'elle avait connue avec lui, et jamais avec Nathaniel. Tout changea lors des secondes obsèques de son beau-père, quand elle distingua, dans la foule qui se pressait, le visage unique d'Ichimei, qui demeurait identique au jeune homme qu'elle avait connu. Il suivait le cortège en compagnie de trois femmes. Alma en identifia vaguement deux, bien qu'elle ne les eût pas vues depuis de longues années. Mais une jeune fille se détachait de l'ensemble, car elle ne portait pas le noir de rigueur. Le petit groupe se maintenait à une certaine distance et pourtant, à la fin de la cérémonie, alors que l'assistance commençait à se disperser, Alma se détacha du bras de Nathaniel et suivit les autres dans l'avenue où les voitures étaient alignées. Elle arrêta le groupe en criant le nom d'Ichimei et ils se retournèrent tous les quatre.

— Madame Belasco, dit Ichimei en guise de salut, et il s'inclina de manière formelle.

— Ichimei, répétait-elle, incapable de bouger.

— Voici ma mère, Heideko Fukuda, ma sœur Megumi Anderson, et mon épouse, Delphine.

Les trois femmes s'inclinèrent pour saluer. Alma sentit un spasme violent à l'estomac et l'air se bloqua dans sa poitrine tandis qu'elle examinait ouvertement Delphine, qui ne se rendit compte de rien car elle gardait les yeux fixés au sol par courtoisie respectueuse. Elle était jeune, fraîche et jolie, sans le maquillage surchargé à la mode, vêtue de gris perle, avec un tailleur à jupe courte et un chapeau rond, dans le style de Jacqueline Kennedy, et avec la même coiffure que la Première Dame. Sa tenue était si américaine que le visage asiatique faisait un effet incongru.

— Merci d'être venu, parvint à balbutier Alma quand elle eut repris son souffle.

— Don Isaac Belasco a été notre bienfaiteur, nous lui en serons toujours reconnaissants. Grâce à lui, nous avons pu revenir en Californie, il a financé la pépinière et nous a aidés à nous en sortir, déclara Megumi d'une voix émue.

Alma le savait depuis longtemps, car Nathaniel et Ichimei le lui avaient répété à maintes reprises, mais la solennité de cette famille lui rappela à nouveau combien son beau-père avait été un homme exceptionnel. Elle l'avait aimé plus encore qu'elle n'eût aimé son propre père si la guerre ne le lui avait pas arraché. Isaac Belasco était tout le contraire de Baruj Mendel : c'était un homme bon, tolérant et toujours prêt à donner. La douleur de l'avoir perdu, qu'elle n'avait jamais entièrement éprouvée jusque-là, tellement elle était abattue, comme tous les Belasco, la frappa de plein fouet. Ses yeux s'embuèrent, mais elle ravala ses larmes et les sanglots poignants qui luttaient pour s'échapper depuis des jours. Elle nota que Delphine l'observait avec une intensité égale à la sienne quelques minutes plus tôt. Elle crut lire dans les yeux limpides de la jeune femme une expression d'intelligente curiosité, comme si elle savait très exactement le rôle qu'elle avait joué dans le passé d'Ichimei. Alma se sentit très exposée et un peu ridicule.

— Nos plus sincères condoléances, madame

Belasco, enchaîna Ichimei, en prenant à nouveau le bras de sa mère pour partir.

— Alma. Je suis toujours Alma, murmura-t-elle.

— Au revoir, Alma, répondit-il.

Elle attendit deux semaines qu'Ichimei se mît en contact avec elle ; elle guettait le courrier et sursautait à chaque sonnerie du téléphone, imaginant mille excuses à ce silence, hormis la plus prévisible : il était marié. Elle ne voulait pas penser à Delphine, petite, fine et mince, plus jeune et jolie qu'elle, avec son regard pénétrant et sa main gantée au bras d'Ichimei. Un samedi, elle prit sa voiture et se rendit à Martínez, avec de grandes lunettes de soleil et un foulard sur la tête. Elle passa trois fois devant le commerce des Fukuda, mais n'osa pas descendre. Le deuxième lundi qui suivit, elle n'y put tenir davantage et forma le numéro qu'elle avait retenu par cœur à force de le voir dans le Bottin. « Fukuda, Fleurs et Plantes vertes, que pouvons-nous pour vous servir ? » C'était une voix féminine : Alma était sûre que c'était Delphine, même si celle-ci n'avait pas dit un seul mot quand elles s'étaient rencontrées. Alma raccrocha aussitôt. Elle rappela diverses fois, priant pour qu'Ichimei répondît, mais c'était toujours la voix cordiale de Delphine. Au beau milieu d'un appel, alors que les deux femmes attendaient en silence depuis une minute, Delphine demanda délicatement : « En quoi puis-je vous servir, madame Belasco ? » Effrayée, Alma reposa brusquement le combiné en se jurant de renoncer pour toujours à appeler Ichimei. Trois jours après, elle trouva dans le courrier une enveloppe qui portait sa calligraphie à l'encre noire. Elle s'enferma dans sa chambre, l'enveloppe serrée contre sa poitrine, tremblante d'angoisse et d'espoir.

Dans sa lettre, Ichimei lui présentait à nouveau ses condoléances pour Isaac Belasco et lui confiait son émotion de l'avoir revue après tant d'années. Il avait eu vent de son succès dans son travail et de ses œuvres philanthropiques, et avait remarqué sa photographie dans les journaux. Il lui racontait que Megumi était devenue sage-femme, qu'elle avait épousé Boyd Anderson et qu'ils avaient un fils, Charles ; que Heideko, de son côté, avait fait deux séjours au Japon, où elle avait appris l'art de l'ikebana. Dans le dernier paragraphe, il écrivait qu'il avait épousé Delphine Akimura, une Américano-Japonaise de la deuxième génération comme lui. Elle avait un an quand sa famille avait été internée à Topaz, mais lui ne se souvenait pas de l'y avoir vue, ils s'étaient connus beaucoup plus tard. Elle était institutrice, mais avait quitté l'école pour la pépinière qui, sous sa direction, avait prospéré ; ils ouvriraient bientôt une boutique à San Francisco. Il prenait congé sans évoquer la possibilité d'une rencontre ni exprimer le désir de recevoir une réponse. Aucune référence au passé qu'ils avaient partagé. C'était une lettre d'information, purement formelle, sans aucune de ces tournures poétiques ou de ces divagations philosophiques qui émaillaient sa correspondance durant la brève saison de leurs amours. Et pas même un dessin, qui accompagnait parfois ses missives. Alma fut seulement soulagée de ne trouver aucune allusion à ses appels téléphoniques, que Delphine, sans doute, avait commentés avec son mari. En tout cas, Alma interpréta ce courrier pour ce qu'il était : un adieu où Ichimei laissait entendre qu'il ne souhaitait plus de contact.

Les sept années suivantes s'écoulèrent dans la quotidienneté, sans jalon significatif pour Alma. Ses nombreux voyages finirent par se confondre dans sa mémoire comme une seule aventure de Marco Polo, ainsi que le disait Nathaniel, qui ne s'était jamais montré incommodé par les absences de sa femme. Ils se sentaient aussi viscéralement à l'aise l'un avec l'autre que des jumeaux, comme s'ils n'étaient jamais séparés. Ils devinaient leurs pensées respectives, prévenaient les désirs ou les états d'âme de l'autre, achevaient la phrase que l'autre commençait. La tendresse de leur attachement était indéniable : inutile d'en parler, elle allait de soi, comme leur extraordinaire amitié. Ils partageaient les obligations sociales comme le goût pour l'art et la musique, comme le raffinement des bons restaurants ou la cave à vins qu'ils constituaient peu à peu, ou la joie des vacances familiales avec Larry. Le petit s'était montré si docile et affectueux que parfois ses parents se demandaient s'il était tout à fait normal. Ils en plaisantaient en privé : loin des oreilles de Lillian qui n'aurait jamais admis une critique de son petit-fils, ils se disaient que Larry leur réservait une effroyable surprise, qu'il allait un beau jour se fourrer dans une secte ou assassiner quelqu'un ; à coup sûr, il ne pouvait passer toute sa vie sans un seul soubresaut, comme un marsouin satisfait. À peine Larry fut-il en âge de l'apprécier qu'ils l'emmenèrent une fois par an voir le monde au cours d'inoubliables excursions. Ils visitèrent les îles Galápagos comme l'Amazonie, et organisèrent divers safaris en Afrique, que Larry devait répéter avec ses propres enfants. Parmi les instants les plus magiques de son enfance, il se souvenait du jour où il avait donné à manger, dans sa main, à une girafe d'une réserve du Kenya, de la longue langue âpre et bleue, des doux yeux avec leurs cils de chanteuse d'opéra, dans une odeur intense de pâturage fraîchement coupé. Nathaniel et Alma disposaient de leur propre espace dans la vaste demeure de Sea Cliff, où ils vivaient comme dans un hôtel de luxe, sans préoccupations matérielles, car Lillian veillait à maintenir la machinerie domestique bien huilée. Animée des meilleures intentions, elle continuait à s'immiscer dans leur vie en leur demandant régulièrement si, par hasard, ils étaient tombés amoureux, mais loin de les déranger, cette manie de la grandmère les enchantait. Si Alma se rendait à San Francisco, les époux s'arrangeaient pour passer un moment ensemble, le soir, à boire un verre et à se raconter les détails de la journée. Ils célébraient leurs succès respectifs et ne se posaient jamais de questions en dehors d'un cadre tacite strictement établi, comme s'ils avaient deviné que l'équilibre fragile de leur relation pouvait être menacé par une seule confidence inopportune. Ils acceptaient de bon gré que chacun eût son monde secret et ses heures intimes, dont il ne fallait nullement rendre compte. Les omissions n'étaient pas des mensonges. Comme les relations amoureuses entre eux étaient si rares qu'elles pouvaient passer pour inexistantes, Alma imaginait que Nathaniel fréquentait d'autres femmes. L'idée qu'il pouvait vivre dans la chasteté lui semblait absurde, et Nathaniel respectait scrupuleusement leur accord de se montrer discret et d'éviter les humiliations. Quant à elle, elle s'était autorisé quelques infidélités au cours de ses voyages, où les occasions ne manquaient jamais de se présenter, il suffisait de quelques avances et, en général, la réponse ne tardait pas. Mais ces formes d'exutoire lui apportaient moins de satisfaction qu'elle n'en attendait et la laissaient déconcertée. Elle avait l'âge de maintenir une vie sexuelle épanouie, pensait-elle, aussi importante pour le bien-être et la santé que l'exercice physique et un régime équilibré, il ne fallait pas accepter que le corps se dessèche. Mais en se fondant sur ce critère, la sexualité finissait par représenter une tâche supplémentaire, au lieu d'être un cadeau pour les sens. Au regard d'Alma, l'érotisme demandait du temps et de la confiance, rien à voir avec la plate aventure d'une nuit en compagnie d'un inconnu que l'on ne reverrait jamais. En pleine révolution sexuelle, à l'ère de l'amour libertin, quand les couples s'échangeaient en Californie et qu'une moitié couchait sans discrimination avec l'autre moitié, Alma, dans son coin, continuait de songer à Ichimei. Plus d'une fois, elle se demanda si ce n'était pas une excuse pour cacher sa frigidité, mais quand, finalement, elle le retrouva, elle ne songea plus à se poser la question, ni à chercher la consolation dans d'autres bras.

Le 12 septembre 1978

Tu m'as expliqué que l'inspiration naît de la tranquillité, tout comme la créativité surgit du mouvement. La peinture est mouvement, Alma, et c'est pourquoi j'aime tant tes derniers dessins. Ils semblent exécutés sans effort, alors que je sais combien il faut de tranquillité intérieure pour maîtriser le pinceau comme tu le fais. J'aime en particulier tes arbres en automne, qui laissent tomber leurs feuilles avec une telle grâce. C'est ainsi que je souhaiterais me détacher des miennes, à l'automne de la vie, avec élégance et simplicité. Pourquoi nous attacher à ce que nous allons perdre de toute façon ? Je suppose que je fais allusion à la jeunesse, qui a tenu une telle place dans nos conversations.

Jeudi je te préparerai un bain avec des sels et des algues marines que l'on m'a envoyés du Japon.

Ichi

Samuel Mendel

Alma et Samuel Mendel se rencontrèrent à Paris au printemps 1967. Pour Alma, c'était l'avant-dernière étape d'un voyage de deux mois à Kyoto, où elle avait appris la peinture *sumi-e*, à l'encre d'obsidienne sur du papier blanc, sous la stricte conduite d'un maître en calligraphie, qui l'obligeait à répéter le même trait mille fois, jusqu'à combiner parfaitement force et légèreté ; alors seulement elle pouvait passer à un autre mouvement. Elle avait séjourné au Japon plusieurs fois. Le pays la fascinait, tout spécialement Kyoto et certains villages des montagnes, où elle relevait partout des traces d'Ichimei. Les traits libres et fluides du *sumi-e*, appliqués avec le pinceau vertical, lui permettaient de s'exprimer avec une grande économie et originalité ; aucun détail, rien que l'essentiel, un style que Vera Neumann avait déjà développé en oiseaux, papillons, fleurs et dessins abstraits. À cette époque, Vera dirigeait une industrie internationale, qui engrangeait des millions et employait des centaines d'artistes ; des galeries d'art portaient son nom et vingt mille boutiques autour du monde proposaient ses lignes de vêtements, de mode et d'objets de décoration ou à usage domestique. Mais cette production massive n'était pas l'objectif d'Alma. Elle restait fidèle à son choix de l'exclusivité. Au bout de deux mois de coups de pinceaux noirs, elle se préparait à rentrer à San Francisco pour expérimenter la couleur.

C'était la première fois que son frère Samuel revenait à Paris depuis la guerre. Dans les lourds bagages d'Alma, il y avait une malle contenant les rouleaux de ses dessins et des centaines de travaux préparatoires de calligraphie et de peinture pour y puiser des idées. Samuel, quant à lui, avait un bagage réduit au minimum. Il arrivait d'Israël, en pantalon de camouflage et blouson de cuir, avec ses bottes militaires et un léger sac à dos contenant deux tenues de rechange. À quarante-cinq ans, il continuait à vivre comme un soldat, le crâne rasé et la peau tannée comme une semelle. Pour les frère et sœur, ces retrouvailles devaient être un pèlerinage dans le passé. Avec le temps et une épaisse correspondance, ils avaient cultivé l'amitié. Tous deux étaient inspirés dans ce type d'exercice : Alma avait l'entraînement de sa jeunesse, quand elle se plongeait entièrement dans ses journaux intimes ; Samuel, peu disert et méfiant dans les contacts personnels, pouvait être loquace et aimable par écrit.

À Paris, ils louèrent une voiture et Samuel les conduisit jusqu'au village où il était mort pour la première fois, guidé par Alma, qui n'avait pas oublié le chemin suivi avec ses oncle et tante dans les années cinquante. Depuis lors, l'Europe s'était relevée des cendres de la guerre et il n'était pas facile de reconnaître les lieux : à la place d'une agglomération en ruine, de gravats et de maisons humiliées, on voyait un village entouré de vignobles et de champs de lavande, resplendissant sous la lumière la plus pure de l'année. Même le cimetière respirait la prospérité. Il y avait des pierres gravées, des anges de marbre, des croix et des grilles de fer forgé, des arbres sombres, des moineaux, des colombes, du silence. La gardienne, une jeune fille affable, les conduisit par d'étroites sentes entre les tombes, jusqu'à la plaque posée par les Belasco bien des années avant. Elle était intacte : *Samuel Mendel, 1922-1944, pilote de la Royal Air Force de Grande-Bretagne.* Au-dessous, il y avait une autre plaque en bronze, plus petite : *Mort au combat pour la France et la liberté.* Samuel ôta son béret et se gratta la tête, d'un geste amusé.

— Le métal vient d'être frotté, observa-t-il.

— C'est mon grand-père qui le nettoie et qui entretient les tombes des soldats. Et c'est lui qui a placé la seconde plaque. Il était dans la Résistance, vous le saviez ?

— Sans blague ! Comment s'appelle-t-il ?

— Clotaire Martinaux.

— Je regrette de ne pas l'avoir connu, dit Samuel.

— Vous étiez aussi dans la Résistance ?

— Oui, pour un temps.

— Alors, il faut que vous veniez à la maison pour prendre un verre, mon grand-père sera enchanté de vous voir, monsieur…

— Samuel Mendel.

La jeune fille hésita un instant, s'approcha pour lire

à nouveau le nom sur la plaque et se retourna, tout étonnée.

— Oui, c'est bien moi. Comme vous le voyez, je ne suis pas tout à fait mort.

Ils terminèrent la conversation installés dans la cuisine d'une maison voisine, en buvant du Pernod et en mangeant des rondelles de saucisson avec de la baguette. Clotaire Martinaux, petit et trapu, avait un rire fracassant et sentait l'ail. Il les embrassa chaleureusement, heureux de répondre aux questions de Samuel, l'appelant mon frère et remplissant les verres à qui mieux-mieux. Il n'était pas de ces héros fabriqués de toutes pièces depuis l'armistice, comme Samuel put le constater. Il avait entendu parler de l'avion anglais abattu dans son village, du sauvetage de l'un des membres d'équipage, et il connaissait deux des hommes qui l'avaient caché, ainsi que les noms des autres. En écoutant l'histoire de Samuel, il essuyait ses yeux et soufflait dans le même mouchoir qu'il avait attaché à son cou et qui lui servait à éponger la sueur de son front ou à frotter le gras sur ses mains. «Mon grand-père a toujours eu la larme facile», commentait sa petite-fille en guise d'explication.

Samuel leur raconta que son nom dans la Résistance juive était Jean Valjean et qu'il avait souffert de confusion pendant de longs mois, à la suite du traumatisme causé par la chute, mais que, peu à peu, il avait commencé à recouvrer certains souvenirs. Il gardait des images floues d'une grande maison, dont les employées portaient des tabliers noirs et des coiffes blanches, mais rien de sa famille. Il pensait alors que si quelque chose devait rester debout à la fin de la guerre, il irait à la recherche de ses racines en Pologne, car c'était le pays de la langue dans laquelle il additionnait, soustrayait, maudissait et rêvait ; dans un coin de ce pays, il devait y avoir cette maison gravée dans son esprit.

— J'ai dû attendre la fin de la guerre pour vérifier mon propre nom et connaître le sort de ma famille. En 1944, on entrevoyait déjà la défaite des Allemands, vous vous rappelez, monsieur Martinaux ? La situation commençait à se retourner de façon imprévue sur le front de l'Est, là où Britanniques et Américains l'attendaient le moins. Ils pensaient que l'Armée rouge était composée de bandes de paysans indisciplinés, mal nourris et mal équipés, incapables de faire face à Hitler.

— Je m'en souviens fort bien, mon frère, dit Martinaux. Après la bataille de Stalingrad, le mythe d'un Hitler invincible a commencé à s'effriter et nous avons eu un peu d'espoir. Mais il faut le reconnaître, ce sont les Russes qui ont brisé le moral et l'épine dorsale des Allemands en 1943.

— La défaite de Stalingrad les a contraints à refluer vers Berlin, ajouta Samuel.

— Puis ce fut l'heure du débarquement des Alliés en Normandie, en juin 1944, et deux mois plus tard la libération de Paris. Ah, quel jour mémorable !

— J'ai été fait prisonnier. Mon groupe a été décimé par les SS, et mes camarades restés en vie ont été abattus d'une balle dans la nuque dès leur reddition. Je me suis échappé par hasard, et j'errais en quête de nourriture. Ou plutôt : je rôdais autour des fermes des environs pour voir sur quoi je pourrais mettre la main.

Nous mangions même des chiens et des chats, tout ce que l'on trouvait.

Samuel racontait ces longs mois qui avaient été, pour lui, les plus durs de la guerre. Seul, égaré, famélique, sans contact avec la Résistance, il vivait la nuit, avalant de la nourriture dérobée ou avariée, jusqu'à son arrestation fin septembre. Il avait passé les quatre mois suivants aux travaux forcés, d'abord au camp de Monowitz, puis à Auschwitz-Birkenau, où avaient déjà péri un million deux cent mille personnes : hommes, femmes et enfants. En janvier, devant la percée imminente des Russes, les nazis avaient reçu l'ordre de détruire les preuves de tout ce qu'il s'était passé. Ils avaient évacué les prisonniers, à pied, dans la neige, sans vivres ni manteaux, à destination de l'Allemagne. Ceux qui restaient en arrière, ou qui étaient trop faibles, étaient exécutés, mais dans leur hâte pour fuir l'avancée soviétique, les SS n'avaient pas réussi à effacer toutes les traces et avaient laissé en vie sept mille prisonniers. Il était l'un d'entre eux.

— Je ne crois pas que les Russes soient venus dans le but de nous libérer, expliqua Samuel. Le front ukrainien passait tout près, et ils nous ont ouvert le portail du camp. Ceux d'entre nous qui pouvaient encore bouger se sont traînés dehors. Personne ne nous a arrêtés. Personne ne nous a aidés. Pas un morceau de pain. On se faisait expulser de partout.

— Je sais, mon frère. Ici, en France, personne n'aidait les Juifs, je vous le dis avec beaucoup de honte. Mais n'oubliez pas que c'étaient des temps terribles, nous mourions de faim et, dans ces circonstances, on perd son humanité.

341

— Les sionistes de Palestine ne voulaient pas non plus des survivants des camps. Nous étions comme un résidu, inutilisable, de la guerre, dit Samuel.

Et d'ajouter que les sionistes cherchaient des gens jeunes, forts, en bonne santé ; des guerriers robustes, pour affronter les Arabes, et des travailleurs assidus, pour labourer ces terres arides. Mais une des rares choses dont il se souvenait dans sa vie antérieure était son expérience de pilote, ce qui avait facilité sa candidature à l'immigration. Il était devenu soldat, aviateur et espion. Il était dans l'escorte de David Ben Gourion à la création de l'État d'Israël, en 1948, et un an plus tard il devenait un des premiers agents du Mossad.

Le frère et la sœur passèrent la nuit dans une auberge du village ; le lendemain, ils rentrèrent à Paris et s'envolèrent pour Varsovie. En Pologne, ils cherchèrent en vain des traces de leurs parents. Ils ne trouvèrent leurs noms que sur une liste de l'Agence juive des victimes de Treblinka. Et ils parcoururent ensemble les ruines d'Auschwitz. Samuel tentait de se réconcilier avec le passé, mais ce fut un pèlerinage vers ses plus horribles cauchemars, qui cimenta seulement sa conviction que les êtres humains sont les bêtes les plus cruelles de la planète.

— Les Allemands ne sont pas une race de psychopathes, Alma. Ce sont des gens normaux, comme toi et moi. N'importe qui, mû par un mélange de fanatisme, de pouvoir excessif et d'impunité, peut se transformer en bête féroce, comme les SS à Auschwitz, dit-il à sa sœur.

— Donc, tu crois que si l'occasion se présentait, tu te conduirais aussi de cette façon, Samuel ?

— Ce n'est pas ce que je crois, Alma, mais ce que je sais. J'ai été militaire toute ma vie. J'ai fait la guerre. J'ai interrogé des prisonniers, souvent. Mais je suppose que tu ne veux pas connaître les détails.

Nathaniel

Le mal sournois qui devait emporter Nathaniel Belasco se mit à le guetter avec des années d'avance, sans que nul le sache, à commencer par lui-même. Les premiers symptômes se confondaient avec la grippe qui, cet hiver-là, attaqua en masse la population de San Francisco, et ils disparurent en deux semaines. Ils ne réapparurent que des années plus tard et eurent alors pour séquelle une redoutable fatigue. Certains jours, Nathaniel marchait en traînant les pieds et en remontant les épaules, comme s'il portait un sac de sable sur le dos. Il continuait à travailler le même nombre d'heures chaque jour, mais sans grands résultats : les documents s'accumulaient sur son bureau, ils semblaient se dilater, se reproduire tout seuls pendant la nuit, il les confondait, perdait la trace des dossiers qu'il étudiait avec soin et pouvait résoudre naguère les yeux fermés, soudain il ne se souvenait plus de ce qu'il venait de lire à l'instant. Il avait souffert d'insomnie toute sa vie, et cela s'aggravait avec des épisodes de fièvre et de sudation. « Nous endurons tous deux les bouffées de chaleur de la ménopause», commentait Alma en riant, mais elle ne trouvait pas ça drôle. Il délaissa le sport, et son voilier resta ancré dans le port de plaisance, pour que les mouettes y fassent leurs nids. Il avait du mal à avaler, il commença à perdre du poids, il manquait d'appétit. Alma lui préparait des milk-shakes avec des protéines en poudre, qu'il buvait avec peine et régurgitait discrètement pour ne pas l'alarmer. Quand des plaies apparurent sur sa peau, le médecin de famille, une relique aussi ancienne que certains meubles acquis par Isaac Belasco en 1914, qui l'avait soigné successivement pour anémie, infection intestinale, migraine et dépression, l'envoya consulter un spécialiste du cancer.

Atterrée, Alma comprit combien elle aimait Nathaniel et avait besoin de lui; elle se prépara à lutter contre la maladie et le destin, contre les dieux et les diables. Elle arrêta de peindre, licencia le personnel de l'atelier, où elle ne se rendait plus qu'une fois par mois, pour surveiller le service de nettoyage. L'énorme studio, éclairé par la lumière diffuse des fenêtres opaques, s'enfonça dans une quiétude de cathédrale. Le mouvement cessa du jour au lendemain, et l'atelier resta suspendu dans le temps, comme dans un trucage de cinéma, prêt à repartir à la seconde suivante, avec les longues tables protégées par du tissu, les rouleaux de toile dressés comme des gardiens élancés, d'autres toiles déjà peintes pendues aux châssis, les échantillons de papiers et de couleurs épinglés aux murs, les pots, flacons et bocaux, les pinceaux et les brosses, le murmure fantomatique de l'aération, diffusant éternellement le parfum pénétrant de la peinture et du solvant. Et les voyages cessèrent, qui pendant des années lui avaient apporté inspiration et liberté. Loin de son milieu, Alma changeait de peau : elle renaissait, fraîche et curieuse, prête à l'aventure, ouverte à tout ce que lui offrait le jour, sans programme et sans crainte. Elle était si vraie, cette nouvelle Alma transhumante, que parfois elle se surprenait elle-même dans les miroirs des hôtels, car elle ne s'attendait pas à trouver le même visage qu'à San Francisco. Enfin, elle cessa de voir Ichimei.

Ils s'étaient revus par hasard sept ans après les obsèques d'Isaac Belasco, soit quatorze ans avant que ne se déclare vraiment la maladie de Nathaniel. C'était à l'exposition annuelle de la Société des orchidées, où affluaient des milliers de visiteurs. Ichimei l'aperçut le premier et s'approcha pour la saluer. Il était seul. Ils parlèrent des orchidées – deux spécimens de sa pépinière figuraient à l'exposition – puis s'installèrent dans un restaurant voisin. Ils discutaient de choses et d'autres : Alma évoquait ses voyages récents, ses nouveaux modèles de design, son fils Larry ; Ichimei parlait de ses plantes et de ses enfants : Miki, qui avait deux ans, et Peter, un bébé de huit mois. Ils ne mentionnèrent ni Nathaniel ni Delphine. Le repas se prolongea trois heures, sans une seule pause. Ils avaient tout à se dire et le firent dans l'incertitude, avec beaucoup de précautions, sans verser dans le passé, comme en glissant sur de la glace fendillée, s'examinant, notant les changements, tâchant de percer les intentions, conscients d'une brûlante attirance qui demeurait intacte. Ils avaient tous deux trente-sept ans. Elle paraissait davantage, ses traits s'étaient accentués, elle était plus mince, anguleuse et sûre d'elle-même, mais Ichimei n'avait pas changé : il avait gardé son air d'adolescent serein, sa voix basse et ses manières délicates, sa capacité d'envahir l'autre de son intense présence jusqu'à la dernière cellule. Alma pouvait revoir le garçon de huit ans dans la serre de Sea Cliff, celui de dix ans qui lui avait donné un chat avant de disparaître, l'amant assidu du motel des cafards, l'homme endeuillé à l'enterrement de son beau-père, tous pareils, comme des images superposées sur du papier transparent. Ichimei était immuable, comme éternel. L'amour qu'elle éprouvait pour lui et son désir lui brûlaient la peau, elle aurait voulu étendre les mains de l'autre côté de la table et le toucher, s'approcher, blottir le nez dans son cou et s'assurer qu'il avait toujours l'odeur de la terre et des herbes, lui dire que sans lui elle vivait comme somnambule, que rien ni personne ne pouvait combler le vide terrible de son absence, qu'elle donnerait tout pour se retrouver nue entre ses bras, que rien ne lui importait sinon lui. Ichimei la raccompagna jusqu'à sa voiture. Ils marchaient lentement, multipliant les détours pour retarder l'instant de la séparation. Ils prirent l'ascenseur vers le troisième niveau du parking, elle sortit sa clé, lui proposa de le conduire jusqu'à son véhicule, garé un peu plus loin, et il accepta. Dans l'intime pénombre de la voiture ils s'embrassèrent : se reconnurent.

Durant les années suivantes, ils durent protéger leur amour dans un compartiment isolé du reste de leurs vies, et ils le vécurent en profondeur, sans même effleurer Nathaniel et Delphine. Quand ils étaient ensemble, rien d'autre n'existait et, en se quittant à l'hôtel où ils avaient assouvi leur passion, il était entendu qu'ils ne reprendraient pas contact avant le prochain rendez-vous, excepté par lettre. Alma thésaurisait ces courriers, alors même qu'Ichimei y gardait le ton réservé de son peuple, qui contrastait avec ses délicats témoignages d'amour et ses déchaînements de passion quand ils se retrouvaient. Son sentimentalisme l'embarrassait beaucoup ; pour l'exprimer, il préparait par exemple un pique-nique pour Alma dans de précieuses boîtes de bois, ou lui envoyait des gardénias, dont elle aimait l'arôme, qui ne serait jamais utilisé dans une eau de Cologne, ou encore infusait du thé avec cérémonie, et lui dédiait poèmes et dessins. Parfois, en privé, il l'appelait « ma petite », mais jamais par écrit. Alma n'avait aucun besoin de donner des explications à son mari, attendu qu'ils menaient des vies indépendantes, et elle ne demandait pas à Ichimei comment il se débrouillait pour cacher la situation à Delphine, car ils vivaient et travaillaient dans une étroite collaboration. Elle savait qu'Ichimei aimait sa femme, qu'il était bon père et chef de famille, qu'il occupait une position particulière dans la communauté japonaise : on l'estimait comme un maître, à qui on faisait appel pour conseiller les égarés, réconcilier les ennemis et arbitrer les querelles. L'homme à l'amour dévorant, aux inventions érotiques, au rire, aux blagues et aux jeux entre les draps, à la joie débordante, aux confidences murmurées entre deux étreintes, aux baisers sans fin, à l'intimité la plus délirante, cet homme n'existait que pour elle.

Les lettres commencèrent d'arriver après la rencontre au milieu des orchidées, et leur rythme s'intensifia quand Nathaniel tomba malade. Pendant un temps qui leur parut interminable, la correspondance remplaça les rencontres clandestines. Celles d'Alma étaient les lettres dépouillées et angoissées d'une femme affligée par la séparation ; celles d'Ichimei, comme de l'eau tranquille et cristalline, mais entre les lignes palpitait la passion partagée. Pour Alma, ces lettres reflétaient le délicat monde intérieur d'Ichimei, ses émotions et ses rêves, ses idéaux et ses nostalgies ; elle put le connaître et l'aimer et le désirer plus encore à travers ces missives que dans les escarmouches amoureuses. Elles lui furent bientôt indispensables, à telle enseigne que, devenue veuve et libre, alors qu'ils pouvaient se parler au téléphone, se voir fréquemment et jusqu'à voyager ensemble, ils continuèrent de s'écrire. Ichimei respecta rigoureusement leur accord de détruire les lettres, mais Alma garda celles de son amant pour les relire en de multiples occasions.

Je sais combien tu souffres et j'ai de la peine de ne pouvoir t'aider. Alors même que je t'écris, tu es angoissée par la manière d'affronter la maladie de ton mari. Tu ne peux contrôler ces choses, Alma, tu peux seulement les accompagner avec force courage.

Notre séparation est très douloureuse. Nous sommes tellement habitués à nos jeudis sacrés, aux dîners en tête à tête, aux promenades dans le parc, aux brèves aventures d'une fin de semaine. Pourquoi le monde m'apparaît-il comme déteint ? Les sons m'arrivent de loin, en sourdine, la nourriture a un goût de savon. Tant de mois sans nous voir ! J'ai acheté ton eau de Cologne pour sentir ton odeur. Je me console en écrivant des poèmes, que je te donnerai car ils sont pour toi.

Et tu m'accuses de n'être pas romantique !

Les années de pratique spirituelle ne m'ont guère servi si je n'ai pas réussi à me dépouiller du désir. J'attends tes lettres et ta voix au téléphone, je te vois arriver en courant... Parfois l'amour nous fait mal.

Ichi

Nathaniel et Alma occupaient les deux chambres qui avaient été celles de Lillian et d'Isaac. Elles communiquaient par une porte restée si longtemps ouverte qu'elle ne pouvait plus se fermer. Ils se remirent à partager leur insomnie, comme au premier temps de leur mariage, l'un contre l'autre au lit ou dans un sofa, elle tenant un livre d'une main, caressant les cheveux de son mari de l'autre, tandis qu'il reposait les yeux clos, avec un gargouillement dans la poitrine à chaque respiration. Dans une de ces longues nuits ils se surprirent mutuellement à pleurer en silence, pour ne pas déranger l'autre. D'abord, Alma sentit les joues humides de Nathaniel, et aussitôt lui-même remarqua qu'elle pleurait, une chose si rare qu'il se redressa pour s'en assurer. Il ne se souvenait pas de l'avoir vue pleurer, et jusque dans les heures les plus amères.

— Tu es en train de partir, n'est-ce pas ? murmura-t-elle.

— Oui, Alma, mais ne pleure pas pour moi.

— Je ne pleure pas pour toi, mais pour moi. Et

pour nous, pour tout ce que je ne t'ai pas dit, pour les omissions et les mensonges, pour les trahisons et le temps que je t'ai volé.

— Mais que dis-tu ! Tu ne m'as pas trahi par ton amour pour Ichimei, Alma. Il y a des omissions et des mensonges nécessaires, comme il est des vérités qu'il vaut mieux taire.

— Tu savais pour Ichimei ? Et depuis quand ? s'exclama-t-elle.

— Depuis toujours. Le cœur est grand, il peut aimer plus d'une personne.

— Parle-moi de toi, Nat. Je n'ai jamais voulu fouiller dans tes secrets, que j'imagine très nombreux, pour ne pas avoir à te révéler les miens.

— Nous nous sommes tant aimés, Alma ! On devrait toujours épouser sa meilleure amie. Je te connais comme personne. Ce que tu ne m'as pas dit, je peux le deviner ; mais toi, tu ne me connais pas, moi. Tu as le droit de savoir qui je suis vraiment.

Alors, il lui parla de Lenny Beal. Et d'un bout à l'autre de cette nuit blanche ils se dirent tout dans l'urgence, en sachant qu'il leur restait peu de temps à passer ensemble.

Depuis ses plus lointains souvenirs, Nathaniel avait éprouvé un mélange de fascination, de crainte et de désir en présence de ceux de son propre sexe, d'abord avec ses camarades d'école, puis avec d'autres hommes et, finalement, avec Lenny. Ensemble, ils avaient formé un couple pendant huit ans. Il avait lutté contre ces sentiments, écartelé entre les élans du cœur et l'implacable voix de la raison. À l'école, alors qu'il ne pouvait pas encore identifier ce qu'il ressentait, les autres enfants savaient viscéralement qu'il était différent et le poursuivaient de leurs coups, de leurs moqueries et de leur ostracisme. Captif parmi les brutes, il passa les pires années de sa vie. À la fin, déchiré entre les scrupules et la fougue incontrôlable de la jeunesse, il se rendit compte du fait qu'il n'était pas une exception, comme il le croyait ; partout il tombait sur des hommes qui le regardaient droit dans les yeux, d'une manière qui était une invitation ou une supplique. Il fut initié par un condisciple de Harvard. Il découvrit que l'homosexualité était un monde parallèle, qui coexistait avec la réalité généralement acceptée. Il fit la connaissance de personnes issues de nombreuses classes. À l'université, des professeurs, des intellectuels, des étudiants, un rabbin ou un joueur de football ; dans la rue, des marins, des ouvriers, des bureaucrates, des politiciens, des commerçants et des délinquants. C'était un monde inclusif, de mœurs légères et, pour l'heure, encore discret car il endurait le jugement rédhibitoire de la société, de la morale et de la loi. Les gays n'étaient pas admis dans les hôtels, les clubs ou les églises, on ne leur servait pas d'alcool dans les cafés et on pouvait les chasser des lieux publics, en les accusant, avec ou sans raison, de comportement désordonné. Quant aux bars et clubs gays, ils appartenaient à la mafia. De retour à San Francisco avec son diplôme d'avocat sous le bras, Nathaniel découvrit les premiers signes d'une culture gay naissante, qui ne devait se manifester ouvertement que de nombreuses années plus tard. Quand se développèrent les mouvements sociaux des années 1960, dont la libération des homosexuels, Nathaniel était marié avec Alma, et leur fils Larry avait dix ans. « Je ne t'ai pas épousée pour dissimuler ma sexualité, mais par amitié et par amour », confia-t-il à Alma cette nuit-là. Ce furent des années de schizophrénie : une vie publique irréprochable et couronnée de succès ; et l'autre, illicite et cachée. Il rencontra Lenny Beal en 1976, dans un bain turc pour hommes, le lieu le plus propice aux excès et le moins adéquat pour commencer une histoire d'amour comme la leur.

Nathaniel allait avoir cinquante ans et Lenny avait six ans de moins : il était beau comme les divinités masculines de la statuaire antique, irrévérencieux, exalté, sans retenue. Tout le contraire du caractère de Nathaniel. L'attirance physique fut immédiate. Ils s'enfermèrent dans une cabine et y restèrent jusqu'à l'aube, éperdus de plaisir, s'attaquant comme des lutteurs et se lovant dans l'enchevêtrement et le délire des corps. Ils se donnèrent rendez-vous le lendemain dans un hôtel. Lenny apporta de l'herbe et de la cocaïne, mais Nathaniel lui demanda de s'en abstenir ; il voulait vivre cette expérience en pleine conscience. Huit jours plus tard, ils savaient que l'étincelle du désir avait marqué le début d'un grand amour et ils succombèrent sans résistance à l'impératif de le vivre en toute plénitude. Ils louèrent un studio au centre-ville, le garnirent d'un minimum de meubles et de la meilleure chaîne stéréo, en se promettant de le garder pour eux seuls. Nathaniel achevait ainsi la quête commencée trente-cinq ans auparavant, mais rien, en apparence, n'avait changé dans son existence : il restait le même type de bourgeois ; nul ne pouvait deviner que ses heures de bureau et d'occupations sportives avaient subi une réduction drastique. De son côté, Lenny se transformait sous l'influence de son amant. Il stabilisa, pour la première fois, son existence turbulente et se risqua à remplacer le bruit et l'agitation forcenée par la contemplation d'un bonheur fraîchement découvert. S'il n'était pas avec Nathaniel, il pensait à lui. Il cessa de fréquenter les bains ou les clubs gays ; ses amis parvenaient rarement à le tenter avec quelque fête, il n'avait pas envie de faire d'autres connaissances : Nathaniel lui suffisait, c'était le soleil, le centre de ses jours. Et il s'installa dans la paix de cet amour avec une dévotion de puritain. Il adopta les goûts musicaux, la nourriture et les boissons préférés de Nathaniel, ses chandails de cachemire, son manteau de poils de chameau, son after-shave. Nathaniel fit installer une ligne téléphonique personnelle dans son bureau, dont Lenny seul connaissait le numéro ; ils sortaient en voilier, organisaient des excursions, se retrouvaient dans des villes lointaines où ils n'étaient connus de personne.

Au début, l'incompréhensible maladie de Nathaniel ne relâcha pas le lien avec Lenny ; les symptômes étaient divers et sporadiques, ils allaient et venaient sans cause ni relation apparente. Puis, quand Nathaniel s'affaiblit peu à peu et diminua, jusqu'à n'être plus que l'ombre de lui-même, quand il dut accepter ses limites et demander de l'aide, il fallut mettre un terme aux diversions. Il perdit son élan vital, sentit que tout alentour pâlissait et s'estompait, et s'abandonna, comme un vieillard, à la nostalgie du passé,

355

regrettant certaines choses qu'il avait faites et toutes celles qu'il n'avait pas accomplies. Il savait que sa vie allait bientôt s'écourter et il avait peur. Lenny ne le laissait pas verser dans la dépression, il le soutenait d'une bonne humeur feinte et de la fermeté de son amour qui, en ces temps d'épreuve, ne fit plus que croître et grandir. Ils se retrouvaient dans le petit appartement pour se consoler mutuellement. Nathaniel manquait de forces et de désir pour faire l'amour, mais Lenny ne lui demandait rien : il se contentait des moments d'intimité où il pouvait l'apaiser s'il tremblait de fièvre, lui donner du yaourt avec une petite cuillère pour nourrisson, s'étendre à ses côtés pour écouter de la musique, lui soulager les escarres avec des baumes, le soutenir dans les toilettes. Finalement, Nathaniel dut garder la chambre et Alma assuma le rôle de l'infirmière avec la même tendresse persévérante que Lenny. Mais elle était seulement l'amie et l'épouse, tandis que Lenny était le grand amour. Ainsi le comprit-elle durant cette longue nuit de confidences.

À l'aube, quand Nathaniel put enfin s'endormir, elle chercha le numéro de Lenny dans l'annuaire et l'appela pour lui demander son aide. Ensemble, ils pourraient mieux surmonter l'angoisse de cette agonie, lui dit-elle. Une demi-heure plus tard, Lenny était là. Alma était encore en pyjama et en peignoir quand elle lui ouvrit la porte. Il se retrouva devant une femme ravagée par l'insomnie, la fatigue et la souffrance ; elle vit un bel homme, les cheveux mouillés par une douche récente et les yeux les plus bleus du monde, mais rougis.

— Je suis Lenny Beal, madame, murmura-t-il, ému.

— Appelez-moi Alma, s'il vous plaît. Vous êtes ici chez vous, Lenny, répondit-elle.

Il voulut lui tendre la main, mais il ne put terminer son geste et ils s'embrassèrent, tremblants.

Lenny commença à fréquenter chaque jour la maison de Sea Cliff, après son travail à la clinique dentaire. Alma expliqua à Larry et Doris, au personnel, aux amis et aux connaissances de passage, que Lenny était infirmier. Du reste, personne ne posait de question. Alma fit appel à un menuisier pour réparer la porte coincée de la chambre à coucher, et les laissa seuls. Elle éprouvait un immense soulagement quand le regard de son mari s'éclairait en apercevant Lenny. Au crépuscule, ils prenaient le thé tous les trois avec des gâteaux, et, si Nathaniel en avait la force, ils jouaient aux cartes. Pour lors, il y avait un diagnostic, le plus redoutable : le sida. Cela faisait seulement deux ans que le mal portait un nom, mais l'on savait déjà que c'était une condamnation à mort ; certains tombaient plus vite, d'autres plus tard. C'était une question de temps. Alma ne voulut pas s'enquérir pourquoi le mal avait touché Nathaniel, et non Lenny, mais quand bien même l'eût-elle fait, nul n'aurait pu lui donner de réponse catégorique. Les cas se multipliaient à une vitesse telle que l'on évoquait déjà une pandémie et un châtiment divin devant l'infamie de l'homosexualité. « Sida » se prononçait en chuchotant, sa présence ne pouvait s'admettre dans une famille ou une communauté, car elle était synonyme d'impardonnables perversions. L'explication officielle, y compris pour les proches, fut que Nathaniel avait un cancer. Comme la science ne pouvait lui offrir aucune solution, Lenny se rendit au Mexique pour en rapporter des drogues mystérieuses, qui ne servirent à rien, tandis qu'Alma se fiait aux nombreuses promesses de la médecine alternative, depuis l'acupuncture, les herbes et les onguents de Chinatown, jusqu'aux bains de boue magique aux thermes de Calistoga. C'est seulement alors qu'elle put comprendre les pratiques délirantes auxquelles recourait Lillian pour soigner Isaac, et elle regretta d'avoir jeté à la poubelle la figurine vaudoue du Baron Samedi.

Neuf mois après, le corps de Nathaniel n'était plus qu'un squelette, l'air pénétrait à peine dans le labyrinthe obstrué de ses poumons, sa peau était couverte de plaies et il souffrait d'une soif insatiable, il n'avait plus de voix et son esprit était en proie à de terribles délires. Alors, un dimanche somnolent où ils étaient ensemble à la maison, Alma et Lenny, qui se tenaient la main dans la pénombre de la chambre fermée, prièrent Nathaniel de cesser le combat et de s'en aller en paix. Ils ne pouvaient plus assister à ce martyre. Dans un éclair miraculeux de lucidité, Nathaniel ouvrit les yeux, voilés par la douleur, et remua les lèvres dans un seul mot muet : Merci. Ils l'interprétèrent pour ce qu'il était : une ultime demande. Lenny l'embrassa sur les lèvres avant de lui injecter une surdose de morphine dans le sérum intraveineux. Agenouillée de l'autre côté du lit, Alma rappelait doucement à son mari combien ils l'aimaient, elle et Lenny, et tout ce qu'il leur avait donné, à eux et à tant d'autres gens, qu'on ne l'oublierait pas, et que rien ne pourrait les séparer...

Plus tard, en partageant leurs souvenirs à Lark House, Alma et Lenny se demandèrent pourquoi ils avaient laissé passer trois décennies sans essayer de se recontacter. Après avoir fermé les yeux de Nathaniel, et aidé sa femme à préparer le corps le mieux possible, avant la visite de Larry et de Doris, en éliminant les traces de tout ce qu'il s'était passé, Lenny prit congé d'Alma et s'en alla. Ils avaient passé tant de mois côte à côte, dans l'intimité absolue de la souffrance et l'incertitude de l'espérance; ils ne s'étaient presque jamais vus à la lumière du jour, juste dans cette alcôve qui sentait le menthol et la mort bien avant que celle-ci ne réclame la dépouille de Nathaniel. Ils avaient partagé les nuits blanches, la marijuana et le whisky à l'eau pour soulager l'angoisse, ils s'étaient raconté leurs vies, avaient déterré secrets et nostalgies; ils se connaissaient à fond. Dans cette interminable agonie, aucune prétention n'avait sa place, et ils s'étaient révélés comme ils étaient face à eux-mêmes, le cœur à nu. En dépit de cela, ou peut-être à cause de cela même, ils étaient parvenus à s'aimer d'une tendresse diaphane et désespérée, qui exigerait une séparation, car elle n'avait pas résisté à l'usure irrémédiable du quotidien.

— Nous avons connu une amitié très rare, dit Alma.

— Nathaniel nous était si reconnaissant de l'accompagner tous les deux qu'un jour il m'a demandé de t'épouser quand tu serais veuve… Il ne voulait pas te laisser désemparée.

— Quelle idée formidable ! Pourquoi ne pas me l'avoir proposé, Lenny ? Nous aurions formé un bon couple. Nous aurions assuré nos arrières, en nous entraidant, comme Nathaniel et moi.

— Mais je suis gay, Alma.

— Nathaniel l'était aussi. Nous aurions contracté un mariage blanc ; toi avec ta vie amoureuse, et moi avec Ichimei. Un accord très pratique, puisque nous ne pouvions exposer nos amours en public.

— Il en est encore temps. Veux-tu m'épouser, Alma Belasco ?

— Mais, ne m'as-tu pas dit que tu allais mourir bientôt ? Je ne veux pas être veuve une seconde fois.

Et ils éclatèrent de rire de bon cœur, et le rire les entraîna vers la salle à manger, pour voir si le menu proposait quelque tentation. Lenny offrit son bras à Alma et ils sortirent, par le couloir vitré, vers le bâtiment principal, l'ancienne demeure du magnat du chocolat. Ils se sentaient à la fois vieillis et contents, se demandant pourquoi l'on parle toujours de tristesses et de malaises, et non de bonheur. « Que faire de ce bonheur qui nous arrive sans raison spéciale, de ce bonheur qui ne demande rien pour exister ? » demandait Alma. Et ils avançaient à petits pas hésitants, s'appuyant l'un sur l'autre, frileusement car c'était la fin de l'automne, étourdis par le torrent de leurs souvenirs tenaces, leurs souvenirs d'amour, envahis par cette félicité partagée. Alma montra à Lenny la vision fugace de quelques lueurs rosées sur le parc, mais déjà l'obscurité descendait et peut-être n'était-ce pas Emily annonçant un malheur, mais juste un mirage, comme tant d'autres à Lark House.

L'amant japonais

Vendredi, Irina Bazili arriva de bonne heure à Lark House et jeta un œil dans la chambre d'Alma avant d'entamer sa journée. Alma n'avait plus besoin d'elle pour s'habiller, mais elle savait gré à la jeune fille de faire un petit détour par son appartement pour partager la première tasse de thé. « Marie-toi avec mon petit-fils, Irina ; tu nous rendras service, à tous les Belasco », lui disait-elle souvent. Irina aurait dû lui confier qu'elle ne parvenait pas à dominer la terreur du passé, mais la simple idée de mentionner quoi que ce fût la faisait rougir de honte. Comment expliquer à la grand-mère que les monstres de sa mémoire, généralement tapis dans leurs tanières, sortaient leur tête de lézard dès qu'elle se disposait à coucher avec son petit-fils ? Seth comprenait qu'elle n'était pas encore prête à parler et avait cessé de faire pression sur elle pour qu'ils consultent un psychiatre ; pour l'instant, il lui servait de confident, et cela pouvait suffire. Ils avaient le temps. Irina lui avait d'abord proposé une cure de cheval : visionner ensemble les vidéos filmées par son beau-père, qui rôdaient toujours dans les parages et continueraient de la tourmenter jusqu'à la fin de sa vie, mais Seth craignait que ces créatures sournoises, une fois sorties de leur boîte, ne deviennent incontrôlables. Sa cure à lui consistait à y aller doucement, par petites étapes, avec amour et humour, comme dans une danse à trois temps : deux pas en avant, un pas en arrière. Ils partageaient déjà le même lit et, parfois, l'aube les surprenait enlacés.

Mais ce vendredi-là Irina n'avait pas trouvé Alma dans son appartement, ni le sac qui l'accompagnait dans ses sorties secrètes, ni ses chemises de nuit en soie. Et, pour une fois, le portrait d'Ichimei avait disparu. Elle savait que l'automobile de la vieille dame ne serait pas au parking et ne s'en inquiétait pas, car Alma avait retrouvé une démarche plus assurée et sans doute Ichimei l'avait-il attendue à la sortie. Bref, elle ne devait pas être seule.

Samedi, Irina n'était pas de garde à Lark House et elle dormit jusqu'à neuf heures, un luxe qu'elle pouvait se permettre le week-end depuis qu'elle vivait avec Seth et avait cessé de s'occuper des chiens. Seth la réveilla avec un bol de café au lait et s'assit à ses côtés sur le lit pour organiser la journée. Il sortait de la douche du gymnase, les cheveux mouillés, encore essoufflé par l'exercice, sans imaginer une seconde que, ce jour-là, il n'y aurait pas de projets avec Irina, car ce serait une journée d'adieu. Le téléphone sonna et la voix de Larry Belasco annonça à son fils que la voiture de la grand-mère avait dérapé sur une route de campagne et s'était écrasée au fond d'un ravin de quinze mètres.

— Elle est à l'unité de soins intensifs de l'Hôpital général, à Marin Head, dit-il.

— C'est grave ? demanda Seth, atterré.

— Oui. Sa voiture est complètement défoncée. Je me demande ce que ma mère pouvait bien fabriquer par là.

— Elle était seule, papa ?

— Oui.

À l'hôpital, ils trouvèrent Alma consciente et lucide, malgré toutes les perfusions qui coulaient, goutte à goutte, dans ses veines et qui, au dire du médecin, auraient assommé un baudet. Elle avait subi l'impact de plein fouet. Dans un véhicule plus lourd, la commotion aurait peut-être été moins violente, mais la petite Smart vert citron était tombée en morceaux et Alma, rivée à son siège par la ceinture de sécurité, avait été écrasée. Pendant que la famille Belasco se lamentait dans la salle d'attente, Larry expliquait à Seth qu'il existait encore une mesure extrême : ouvrir le corps de haut en bas, remettre les organes en place et attendre que diminue l'inflammation pour intervenir. Ensuite, il serait temps de songer à opérer les os brisés. Le risque, déjà énorme chez un patient jeune, était très élevé pour une personne de plus de quatre-vingts ans, comme Alma. Le chirurgien qui l'avait reçue à l'hôpital n'osait pas s'y risquer. Catherine Hope, qui arriva aussitôt avec Lenny Beal, estima qu'une intervention d'une telle ampleur serait inutile et cruelle. Il ne restait plus qu'à administrer les soins palliatifs et attendre la fin, qui ne pouvait tarder. Irina laissa la famille discuter avec Cathy l'idée de transférer Alma dans un hôpital de San Francisco, où l'on disposait de plus de moyens, et entra furtivement dans la chambre de la vieille dame.

— Vous avez mal ? lui demanda-t-elle dans un murmure. Voulez-vous que j'appelle Ichimei ?

Alma était placée sous oxygène, mais elle respirait seule et fit un petit geste pour que la jeune femme s'approche. Irina se refusait de penser au corps écrasé par la carrosserie et simplement couvert d'un drap ; elle se concentra sur le visage, intact, qui semblait avoir embelli.

— Kirsten, balbutia Alma.

— Voulez-vous que j'aille la chercher ? demanda Irina, étonnée.

— Oui, et dites-leur de ne pas me toucher, ajouta Alma distinctement, avant de fermer les yeux, épuisée.

Seth appela le frère de Kirsten et, dans l'après-midi, conduisit celle-ci à l'hôpital. La femme prit place sur l'unique chaise de la chambre, attendant sans hâte les instructions d'Alma, comme elle l'avait fait à l'atelier, patiemment, durant des mois, avant de travailler avec Catherine Hope à la clinique antidouleur. À un moment donné, quand brillaient les derniers rayons de clarté à la fenêtre, Alma sortit de la léthargie des drogues. Son regard parcourut l'assistance, en s'efforçant d'identifier les visages : la famille, Irina, Lenny, Cathy, et parut s'animer quand il s'arrêta sur Kirsten. Celle-ci s'approcha du lit, prit la main qui n'était pas raccordée au goutte-à-goutte et couvrit le bras de baisers humides, depuis les doigts jusqu'au coude, tout en parlant à la patiente, lui demandant si elle était malade, si elle allait se rétablir, et en lui répétant qu'elle l'aimait beaucoup. Larry tenta de l'écarter, mais Alma lui demanda, d'un geste faible, de les laisser seules.

La première et la deuxième nuits de veille, Larry, Doris et Seth se relayèrent, mais à la troisième, Irina comprit que la famille était à bout de forces et s'offrit à tenir compagnie à Alma, qui ne parlait plus depuis la visite de Kirsten et demeurait comme assoupie, haletant légèrement comme un chien fatigué, se détachant de la vie. Il n'est pas facile de vivre, ni facile de mourir, pensait Irina. Le médecin assurait qu'Alma ne souffrait pas : elle était sous sédatifs.

Puis les bruits de l'étage s'étouffèrent peu à peu. Dans la chambre régnait une paisible pénombre, mais les couloirs restaient éclairés par des lampes puissantes et par le reflet bleuté des ordinateurs dans la salle de garde des infirmières. Le murmure de l'air conditionné, la respiration difficile de la vieille dame et, de temps à autre, quelques pas ou des voix discrètes de l'autre côté de la porte étaient les seuls sons qui parvenaient à Irina. On lui avait apporté une couverture et un coussin pour qu'elle trouve un peu de confort, mais il faisait chaud et il était impossible de dormir sur cette chaise. Elle s'assit par terre, adossée au mur, songeant à Alma qui, trois jours avant, était encore une femme passionnée, qui s'empressait de retrouver son amant, et qui, à présent, mourait dans son lit d'hôpital. Le temps d'un bref réveil, avant de se perdre à nouveau dans la somnolence hallucinante des drogues, Alma lui demanda de lui passer du rouge à lèvres, car Ichimei viendrait bientôt la chercher. Et Irina sentit qu'un terrible chagrin l'envahissait, une lame de fond d'amour pour cette incroyable petite vieille, une tendresse à la fois de petite-fille, de sœur, de fille et d'amie de toujours, tandis que les larmes coulaient sur ses joues, et mouillaient son cou et sa blouse. Elle désirait qu'Alma s'en aille d'un seul coup, pour en finir avec la souffrance, et elle voulait qu'elle ne s'en aille jamais, que par miracle guérissent les organes et les os fracturés, qu'elle ressuscite et qu'elles puissent ensemble retourner à Lark House et continuer leur vie comme avant. Et elle lui consacrerait plus de temps, elle lui tiendrait davantage compagnie, elle arracherait les secrets de la cachette où elle les rangeait, et lui trouverait un autre chat comme Neko et se débrouillerait pour qu'elle reçoive des gardénias toutes les semaines, sans lui dire qui les envoyait. Ses chers absents accouraient de partout pour l'accompagner dans sa peine : ses grands-parents couleur de terre, Jacques Devine et son scarabée de topaze, tous les anciens décédés à Lark House depuis les trois années qu'elle y travaillait, Neko et sa queue tordue, son ronronnement satisfait, et jusqu'à sa propre mère, Radmila, à qui elle avait pardonné et dont elle n'avait plus de nouvelles depuis de longues années. Elle aurait voulu Seth auprès d'elle à ce moment, pour lui présenter les personnages de cette distribution théâtrale qu'il ne connaissait pas, et se reposer la main serrée dans la sienne. Elle s'endormit dans un mélange de nostalgie et de tristesse, pelotonnée dans son coin. Elle n'entendit pas l'infirmière qui entrait régulièrement pour s'enquérir de l'état d'Alma, ajuster la perfusion et l'aiguille, prendre la tension et la température, administrer les sédatifs.

À l'heure la plus obscure de la nuit, l'heure mystérieuse du temps le plus fin, quand le voile entre ce monde et celui des esprits s'ouvre souvent, le visiteur qu'Alma attendait, arriva enfin. Il entra sans bruit, avec ses chaussures de caoutchouc, si léger qu'Irina ne se serait pas éveillée sans le gémissement rauque que poussa Alma en le sentant tout près. Ichi! Il était à côté du lit, il se penchait sur elle, mais Irina, qui ne pouvait voir que son profil, l'aurait reconnu n'importe où, à tout moment, car elle aussi l'attendait. Il était tel qu'elle l'avait imaginé quand elle examinait son portrait dans le cadre d'argent, de taille moyenne et de forte carrure, le cheveu raide et gris, la peau verdâtre à la clarté de l'écran, le visage noble et serein. Ichimei! Elle eut l'impression qu'Alma ouvrait les yeux et répétait ce nom, mais elle n'en était pas sûre. Elle comprit que, pour cet adieu, ils devaient rester seuls. Elle se leva prudemment, pour ne pas déranger, et se glissa hors de la chambre, fermant la porte derrière elle. Elle attendit dans le couloir, en faisant quelques pas pour se dégourdir les jambes, but deux verres d'eau à la fontaine près de l'ascenseur, et retourna à son poste de sentinelle à la porte d'Alma.

À quatre heures du matin, l'infirmière de garde arriva, une grande Noire qui sentait le pain parfumé et qui tomba sur Irina qui bloquait l'entrée. «S'il vous plaît, laissez-les seuls encore un instant», dit la jeune femme d'un ton suppliant, et elle se mit à lui parler, d'une voix précipitée, de l'amant qui venait d'accourir pour accompagner Alma dans ce dernier moment critique. On ne pouvait les interrompre. «À cette heure, il n'y a pas de visiteurs», répliqua l'infirmière, surprise, et elle écarta aussitôt Irina pour ouvrir la porte.

Ichimei était parti et l'air de la chambre était rempli de son absence.

Alma était partie avec lui.

Alma fut veillée en privé durant quelques heures dans le manoir de Sea Cliff, où elle avait passé presque toute sa vie. Un simple cercueil de pin fut placé dans la salle à manger des grandes occasions, éclairé par les dix-huit bougies allumées dans les *menorahs* d'argent massif que la famille utilisait pour les célébrations traditionnelles. Les Belasco n'étaient pas pratiquants, mais s'en tenaient aux rites funéraires selon les instructions du rabbin. Alma avait souvent spécifié qu'elle voulait passer de son lit au cimetière, sans aucun rituel à la synagogue. Deux femmes pieuses du Chaves Kadisha lavèrent le corps et le revêtirent de l'humble linceul de lin blanc sans poches, qui symbolise l'égalité dans la mort et l'abandon de tous les biens matériels. Comme une ombre invisible, Irina participait au deuil en se tenant derrière Seth, qui semblait groggy, hébété de douleur, incrédule devant ce départ subit de sa grand-mère immortelle. Un membre de la famille demeura à ses côtés jusqu'au moment de la levée du corps, pour laisser le temps à l'esprit de se détacher et de s'en aller. Il n'y eut pas de fleurs, tenues pour frivoles, mais Irina porta un gardénia au cimetière, où le rabbin adressa une courte prière : *Dayan Ha'met*, Béni soit le Juge de la Vérité. On descendit le cercueil en terre, à côté de la tombe de Nathaniel Belasco, et quand les familiers s'approchèrent pour le couvrir de poignées de terre, Irina jeta la fleur sur la dernière demeure de son amie. Ce soir-là commença le *Shiva*, les sept jours de deuil et de retraite. Dans un geste inattendu, Larry et Doris prièrent Irina de rester avec eux pour consoler Seth. Comme les autres membres de la famille, Irina attacha un morceau de toile déchirée, symbole de deuil, sur sa poitrine.

Le septième jour, après avoir reçu la file de visiteurs qui venaient présenter leurs condoléances chaque soir, les Belasco reprirent le rythme habituel et chacun retourna à ses activités. Un mois après les obsèques, on devait allumer une chandelle au nom d'Alma et, au bout d'un an, au terme d'une simple cérémonie, on apposerait une plaque avec son nom sur la tombe. Mais à cette date la plupart de ceux qui l'avaient connue penseraient peu à elle : Alma vivrait dans ses toiles peintes, dans le souvenir obsédant de son petit-fils Seth et dans les cœurs d'Irina Bazili et de Kirsten, qui n'arriverait jamais à comprendre où la vieille dame était partie. Pendant toute la durée du *Shiva*, Irina et Seth attendirent impatiemment la visite d'Ichimei Fukuda, mais les sept jours s'écoulèrent sans nouvelles.

La première chose que fit Irina au terme de cette semaine de deuil rituel fut d'aller à Lark House pour recueillir les effets personnels d'Alma. Le directeur, Hans Voigt, l'avait autorisée à s'absenter quelques jours, mais elle devait bientôt reprendre le travail. L'appartement était tel que l'avait laissé Alma, car Lupita Farías avait décidé de ne rien toucher avant le départ définitif de la famille. Les rares meubles qui l'occupaient, achetés pour cet espace réduit dans un esprit utilitaire plutôt que décoratif, seraient donnés à la Boutique des Objets Oubliés, hormis le fauteuil de couleur abricot, où le chat Neko avait passé ses dernières années, qui avait toujours plu à Cathy et qu'Irina décida de lui offrir. Elle mit dans les valises le linge, les larges pantalons, les tuniques de lin, les longs gilets de laine de vigogne, les foulards de soie, se demandant qui pourrait bien hériter de tout cela, en espérant devenir aussi grande et forte qu'Alma pour porter ses vêtements, pour se maquiller et se passer le rouge à lèvres, et pour se parfumer avec son eau de Cologne pour hommes, à la bergamote et à l'orange. Elle rangea tout le reste dans des caisses, que le chauffeur des Belasco pourrait récupérer plus tard. Il y avait les albums qui résumaient la vie d'Alma, des documents, quelques livres, le cadre lugubre de Topaz et deux ou trois autres choses. Elle comprit qu'Alma avait préparé son départ avec le sérieux qui la caractérisait, elle s'était débarrassée du superflu pour ne garder que l'indispensable, elle avait mis de l'ordre dans ses affaires comme dans ses souvenirs. Tant qu'avait duré le *Shiva*, Irina avait eu le temps de la pleurer, mais au cours de ces dernières tâches à Lark House, elle dut à nouveau faire ses adieux : ce fut comme un second enterrement de son amie. Le cœur serré, elle s'assit au milieu des valises et des caisses. Elle ouvrit le sac qu'emportait toujours Alma dans ses escapades, que la police avait récupéré dans la Smart défoncée et qu'elle avait rapporté de l'hôpital. Il contenait les chemises fines de la vieille dame, sa lotion, ses crèmes, du linge de rechange et le portrait d'Ichimei dans son cadre d'argent. Le verre était brisé. Irina retira soigneusement les morceaux et sortit la photographie, en prenant aussi congé de cet amant énigmatique. C'est alors qu'une lettre tomba sur ses genoux, un pli rangé par Alma derrière la photo.

Elle en était là quand quelqu'un poussa la porte entrebâillée et montra timidement la tête. C'était Kirsten. Irina se releva et la visiteuse l'embrassa avec cet enthousiasme qu'il y avait toujours dans sa façon de saluer.

— Où est Alma ? demanda-t-elle.

— Au ciel, fut la seule réponse qui vint à l'esprit d'Irina.

— Quand revient-elle ?

— Elle ne reviendra pas, Kirsten.

— Plus jamais ?

— Non.

Une ombre de tristesse ou de contrariété passa furtivement sur le visage innocent de Kirsten. Elle ôta ses lunettes, les nettoya avec le bord de son tee-shirt, les remit en place et s'approcha du visage d'Irina, pour mieux la voir.

— Tu me jures qu'elle ne va pas revenir ?

— Je te le jure. Mais ici tu as beaucoup d'amis, Kirsten, et nous t'aimons tous beaucoup.

La femme lui fit signe d'attendre et s'éloigna dans le couloir, avec son balancement de pieds plats, en direction de la maison du magnat du chocolat, devenue la clinique antidouleur. Elle revint un quart d'heure plus tard avec son sac à dos, haletant de s'être dépêchée, ce que son cœur trop grand ne supportait guère. Elle ferma la porte de l'appartement, tourna le verrou, tira les rideaux avec précaution et, un doigt sur les lèvres, fit à Irina le geste de se taire. Pour finir, elle lui tendit son sac à dos et attendit, avec les mains posées sur ses épaules et un sourire de complicité, en se balançant sur les talons. «Pour toi», lui dit-elle.

Irina ouvrit le sac, vit les paquets attachés avec des élastiques et comprit aussitôt que c'étaient les lettres que recevait Alma régulièrement et qu'elle avait tant cherchées avec Seth : les lettres d'Ichimei. Elles n'étaient pas perdues pour toujours dans un coffre de banque, comme ils le craignaient, mais cachées dans l'endroit le plus sûr au monde : le sac à dos de Kirsten. Irina comprit aussi que, sur le point de mourir, Alma avait soulagé Kirsten de la responsabilité de les garder en lui indiquant à qui les remettre. Mais pourquoi elle ? Pourquoi pas son fils ou son petit-fils ? Elle interpréta ce geste comme un message posthume d'Alma, une façon de lui dire combien elle l'aimait, et combien elle lui faisait confiance. Elle sentit, dans sa poitrine, quelque chose qui se brisait avec le bruit d'une jarre en terre, et son cœur qui se dilatait de gratitude, grandissait, palpitait comme une anémone translucide au fond de la mer. Devant cette preuve d'amitié, elle se savait respectée comme aux temps lointains de l'innocence ; les monstres de son passé commençaient à reculer et l'effrayant pouvoir des vidéos de son beau-père se réduisait à ses dimensions réelles : de la charogne pour des êtres anonymes, sans âme ni réelle identité, des impuissants.

— Mon Dieu, Kirsten. Tu te rends compte ? Voilà plus d'une demi-vie que je porte lourdement la peur de rien.

— Pour toi, répéta Kirsten, en montrant le contenu de son sac retourné par terre.

Ce soir-là, quand Seth rentra dans son appartement, Irina lui jeta les bras autour du cou et l'embrassa avec une joie toute nouvelle qui, en ces jours de deuil, ne semblait guère appropriée.

— J'ai une surprise pour toi, lui annonça-t-elle.

— Moi aussi. Mais donne-moi la tienne d'abord.

Impatiente, Irina le conduisit vers la table de granit de la cuisine, où s'entassaient les paquets de lettres du sac à dos.

— Ce sont les lettres d'Alma. Je t'attendais pour les ouvrir.

Il y avait onze paquets, numérotés. Ils contenaient dix lettres chacun, sauf le premier, composé de six lettres et de quelques dessins. Ils s'assirent dans le canapé et observèrent d'abord l'ordre dans lequel leur destinataire les avait laissées. Il y avait en tout cent quatorze missives, parfois brèves, parfois plus longues, et certaines plus informatives que d'autres, et signées simplement Ichi. Celles du premier paquet, écrites au crayon sur des feuilles de cahier, avec des caractères enfantins, venaient des camps de Tanforan et de Topaz. On les avait tellement censurées qu'elles n'avaient plus de sens. Mais, dans les dessins, on devinait déjà le style épuré, ainsi que le trait ferme du tableau qui avait accompagné Alma à Lark House. Il fallait plusieurs jours pour lire cette correspondance, mais un rapide survol leur révéla que le reste des lettres était daté de diverses époques à partir de 1969. Quarante années d'échange irrégulier, avec une constante : c'étaient toujours des témoignages d'amour.

— J'ai aussi trouvé une lettre de janvier 2010 derrière le portrait d'Ichimei. Mais tout ce courrier est ancien, il a été adressé chez les Belasco, à Sea Cliff. Où sont les lettres qu'elle recevait à Lark House ces trois dernières années ?

— Je crois qu'elles sont là, Irina.

— Comment ça ?

— Ma grand-mère a collectionné tout au long d'une vie les lettres d'Ichimei qu'elle recevait à Sea Cliff, car c'est là qu'elle a toujours vécu. Ensuite, quand elle s'est installée à Lark House, elle a commencé à s'envoyer elle-même, à intervalles plus ou moins rapprochés, les missives que nous avons vues, toi et moi, dans les enveloppes jaunes. Elle les recevait, les lisait et les rangeait avec amour comme si elles venaient d'être écrites.

— Mais pourquoi aurait-elle agi de la sorte ? Elle avait toute sa tête. Elle n'a jamais donné des signes de sénilité.

— C'est cela qui est extraordinaire, Irina. Elle l'a fait en toute conscience, et avec beaucoup de sens pratique, pour maintenir en vie l'illusion du grand amour de sa vie. Cette vieille dame, qui semblait faite d'acier blindé, était dans le fond une incurable romantique. Je suis persuadé qu'elle se faisait également expédier des gardénias chaque semaine, et que ses escapades n'étaient pas en compagnie de son amant. Elle se rendait seule au chalet de Point Reyes pour revivre les rencontres du passé, et les rêver, puisqu'elle ne pouvait plus les partager avec Ichimei.

— Et pourquoi pas ? Elle en revenait quand l'accident est arrivé. Et Ichimei est allé à l'hôpital pour lui dire adieu, je l'ai vu l'embrasser. Je sais qu'ils s'aimaient, Seth.

— Tu ne peux l'avoir vu, Irina. J'étais très étonné que cet homme n'ait pas appris le décès de ma grand-mère, alors que les journaux l'avaient annoncé. S'il la chérissait autant que nous le croyons, il aurait dû assister aux obsèques ou nous présenter ses condoléances pendant le *shiva*. J'ai donc décidé de le chercher, aujourd'hui même, je voulais le connaître et lever certains doutes sur Alma. C'était très facile, il n'y avait qu'à se rendre à la pépinière des Fukuda.

— Elle existe encore ?

— Oui. Elle est gérée par Peter Fukuda, un des fils d'Ichimei. Quand je lui ai donné mon nom, il m'a très bien reçu, car il connaissait la famille Belasco, et il a appelé sa mère, Delphine. Elle est jolie et très aimable, avec un de ces visages asiatiques qui ont l'air de ne jamais vieillir.

— C'est la femme d'Ichimei. Alma nous a raconté qu'elle avait fait sa connaissance à l'enterrement de ton arrière-grand-père.

— Ce n'est pas la femme d'Ichimei, c'est sa veuve. Ichimei est mort d'un infarctus il y a trois ans.

— Mais c'est impossible, Seth, s'exclama Irina.

— Il est mort à l'époque où ma grand-mère s'est installée à Lark House. Peut-être les deux faits sont-ils liés. Cette lettre de 2010, celle-ci, la dernière qu'a reçue Alma, fut sa lettre d'adieu.

— Mais puisque je te dis que j'ai vu Ichimei à l'hôpital !

— Tu as vu ce que tu voulais voir, Irina.

— Non, Seth. Je suis certaine que c'était lui. Voilà ce qui s'est vraiment passé : Alma aimait tellement Ichimei qu'elle a réussi à le faire venir pour la chercher.

Le 8 janvier 2010

Quelle exubérance, et quelle turbulence dans cet univers, Alma ! Il tourne et tourne sans fin. C'est la seule constante : tout change. C'est un mystère que nous apprécions seulement dans la quiétude. Je suis en train de vivre une étape fort intéressante. Mon esprit contemple fasciné les changements dans mon corps, mais cette contemplation ne s'opère pas depuis l'extérieur, à distance : elle se fait depuis l'intérieur. Mon esprit et mon corps s'accompagnent dans ce processus. Hier tu me disais que tu regrettes l'illusion de l'immortalité dans la jeunesse. Moi non. Je jouis de ma réalité d'homme mûr, pour ne pas dire vieux. Et si j'allais mourir d'ici à trois jours, que pourrais-je bien mettre dans ces jours ? Rien ! Je me déferais de tout, sauf de l'amour.

Nous avons dit tant de fois que notre destin est de nous aimer. Nous nous sommes aimés dans des vies antérieures et nous nous retrouverons dans d'autres vies futures. Ou peut-être n'y a-t-il ni passé ni futur, et que tout arrive, en même temps, dans les infinies dimensions de l'univers. Dans ce cas, nous sommes ensemble à chaque instant, pour toujours.

C'est fantastique d'être en vie. Nous avons encore dix-sept ans, Alma mon âme.

Ichi

Du même auteur :

LE PLAN INFINI, Fayard, 1994.
LA MAISON AUX ESPRITS, Fayard, 1994.
EVA LUNA, Fayard, 1995.
PAULA, Fayard, 1995.
LES CONTES D'EVA LUNA, LGF, 1998.
D'AMOUR ET D'OMBRE, LGF, 1998.
FILLE DU DESTIN, Grasset, 2000.
PORTRAIT SÉPIA, Grasset, 2001.
APHRODITE, Contes, recettes et autres aphrodisiaques,
    Grasset, 2001.
LA CITÉ DES DIEUX SAUVAGES, Grasset, 2002.
MON PAYS RÉINVENTÉ, Grasset, 2003.
LE ROYAUME DU DRAGON D'OR, Grasset, 2004.
ZORRO, Grasset, 2005.
LA FORÊT DES PYGMÉES, Grasset, 2006.
INÈS DE MON ÂME, Grasset, 2008.
L'ÎLE SOUS LA MER, Grasset, 2011.
LA SOMME DES JOURS, Grasset, 2012.
LE CAHIER DE MAYA, Grasset, 2013.
LE JEU DE RIPPER, Grasset, 2014.

PAPIER À BASE DE
FIBRES CERTIFIÉES

Le Livre de Poche s'engage pour
l'environnement en réduisant
l'empreinte carbone de ses livres.
Celle de cet exemplaire est de :
350 g éq. CO_2
Rendez-vous sur
www.livredepoche-durable.fr

Composition réalisée par MAURY-IMPRIMEUR

Imprimé en France par CPI
en janvier 2018
N° d'impression : 3026366
Dépôt légal 1re publication : février 2018
LIBRAIRIE GÉNÉRALE FRANÇAISE
21, rue du Montparnasse - 75298 Paris Cedex 06